KB032858

 25

글쓰는기계 게임 판타지 장편소설

초판 1쇄 찍은 날 | 2020년 11월 13일
초판 1쇄 펴낸 날 | 2020년 11월 20일

지은이 | 글쓰는기계
펴낸이 | 예경원

기획 | 위시북스
편집책임 | 이은송
편집 | 위시북스

펴낸곳 | 예원북스
등록번호 | 제396-2012-000132호
등록일자 | 2012. 7. 25
KFN | 제1-572호

주소 | 경기도 고양시 일산동구 호수로 646-24 위너스21II빌딩 206A호 (우)10401
전화 | 031-819-9431 팩스 | 031-817-9432
E-mail | yewonbooks@naver.com

ⓒ글쓰는기계, 2019

ISBN 979-11-365-4511-4 04810
       979-11-6424-237-5 (Set)

Wish Books
나는 될 놈이다
25
글쓰는기계 게임 판타지 장편소설
WISHBOOKS GAME FANTASY STORY

CONTENTS

CHAPTER 1

"아주 원수야, 원수."

"미안하다니까……."

판온에 접속한 태현은 케인을 구박했다.

'생각해 보니 대표님이 연습생 훈련도 부탁하지 않았었나? 그것도 슬슬 연락 올 것 같은데…….'

태현이 생각하기에 아이돌 게임단은 미친 짓 같았지만, 이동팔 대표가 그렇게 확신이 있는 걸 보니 약간 흔들렸다. 연예계에서 그렇게 오래 구른 남자가 확신을 가진다면 뭔가 있지 않겠는가.

"됐어. 오면 전부 다 폭탄으로 써버린다."

"야! 그러다가 안 좋은 소문 돌면 어쩌려고! 방송 관계자들도 올 수 있는데!"

"안 좋은 소문 돌면? 방송 안 나가면 되겠네. 퀘스트 이야기로 돌아오자."

악마 데르벤이 제안한 악마 사냥 퀘스트, 아키서스 교단 권능 퀘스트. 고민하던 태현은 결국 결론을 내렸다.

"악마 사냥부터 먼저 하자. 일단 찜찜한 놈들부터 먼저 처리해야지."

수도에서 기다리고 있는 악마 데르벤. 그리고 태현을 쫓아다니면서 물들고 있는 천사 요하스. 이 둘을 먼저 처리하고 가야 했다.

'요하스는 영입할 거고, 데르벤은 어쩐담? 나중에 레이드할 수 있을까? 안 들키면 지원이 끊기진 않겠지?'

벌써 데르벤을 걸어 다니는 경험치로 보는 태현이었다.

태현에게 요하스가 다가와서 물었다.

"폐하. 여기에서는 아키서스 신앙만 허락하셨는데……."

"데메르도 허락은 해줬어."

허락은 해줬다. 데메르 교단 신전 근처를 아키서스 교단 신전(새로 뺏은)으로 전부 도배를 해서 그렇지!

"왜 파이토스 님한테 선택받으셨는데 파이토스 신전은……?"

예리한 질문!

태현은 눈 하나 깜박이지 않고 대답했다.

"파이토스 님께서 파이토스 교단은 시련이 필요하다고 하시던데?"

"……정, 정말입니까?"

"지금 내가 거짓말을 한다는 거야? 명예로운 아탈리의 국왕이자 아키서스의 화신이며 파이토스에게 선택받은 내가??"

"아, 아닙니다. 죄송합니다."

[요하스가 잘못된 사실을……]
[요하스가 이 사실을 알게 될 경우 타락할 수 있습니다.]

"이 훈련장은 아키서스 님을 위한 훈련장이 될 것이다."

"꼭…… 꼭 만들어야 하나? 골, 골드 아까운데……."

"저놈의 입을 다물게 해라!"

"읍! 읍읍읍!"

갈락파드는 부하들을 시켜 펠마스의 입을 닥치게 만들었다.

지금 그들은 다른 교단들의 훈련장 건물들 앞에 와 있었다. 교단의 힘과 축복이 없다면, 훈련장 건물은 그냥 겉껍데기만 있는 건물일 뿐! 실제 지금은 입장할 수 없는 상태였다.

갈락파드는 이것들을 모조리 치워서 아키서스 교단의 훈련장으로 만들 생각이었다. 분명 교단에 가입하는 새로운 신도들을 위한 좋은 장소가 될 것이다.

"그런데 남의 교단이 쓰던 훈련장인데 그걸 뺏어 써도 됩니까?"

"세상 모든 건 아키서스 님의 것. 그러니 다른 신들의 것도 아키서스 님의 것 아니겠느냐. 치우고 짓기 시작해라!"

모인 플레이어들은 고개를 끄덕였다. 갈락파드가 미친놈이든 아니든, 그들에게 중요한 건 공적치 포인트였다.

이 수도에서의 신분 상승! 그들은 모두 수도 공성전에서 활약한 플레이어들이 어떤 보상을 받았는지 본 사람들이었다.

"예!!"

"에랑스 왕국인가……."

"오스턴 왕국보다는 낫네요."

악마의 위치는 에랑스 왕국의 북동쪽 삼림지대였다. 여기서 더 북동쪽으로 가면 타이럼 사냥꾼들이 있는 잘츠 왕국이 나오고, 동쪽으로 가면 오스턴 왕국이 나오는 곳.

"오스턴 왕국이 편하지. 무슨 짓을 해도 내가 뒷수습 안 해도 되니까."

"그런…… 그런 발상이! 감탄했어요."

"하하. 뭘 쑥스럽게 그러고 그래."

태현과 이다비의 정신 나간 대화를 들으며, 일행들은 뒤를 따랐다.

"확실히 에랑스 왕국이라 그런지 플레이어들이 많이 보이네요. 그것도 다양하게."

"그렇지."

아탈리 왕국이나 오스턴 왕국, 기타 몇몇 왕국들이 최근 주가를 올리고 있었지만, 판온에서 가장 인기가 좋은 건 역시 에랑스 왕국이었다. 가장 안정적이고, 가장 탄탄한 왕국!

이 근처 던전이나 필드 사냥을 위해 지나가는 몇몇 파티들이 보였다.

"사디크의 불완전한 화신이 잡혀서 진짜 다행이라니까. 그거 때문에 퀘스트가 한동안 막혔었어."

"앨콧이 잡았다면서?"

지나가던 사람들의 말을 들은 태현은 움찔했다.

결국 잡혔나?

'아쉽군. 사디크……'

좀 더 싸워줬으면 했는데. 길드 동맹처럼 어마어마한 인원의 길드의 힘이 하나로 합쳐지면, 태현 같은 플레이어는 버티기 힘들었다.

'그보다 앨콧이 잡았다고?'

기대하지 않았던 성과! 태현은 앨콧이 무럭무럭 자라기를 기도했다.

웅성웅성-

어두컴컴하고 음침한 숲 입구까지 도착하자, 무언가 시끄럽게 떠드는 소리가 들려왔다.

"여기는 우리 길드가 먼저 선점했다. 못 들어간다!"

"아니 여기가 던전도 아니고 이렇게 넓은데 선점하는 게 말이 됩니까! 들어가게 해주세요!"

"맞아!"

보아하니 파티 하나가 입구를 막고 있었고, 다른 파티들이 항의하고 있는 모양이었다.

"우리가 먼저 쓴 다음 쓰게 해주겠다. 기다려라."

"그걸 말이라고 하는 겁니까!"

인기 많은 왕국에서는 이런 다툼이 흔했다. 태현은 그걸 보고 말했다.

"쯔쯔. 내 영지 주변이었다면 저런 일이 없었을 텐데."

"……"

"어떻게 하실 겁니까?"

"뭘 어떻게 해. 길 막으면 치우고 들어가야지."

판온 1때부터, 남이 먼저 자리 잡았을 때 그걸 따라준 적이 없는 태현이었다. '자리요'라는 말에 대답해 줄 말은 '네 묏자리다'밖에 없는 것!

"그런데 좀 이상하네요."

"뭐가? 곧 로그아웃당할 놈들이 떠들고 있는 게?"

무기를 꺼낸 태현이 이다비의 말에 의아해했다.

"……아, 아니요. 그게 아니라 저 말대로 여기가 던전도 아닌데 저렇게 통제를 한다는 게 좀 이상해서요."

"그렇긴 하네."

던전이야 여러 파티가 부딪히면 먹을 게 확 줄어드니 통제하는 것도 이해가 갔다. 그렇지만 여긴 던전이 아니라 넓은 지역이었다. 부딪힐 일도 없을뿐더러 통제를 할 이유가 없었다.

태현은 눈빛을 빛냈다. 뭔가 냄새가 났다. 판온 1에서부터 맡아왔던, 남들이 대박을 숨기고 있는 냄새!

'어떻게 캐볼까?'

그냥 가서 PVP 신청하는 건 쉬웠지만 정보를 얻을 수는 없었다. 정보를 얻으려면 약간의 솜씨가 필요했다.

"흠……."

고민하던 태현은 일행을 뒤로 물리고 혼자 앞으로 나섰다. 그리고는 외쳤다.

"자. 제가 왔습니다!"

갑작스러운 등장에 다들 놀라서 뒤를 돌아보았다. 누구야? 누가 온 거지?

"김…… 김태현!!"

가장 먼저 알아본 플레이어가 깜짝 놀라서 외쳤다. 태현은 아무런 변장도 하지 않은 상태였고, 그만큼 알아보기도 쉬웠다. 특징적인 날카로운 인상에 장비까지!

"뭐? 김태현이 왜 여기에…… 헉. 진짜잖아?!"

"여, 여기에 김태현이 왜?"

얼마 전까지 던전 대회에 참가한 데다가, 태현의 주요 활동 지역은 에랑스 왕국이 아니었다. 그런 태현을 여기서 보게 되다니. 플레이어들은 더더욱 놀랄 뿐!

"김태현 씨! 팬입니다!"

"하하. 그러십니까."

"태현이 형! 같이 플레이해도 괜찮나요?"

태현은 슬쩍 무시했다. 같이 플레이하겠다고 귀찮게 하는 놈들은 이미 충분했다.

"정····· 정말 김태현 선수 맞습니까?"

"예. 맞습니다."

태현이 다가오자 주변에 몰려 있던 플레이어들이 반으로 갈라졌다. 그 모습에 통제하고 있던 길드원이 움찔했다.

'좋아, 좋아.'

태현의 계획은 간단했다. 이렇게 당당하게 나타나서 길드원한테 '왜 들어가려는 사람들을 막느냐! 너무하지 않느냐!'라고 따지면, 사람들은 태현을 믿고 같이 따져줄 게 분명했다. 분위기라는 건 무서운 법!

평소라면 찍힐까 봐 피하더라도 믿을 구석이 있으면 사람은 달라지게 되어 있었다.

'분위기에 휩쓸리면 뭐든 토해내게 되어 있지.'

여기 있는 사람들이 모두 몰려가서 '맞아! 왜 막냐!'라고 항의하기 시작하면 길드원은 당황할 것이고····· 그러면 횡설수설 정보를 토해낼 것이다.

'그걸 듣고 판단한다.'

여기서 PVP를 할지, 아니면 좀 더 기다릴지······.

어차피 일행은 지금 뒤에 있었다. 소란을 피우면 다른 길로 몰래 숲에 들어가는 건 식은 죽 먹기였다. 여기 있는 파티들은 위험 때문에 숲 가운데에 나 있는 길로 다니려고 하지만, 태현 일행 정도면 그냥 숲 바깥부터 뚫고 들어가도 됐다. 이제까지 온갖 역경을 뚫고 나온 그들! 저 정도는 충분히 할 수 있을 것이다.

"여기 있는 분들을 왜 막는 겁니까?"

"맞아요! 맞아!"

"김태현 선수도 이렇게 말하는데!"

태현이 노린 대로 사람들의 기세가 올라가기 시작했다.

'당황해라, 당황해……'

"김태현 선수가 그렇게 말하시면 어쩔 수 없겠군요. 다들 들어가도 좋다!"

태현은 기겁했다. 뭐 인마?

"와아아아아!"

"역시 김태현 선수야!"

"감사합니다, 김태현 선수! 덕분에 들어갈 수 있게 됐어요!"

허락이 떨어지자마자 우르르 안으로 들어가는 플레이어들!

태현은 어이가 없었다. 아니, 길드원이란 놈이 맡은 임무를 저렇게 내팽개쳐도 되는 거야? 무슨 파워 워리어 길드원도 아니고!

"이래도 되는 겁니까?"

"예? 아, 괜찮습니다. 위에서도 김태현 선수 만났다고 하면 이해해 줄 겁니다."

"……."

"저까지 걱정해 주시다니, 정말 감동받았습니다. 역시 김태현 선수는 인성도 최고군요. 게시판에서 김태현 선수한테 당한 사람들이 험담할 때도 저는 하나도 안 믿었죠. 응원합니다. 파이팅!"

태현의 얼굴은 점점 굳어 들어갔다. 멀리서 대화를 지켜보고 있던 태현 일행은 상황을 모르고 감탄했다.

"이야, 진짜 대단하네. 몇 마디도 안 했는데 다 그냥 들어갔어."

"태현 님은 화술의 신이라니까요."

"뭘 어떻게 하신 걸까요?"

"잘 모르겠지만 그 순간 완벽하게 계산하고 들어간 거겠지. 정말 대단하다니까."

케인은 순수하게 감탄했다. 몇 초 만에 저렇게 계획을 세우고 해낸다는 게 정말 대단하게 느껴졌던 것이다.

물론 태현 본인의 기분은 달랐다.

'아니 뭐 이런……'

계획이 틀어져서 어이가 없긴 했지만 아직 상황이 망가진 건 아니었다. 태현은 그냥 묻기로 했다.

"뭐 좀 물어봐도 됩니까?"

"예. 뭐든 물어보시죠."

원래 엄청나게 고오급 테크닉을 써서 상대를 회유하려고 했는데, 상대가 너무 허술해서 식는 기분이었다.

"……여기서 뭐 하고 있는데 숲을 통제하고 있었던 겁니까? 뭐 좋은 던전이라도 있습니까?"

"아…… 아닙니다. 원래 이 〈저주받은 어둠의 숲〉 지역은 저희 길드가 가장 처음으로 발견한 곳입니다."

에랑스 왕국은 넓었고, 그만큼 아직 밝혀지지 않은 곳들도 많았다. 그래서 그런 지역들을 위주로 탐사하는 길드들도 많았다. 괜찮은 던전 같은 걸 발견하면 길드 하나로서는 평생 놀고먹을 수 있었던 것이다.

"딱히 던전 같은 건 아직 못 찾았습니다만, 지역 안이 워낙 위험하고 그래서 길마님께서 다른 플레이어들 못 들어오게 말리라고 하셨습니다. 괜히 초보자들 들어왔다가 죽어 나간다고요."

태현은 뭔가 이상함을 느꼈다.

어라……?

"그러니까…… 다른 사람들 죽을까 봐 못 들어가게 지키고 있었던 겁니까?"

"네."

"아니, 아까는 선점했으니까 못 들어간다고 하지 않았어요?"

"아. 그거 들으셨습니까? 그야 위험하니까 못 들어간다고 해 봤자 사람들은 말을 안 듣잖습니까."

길드원은 순수한 표정으로 말했다. 태현은 반박할 수 없었다. 판온에서 '여긴 위험하니까 들어오지 마세요' 해봤자 들을 사람은 별로 없을 것이다. 대부분 '아 내 몸은 내가 챙겨!' 하면서 들어갈 것이 분명!

차라리 '우리가 선점했으니까 들어오지 마라!'라고 말하는 게 더 편할 만도 했다.

"저희 길드는 지금 이 숲을 공략하기 위해 파티를 보내고 있습니다만 아직도 10%도 못 깬 것 같습니다. 하하하. 하도 넓고 복잡한 곳이라…… 몬스터도 만만치 않고 말입니다."

말하면 말할수록 태현의 죄책감이 상승!

그사이 귓속말이 날아왔다.

-어떻게 할까? 우리 우회해서 들어가 볼까?

-아니…… 그냥 나와도 된다…….

태현의 말에 뒤에서 일행이 우르르 나타났다. 그걸 본 길드원이 깜짝 놀랐다.

"아니! 케인 선수! 이다비 선수! 정수혁 선수까지! 최상윤 선수는 어디 있습니까?"

"걔는 지금 다른 거 하고 있고…… 어쨌든 그보다, 그러면 들어가도 상관없습니까?"

"예, 물론이죠. 김태현 선수가 못 들어가면 누가 들어가겠습니까? 하하하. 먼저 들어간 플레이어들도 참 운이 좋습니다. 김태현 선수 덕분에 이렇게 같이 숲을 공략할 수도 있고 말입니다."

길드원은 태현이 뭔가 생각이 있어서 다른 플레이어들을 들여보냈다고 생각하는 것 같았다.

'김태현이라면 저 사람들을 데리고 숲을 공략할 자신이 있겠지? 그러니까 들여보내라고 한 걸 거야.'

그걸 눈치챈 태현은 입맛을 다셨다. 별생각 없었는데…….

으아아아아악!

그 순간 안쪽에서 비명이 튀어나오더니, 파티 하나가 그대로 달려 나왔다. 아까 신나서 들어간 파티였다.

들어갈 때는 8명이었는데, 나온 건 달랑 3명!

"으아아아! 으아아아아!"

"미친 숲이야! 튀어!"

호다닥-

그들은 뒤도 돌아보지 않고 뛰었다. 갑자기 분위기가 싸늘해졌다.

"어…… 참, 참을성이 없는 사람들이군요. 김태현 선수랑 같이 갔으면 됐을 텐데."

이 와중에도 아직 태현을 믿는 길드원!

상황을 가장 먼저 눈치챈 이다비는 감탄했다. 역시 콩깍지라는 게 한 번 씌면 오래 가는구나!

"왜 절 쳐다보세요?"

"아무것도 아니에요."

유지수는 고개를 갸웃거렸다. 왜 자기를 쳐다보지?

"어…… 길마님한테 연락이……."

그러는 사이 길드원은 귓속말을 받았다.

"아, 네. 길마님. 예. 아. 왜 사람들을 들여보냈냐고요…… 듣고 놀라지 마십시오. 여기 누가 와 있는지 아십니까? 바로 그 김태현 선수가 와 있습니다. 네. 진짜요. 가짜 아니냐고요? 어……."

말하던 길드원은 멈칫했다. 생각해 보니 태현은 그 유명세만큼 가짜도 많았던 것이다.

"진, 진찌…… 맞으시죠? 진싸라고 생각했습니다만……."

"여기 케인을 보시면 알겠지만, 가짜 중에 이런 놈까지 데리고 다니는 가짜가 있습니까?"

"아! 그렇군요!"

바로 납득하는 길드원!

사실 겉모습만 보면 태현보다는 케인이 훨씬 더 강렬하고 인상적이었다. 태현을 흉내 내는 가짜는 있어도 케인까지 흉내 내는 가짜는 드물었다. 그만큼 흉내 내기 어려운 겉모습!

"저희 길마님이 한 번 뵙고 싶다고 하시는데, 혹시 괜찮으십니까?"

"아, 예……."

이제 와서 뭘 거절하겠는가. 태현은 그냥 길마를 만나서 최대한 정보를 얻기로 결정했다.

으아악! 으아아악!

그러는 사이에서도 숲 안쪽에서는 먼저 들어간 플레이어들의 비명이 터져 나왔다.

"그런데 저 사람들은 어떻게 하실 겁니까?"

"뭐 자기가 알아서 잘하겠죠."

모베송 길드 길마, 니콜라는 꽤 유명한 마법사 플레이어였다. 전문 분야는 전격 마법.

영웅 직업 〈휘몰아치는 번개 마법사〉로 전직했고, 랭커 스미스와 라이벌 사이로 알려진 그 유명한 마법사 랭커 도미닉과도 친한 사이였다. 그리고 에랑스 왕국에서 마법사 길드를 이끌고 있는 도미닉은 대표적인 반-길드 동맹파 플레이어!

"저 니콜라라는 사람도 길드 동맹을 싫어하니, 태현 님한테 호감을 보이는 게 아닐까요?"

"아주 그럴듯해."

사람은 원래 같은 걸 싫어할 때 친해지게 마련! 태현도 얼굴도 못 본 니콜라라는 플레이어한테 벌써 호감이 생기고 있었다.

다그닥다그닥-

멀리서 유니콘처럼 생긴 무언가를 타고, 곱슬한 금발을 가진 남자가 나타났다.

-저…… 저 복장 뭐냐? 왕자님인가? 왕자님인가??

혼란에 빠진 케인은 귓속말로 일행에게 물었다. 그러나 다들 대답이 없었다.

"오우, 안녕하세요!"

번역 시스템이 고장 났나? 태현은 당황했지만 번역 시스템은 고장 나지 않았다. 그냥 니콜라의 말투가 저런 것!

"김태현 선수, 아주 팬입니다. 보고 싶었습니다."

"아, 예."

"중국 플레이어들, 나쁩니다. 진짜 대륙의 왕은 프랑스입니다. 김대현 선수, 중국 많이 혼내줍니다. 혼내줘서 아주 좋습니다."

만나자마자 우르르 쏟아지는 말들! 태현은 당황했지만 정신을 붙잡았다.

"아, 예. 알겠고요…… 이 숲을 공략하려고 왔는데 혹시 뭐 정보 가진 거 있으십니까?”

“오우, 정보 바로 드리겠습니다. 김태현 선수한테라면 당연히 드립니다.”

태현은 고개를 끄덕였다. 이렇게 느끼한 사람은 이동팔 대표 이후로 오랜만이었다. 아니, 이동팔은 니콜라와 비교하면 가짜에 불과했다. 저게 진짜구나!

“먼저 들어간 플레이어들 도우러 가는 김태현 선수, 멋집니다.”

케인과 정수혁은 고개를 갸웃거렸지만 이다비가 둘의 옆구리를 찔렀다. 괜히 여기서 산통 깰 필요는 없는 것!

〈저주받은 어둠의 숲〉은 상당히 난이도가 높은 지역이었다. 모베송 길드도 공략할 때는 최소 랭커 한 명을 포함한 고렙 파티로 공략하고 있을 정도!

니콜라는 현재 탐험한 지역의 지도를 건네주고 나오는 몬스터들을 설명했다.

“여기 지도입니다. 여기 잘 통하는 성수입니다. 파이토스 교단 겁니다.”

요하스가 움찔했다. 여기서 파이토스 님이 나오다니!

[요하스가 기뻐합니다.]

‘니콜라는 고위 악마가 있는 걸 모르나 보군.’

숲에는 오염되거나 타락한 야수들이 주로 나타났지만, 정보가 없는 길드 입장에서는 보스 몬스터가 누구인지 알 수 없었다.

"여기 늑대인간 상대로 잘 먹히는 은화살입니다. 여기 박쥐 떼 상대로 잘 먹히는 마법 주문 스크롤……."

미친 듯이 퍼주는 니콜라! 마치 할머니가 계시는 시골집에 찾아간 손주가 된 기분이었다.

"이렇게 주셔도 됩니까?"

"김태현 선수, 이 숲 공략합니다. 우리도 좋습니다. 다른 플레이어들도 좋습니다."

한마디로 태현이 이 숲을 공략해주면 모두가 편해진다는 것! 물론 그렇게 따져도 충분히 대단한 친절이었다.

길드 입장에서는 시간이 걸려도 자기들이 깨는 게 이득인데, 이렇게 해준다는 것 자체가 태현을 엄청나게 신뢰한다는 뜻이었다.

'거 참. 처음 보는 사람들이 친절하게 구니 기분이 묘하군.'

판온 1 때와는 너무 다른 반응들에, 태현은 기분이 묘해졌다. 이게 바로 인기란 건가? 약간 부담도 되고…….

저 눈빛들을 보라.

'김태현이라면 다 해내 줄 거야!'

여기 와서 악마를 찾아보고, 일이 잘 안 풀릴 것 같으면 최대한 깽판을 치고 갈 생각이었던 태현 입장에서는 찜찜한 일이었다.

'숲에 불이라도 지르고 가면 원수 하나 더 생기겠군…….'

아무리 태현이라도 그렇게까지 할 수는 없었다.

[카르바노그가 약한 마음 가지지 말라고 격려합니다.]

'됐거든?'

여기서 약한 마음을 안 가지면 사디크의 화염이라도 숲에 지르란 소리였다.

"그러면 지금 바로 들어가 보겠습니다."

"오우. 저도 돕겠습니다."

"어, 뭐…… 그러시고 싶으면 그러시죠."

태현은 망설였다. 그 모습을 본 케인이 깜짝 놀랐다.

-아니, 왜! 호구짓을 해준다는데!

-저렇게 착하면 좀 속여먹기 미안하잖아.

-나는 안 미안하냐?!

-넌 인마, 만났을 때 레드존 길마였잖아. 이마에 '절 털어주세요'라고 쓰여 있었다고.

이상한 부분에서 발동되는 태현의 양심! 어쨌든 태현이 거절하지 않자, 니콜라는 길드원 몇 명을 더 불렀다.

그렇게 두 파티의 공략이 시작되었다.

"이 펫, 정말 예쁩니다. 저도 갖고 싶습니다."

-크헤헤헤.

흑흑이는 간사한 웃음을 흘렸다. 이렇게 칭찬을 들어본 게 얼마 만이냐.

"이 찬란한 황금빛!"

흑흑이의 웃음이 멈췄다. 용용이를 말한 거였어?

'기운 내라. 너는 음…… 날갯짓을 잘하잖아.'

격려에는 소질이 없는 태현! 평소에는 온갖 화술로 남을 속이고 다니던 태현이 저런 어설픈 칭찬을 하자 흑흑이는 어이가 없었다.

-주인님…… 칭찬을 해도 그딴 칭찬을…….

'죽을래?'

"앗. 적입니다."

크르르릉!

[오염된 검은발톱늑대가 나타납니다! 놈이 울음을 터뜨립니다!]

"모두 조심하세요! 놈의 울음은 많이 위험합니다!"

듣는 순간 각종 상태 이상을 거는 매우 성가신 스킬!

[최고급 전술 스킬을 갖고 있습니다. 파티원이 상태 이상에 빠지지 않습니다.]

비틀거리면서 회복 스킬을 거는 니콜라 파티와 달리, 태현 파티는 멀쩡했다.

"쓸어버려!"

한 발짝 먼저 움직이는 태현 일행!

케인이 앞에 나서고, 이다비와 유지수가 중간에서, 그리고 정수혁이 뒤에서 공격을 퍼부었다.

"오우! 대단합니다!"

니콜라는 그중 특히 정수혁의 마법에 감탄했다.

대회에서 한때 주목을 끌었던 그 마법사! 전체적인 레벨이나 장비는 랭커들에게 밀려도, 화려한 컨트롤로 그걸 보완한다고 들었었는데……. 실제로 보니 정말 그랬다.

'정말 빠른 속도!'

정수혁의 전법은 단순했다. 상대 몬스터가 몰려 있는 곳을 향해 계속해서 벼락 난사! 온갖 마법을 익히는 다른 마법사들과 달리, 〈카흘라단의 번개〉 하나만 파온 정수혁이었다.

이미 스킬 만렙을 찍은 〈카흘라단의 번개〉! 당연히 시전 속도가 빠를 수밖에 없었다. 마법 하나만 쓰는 것으로 인해 생기는 문제점은 패시브 스킬 〈아키서스의 마법〉이 해결해 주었다.

상대가 번개 마법을 막는 방어막을 친다? 계속 갈기다 보면 언젠간 방어막 해제 마법이 나왔다.

상대를 잡기에는 번개 마법으로는 대미지가 부족하다? 계속 갈기다 보면 잘 먹히는 마법이 나왔다.

'어? 방금 상대한테 버프 걸지 않았나? 잘못 본 건가?'

물론 이런 부작용이 있을 때가 있지만, 전체적으로 봤을 때 이 정도는 사소한 문제점에 불과했다.

"역시 김태현 선수! 대단합니다! 길드 동맹 ×까! 김태현 만세!"

방금 말들 사이에 뭔가 이상한 말이 있었는데?

태현 일행은 서로 쳐다보며 당황해했다. 니콜라의 인상과는 안 어울리는 험한 말!

어쨌든 두 파티는 빠르게 숲을 공략해 나갔다. 전원 랭커에서 준랭커급인 파티인 만큼 그 실력은 무시무시!

깨갱! 깨개갱!

[오염된 검은발톱늑대를 처치했습니다. 명성이 오릅니다.]
[에랑스 왕국에 이 사실을 보고하면……]
[오염된 사악한 토끼를 처치했습니다.]
[카르바노그가 가슴 아파합니다.]

쭉쭉 오르는 경험치에 케인은 감탄했다.

"이야, 여기 경험치 올리기에 좋겠는데?"

사실 태현처럼 매번 굵직굵직한 퀘스트를 깨는 사람은 적었고, 보통 어느 정도는 이런 사냥으로 레벨을 올렸다. 왜냐하면 대형 퀘스트는 그 보상이 커다란 만큼, 실패할 확률도 높았으니까! 게다가 구하려고 해도 매번 구할 수 있는 것도 아니었다.

태현이 내형 퀘스트로 레벨 업을 하는 건, 그럴 수밖에 없어서였다. 그러지 않고서는 올리기 힘들 정도의 레벨 업 경험치!

"우리 여기서 계속 사냥하는 게 좋지 않나?"

신난 케인이 말했다. 태현은 한 대 때리려다 말았다.

[숲이 변화를 일으킵니다.]

[<악마의 안개>가 길을 방해합니다. 신성 스탯이 높습니다. <악마의 안개>가 길을 방해하지 못합니다.]

태현의 직업과 스킬들은 이런 지역, 던전을 깨는 데 특화되어 있었다. 원래라면 시간 꽤 잡아먹을 디버프도 바로 해결됐다. <신의 예지>까지 쓰지 않더라도 각종 패시브 스킬과 받은 지도까지!

덕분에 일행은 수월하게 숲을 돌파할 수 있었다.

"으아아! 살려줘요! 으아아아아!"

저 멀리서 파티 하나가 비명을 지르며 도망치는 게 보였다. 그걸 본 니콜라가 외쳤다.

"이런! 도우러 갑니다!"

다다다다-

니콜라는 뒤도 안 돌아보고 길드원들과 함께 앞으로 달려갔다. 태현 일행이 반응하기도 전에 움직이는 빠른 속도!

남은 태현 일행은 당황했다. 말도 안 하고 움직이다니.

"뭐…… 뭐야?"

"따라갈까요?"

"아니. 저쪽은 가면 안 되는 곳인데."

태현은 지도를 보고 방향을 확인했다. 방금 니콜라가 달려간 곳은 지도에서 ×자가 그려져 있었다.

"도우러 갈까?"

모두 고개를 저었다. 태현도 고개를 끄덕였다.

"그래. 나도 사실 도울 생각 없었어."

"괜, 괜찮겠지?"

"니콜라는 알아서 잘할 거야. 아까 보니까 잘 싸우더라."

"으아아, 으아아아!"

비명을 지르던 플레이어들을 도와준 건 니콜라와 길드원들이었다. 화려한 마법과 함께 쫓아오던 늑대들이 쓸려 나갔다.

퍼퍼펑! 퍼퍼퍼펑!

"도우러 왔습니다!"

"감…… 감사합니다!"

니콜라는 뒤를 돌아보며 말했다.

"김태현 선수! 플레이어들을 도와주는 건 기분 좋은…… 어? 김태현 선수, 어디 있습니까?"

"글쎄요?"

"뒤에서 따라오는 거 아니었나?"

"놓친 것 같은데요??"

니콜라를 따라왔던 길드원들은 그제야 태현 일행이 없다는 걸 깨달았다.

"이런! 이런 걸 놓치다니. 김태현 선수, 매우 아쉬울 겁니다."

"다음에 같이 하시면 되죠. 길마님."

"맞아요. 김태현 선수도 좋아할 겁니다."

태현이 듣는다면 진저리 칠 소리를 하는 길드원들!

그들은 정말로 태현이 방송에서 나오는 것처럼 선량한 마음을 갖고 있다고 굳게 믿고 있었다.

"다 왔군. 여기다."

[악마의 오두막에 진입합니다.]

[강력한 악마의 기운이 침입자를 공격합니다.]

[스킬 <신성 권능>을 갖고 있습니다. 매우 높은 신성 스탯을 갖고 있습니다. 악마의 기운이 영향을 끼치지 않습니다.]

[최고급 전술 스킬을 갖고 있습니다. 일행이 악마의 기운에 영향을 받지 않습니다.]

최고급 전술 스킬을 찍고 나서부터는 파티 플레이가 훨씬 더 수월해졌다. 지휘하는 태현의 효과까지 공유해 줄 수 있는 것이다.

"으으윽! 이런 사악한 악마의 기운이라니!"

어두컴컴한 안개가 밀려오자 요하스는 진저리를 쳤다. 천사인 요하스에게 이런 안개만큼 불쾌한 것도 없었다.

스르릉-

요하스는 바로 검을 뽑아 들었다. 그걸 본 태현은 눈썹을 찌푸렸다.

'일단 쟤는 두고 가야겠다.'

태현의 목적은 상대 악마를 만나서 자세한 정보를 얻고 최대한 많이 뜯어내는 것이었다. 거래를 할 수 있다면 또 이 악마와 거래를 할 생각이었다. 뭐든지 다다익선!

데르벤에게 지원을 받고 악마 사냥을 맡았지만, 꼭 잡으란 법은 없었으니까. 데르벤이 '태현이 악마를 잡았다'고만 믿게 만들면 되는 것 아니겠는가.

[카르바노그는 기막혀합니다. 아키서스는 역시 아키서스라고 카르바노그가 생각합니다.]

악마한테 사기 칠 생각부터 하는 태현을 보며 카르바노그는 기막혀했다. 물론 이 모든 걸 위해서는 요하스를 잠시 치워야 했다. 악마와 협상하는 걸 요하스가 가만히 보고 있을 리 없을 테니까. 일단 칼부터 찌르고 볼 게 분명!

-주인이여. 어떻게 두고 가려고? 저 천사는 호구지만 끈질기다.

-주인님. 저 천사는 멍청하지만 끈질깁니다.

두 드래곤의 생각도 일치했다.

'뭐, 보고 있으라고. 다 방법이 있지.'

"아앗! 요하스. 갑자기 파이토스 님이 계시를 내리는군!"

-…….

[……]

"파이토스 님이 혼자 가라고 하신다!"

"……정, 정말입니까? 어째서?"

"파이토스 님은 위대한 전사를 좋아하시지. 천사의 도움을 받는 것보단 우리 힘으로 싸우는 걸 원하시는 게 분명해!"

요하스는 못 미더워했지만 이미 승부는 정해진 것이나 마찬가지였다. 파이토스의 천사가 파이토스의 말을 거역할 수는 없었으니까!

[요하스가 타락합니다.]

'생각보다 쉬운데? 그냥 별거 안 해도 계속 거짓말만 하면 되는 거 아냐?'

속일 때마다 조금씩 타락하는 요하스를 보며, 태현은 의외로 쉬울지도 모르겠다고 생각했다.

-누구냐, 누구냐!? 이 신성력은…… 어떤 신의 찌꺼기가 감히…….

요하스를 두고 앞으로 걸어가자, 어둠 속에서 목소리가 들려왔다. 태현은 긴장했다.

-신의 예지!

[악마의 힘이 매우 강합니다. 신의 예지를 사용할 수 없습니다. 카르바노그가 주의합니다. 악마의 힘이 매우 강력합니다!]

'이런. 요하스를 데리고 올 거 그랬나?'

적어도 대화 몇 마디는 할 수 있을 줄 알았는데, 시작부터 적대하다니. 태현이 가진 신성 스탯을 너무 우습게 본 것 같았다. 상대가 악마라면 보자마자 덤벼도 이상할 게 없었다.

-아니…… 잠깐. 악마도 있군. 너는 누구냐?

"?"

어둠에서 누군가가 자신을 가리키자, 케인은 당황했다.

"아니 누가 악마래? 난 인간……."

-크하하. 농담도 잘하는구나.

"아니 이 자식아! 안 그래도 오염된 거 때문에 기분 나쁜데! 내가 이래 뵈도 아키서스……."

태현은 케인의 입을 다물게 만들었다. 아무리 생각해도 아키서스 이름 팔아서 좋을 상황이 별로 없었다.

-아키서스……?

악마의 목소리가 갑자기 심하게 일그러진 느낌이었다.

-넌 아키서스랑 무슨 상관이지? 응?

"아키서스도 울고 갈 만큼 사악한 악마라는 거지."

-뭐? 자신감이 넘치는군. 그런 자신감은 보여주기 쉽지 않을 텐데. 정말 엄청나게 사악한가 보군.

"……"

-하지만 애송이. 넌 아직 멀었어. 자신감은 좋지만 아키서스의 사악함은 너 같은 애송이 악마가 쉽게 담을 수 있는 게 아니야. 앞으로는 입조심 하도록. 나는 관대하지만…… 다른 악마들은 건방지다고 생각할 수 있으니까.

태현은 둘러대길 잘했다고 생각했다. 상대방의 반응을 보니…….

-그런데 너는 왜…… 신성력이 느껴지지?

"나는 그…… 뭐시냐…… 교단 소속이긴 한데 배신을 때리려고 하는 중이지."

-호오……?

[악마가 당신의 말을 마음에 들어 합니다.]

-어느 교단이지?

"어…… 파이토스 교단."

-크하하. 그 무식한 망치 놈들의 교단인가…… 배신할 만도 하지. 거기는 답답한 곳이니까.

"나도 그렇게 생각해."

-파이토스의 욕까지! 정말로 배신하려는 게 맞나 보군.

[악마가 당신의 말을 매우 마음에 들어 합니다. 프이드가 모습을 드러냅니다.]

어둠 속에서 희미한 윤곽이 드러나더니, 귀족처럼 잘 차려입은 악마가 나타났다. 악마 프이드였다.

"그래서. 애송이 악마하고, 자기 신을 배신하려는 교단 놈하고…… 여기는 무슨 일이지? 여기는 아무나 들어올 수 있는 곳이 아닌데."

프이드는 경고하듯이 손가락을 겨누고 있었다. 뭔지는 몰라도 까딱하면 스킬이 나올 거라는 건 알 수 있었다.

태현은 바로 불었다.

"데르벤이란 악마 놈이 당신을 죽이라고 했거든."

"뭐라고……?!"

[악마 프이드가 경악합니다!]

"그 데르벤이란 놈은 악마 공작 모스락의 수하인데, 어째서인지는 모르겠지만 당신을 죽이라고 하더라고. 당신이 매우 싫은가 봐."

빠르게 사실을 늘어놓는 태현. 들으면 들을수록 프이드의 얼굴에는 분노가 떠올랐다.

"모스락! 그놈이 감히! 잠깐…… 넌 그걸 왜 나한테 알려주는 거지?"

"나 참. 알려줘도 이러는 건가? 음흉하기로 소문난 악마 공작 모스락보다는 당신이 더 믿을 만하다고 생각했지."

"크하하. 듣기 좋은 소리군."

[악마 프이드가 당신의 말을 마음에 들어 합니다.]

[카르바노그가 신의 화신이 무슨 악마하고 이렇게 빨리 친해 지냐고 투덜댑니다.]

만난 지 얼마나 됐다고 무슨 절친한 친구라도 된 것 같은 둘 이었다.

"그래서 손을 잡자는 건가?"

"물론이지."

말하던 태현은 문득 궁금해졌다. 이 악마 프이드란 놈은 힘 이 어느 정도 되는 걸까?

"그런데 왜 모스락이 당신을 죽이려고 하는 거지? 당신이 그 만큼 위협적이어서인가?"

"놈의 명령을 따르지 않아서지. 악마 공작에게 자신의 명령 을 따르지 않는 부하 악마는 절대 있어서는 안 되거든. 존재 자체가 수치니까."

"모스락 밑에 있었나?"

"왜, 놀랐나? 너는 파이토스 밑인데 배신하고 나오려고 하잖나?"

"하긴 그건 그렇군. 모스락 밑에 있다가 나왔으면…… 모스락을 상대할 자신은 있나?"

"물론이지. 그럴 자신도 없이 나왔을까? 놈은 마계에 있고 나는 여기 대륙에 있는데. 게다가 나는 도망치면서 모스락의 보물들을 갖고 나왔단 말씀이야. 크하하."

대화를 나누면서 태현은 빠르게 프리드의 견적을 냈다. 힘 자체는 모스락보다는 딸리지만, 확실히 마계보다는 대륙에 나와 있는 악마란 점이 장점이었다. 악마는 마계에서 대륙으로 한 번 나올 때마다 온갖 쇼를 해야 했다. 그 과정에서 힘이 약해지는 건 물론이고!

악마가 이렇게 대륙에서 자리를 잡고 있다는 것 자체가 커다란 이점이었다. 거기에 훔쳐서 갖고 나온 모스락의 보물들까지!

"그러면 같이 싸울 수도 있겠군?"

"아. 나는 이 숲 밖으로 나가기 힘들어. 힘이 약해지거든."

순간 프리드의 평가가 확 내려갔다.

'뭔 수로 나와 있었나 했더니 이 숲이 특별한 거였나…….'

그래도 태현은 어떻게든 프리드를 끌고 나가고 싶었다. 같이 싸우는 건 당연하고, 만약의 경우 프리드를 잡게 되더라도 밖에서 잡는 게 더 쉬울 것 같았기 때문이었다.

"괜찮아. 당신 같은 악마라면 밖에 나가도 충분하다고."

"모스락이 날 노리는 것 같은데 조심해야지. 내가 한 신중하는 악마라고."

"밖은 좋은 곳이야! 밖으로 좀 나가보자!"

"난 내 집이 더 좋은데."

설득하다 보니 점점 이상한 방향으로 흐르는 대화!

'일단은 무리인가.'

태현은 일단 포기하고 다른 것부터 먼저 하려고 했다.

"좋아. 어쨌든 손을 잡는 것에는 동의한 건가? 데르벤이란 놈을 속여야 하는데 죽었다는 증거가 될 만한 걸 좀 주겠어?"

"잠깐, 잠깐…… 아직 동의한 게 아니지."

"?"

"나도 네가 어느 정도 되는 놈인지 알아야 할 거 아닌가? 물론 같이 다니는 저 애송이 악마 놈은 패기가 있어서 좋긴 하지만, 그게 실력과는 상관이 없으니까 말이지. 네가 파이토스를 믿는 놈이라는 게 찜찜하기도 하고."

"지금 모스락에 관한 정보를 준 날 의심하는 건가?"

"이봐. 너무 기분 상하지 말라고. 확인을 하려고 하는 거니까."

'그냥 죽일까?'

태현은 살짝 고민했다. 요하스 부르고 태현의 밑천을 털어 내면 잡을 수 있을 것 같긴 했다.

변수가 있다면 이 숲! 프이드는 꽤 이 숲을 믿고 있는 것 같았다. 그렇다면 무언가가 있다는 것.

'아…… 그냥 숲을 태워 버려? 사디크의 화염이면 잘 탈 것 같은데.'

[카르바노그가 경악합니다.]

태현이 프이드와 교섭하려는 건 변수를 만들기 위해서였다. 이대로 데르벤의 명령을 따르면 데르벤의 손바닥 위에서 놀아날 수밖에 없었으니까. 뒤통수를 치기 위해서는 미리미리 준비를 해봐야 하는 법.

프이드도 자기 목숨이 아쉬우면 협조를 할 줄 알았는데 저렇게 나오면…….

"나와 한 가지 대결을 해서 이긴다면 너와 손을 잡지."

"됐어, 그냥 안 하고 말지."

[악마 프이드가 당황합니다!]

"목숨 구해주러 왔는데 시험이나 하고 말이야. 에이. 모스락은 의뢰를 맡길 때 지원 팍팍 해주는데……."

들릴 듯 말듯 중얼거리는 테크닉. 물론 들으라고 중얼거리는 거였다.

"누구는 쪼잔하게……."

"아…… 아니. 서로의 힘은 확인해 봐야 하지 않겠나!"

"필요 없다니까. 난 간다."

"동맹이 필요할 텐데?! 모스락이 널 가만히 두지 않을 텐데!"

"에이 뭐…… 너랑 나, 둘 중에서 누굴 먼저 처리하겠어. 너 먼저 처리하겠지. 네가 모스락한테 당하면 그때 고민해 보겠어."

[최고급 화술 스킬을 갖고 있습니다. 프이드가 모스락에 대한 공포를 다시 떠올립니다!]

태현의 말에 프이드의 얼굴이 점점 비틀어졌다.

"잠깐!"

"?"

"나와 대결을 해서 이긴다면…… 모스락에게서 훔친 보물 중 하…… 하나를 주지! 내 이름을 걸고 맹세하겠다!"

말을 더듬으면서 하는 걸 보니 정말 더럽게 아까운 모양이었다.

'거짓말은 아니겠지?'

-주인님. 악마는 자기의 이름을 걸고 맹세한 건 지킬 수밖에 없습니다.

'악마 주제에 성실하군. 난 신의 화신인데 거짓말 엄청 하고 다니잖아.'

-그건 주인님이…… 읍읍.

프이드가 흔들리자 태현은 이제야 좀 구미가 당기기 시작했다.

"에이…… 뭔지도 모르는 보물 하나 준다고 내가 왜……."

"이…… 이 보물이 뭔지도 모르는 놈 같으니. 모스락의 보물이 뭔지도 모르느냐!"

"아. 모른다고."

"두…… 두 개!"

"야. 모두 가자."

태현 일행은 각자 발걸음을 맞춰 한 걸음씩 걷기 시작했다.

"세 개! 더 이상은 절대 못 준다! 이 보물이 어떤 보물인지 알고!"

우뚝-

"좋아. 한번 해볼까?"

'이 탐욕스러운 인간 같으니······! 파이토스 교단 놈들은 뭐 저런 놈을 데리고 있었단 말이냐! 놈들은 눈깔도 없냐!'

애꿎은 파이토스 교단만 욕을 먹게 되었다. 프이드는 얼굴을 씰룩거렸지만 곧 진정했다. 왜냐하면······.

'흥. 대결에서 이기면 그만이지.'

대결에서 이기면 보물을 줄 필요가 없었다. 적당히 태현의 능력을 본 다음, '넌 날 이기지 못했지만 네 능력은 높게 평가한다'고 말하고 부려먹으면 그만이었다.

프이드가 태현을 당장 공격하거나 쫓아내지 않는 건 모스락이 두렵기 때문이었다. 모스락은 멀리 있고, 그는 이 숲의 보호를 받고 있었지만 그래도 두려운 건 사실! 그를 상대하기 위한 동맹이 필요했다.

"그래서 무슨 대결이지?"

"흐으으음······."

프이드는 고민했다. 무슨 대결을 해야 저 탐욕스러운 인간 놈을 이길 수 있을까?

"대결은······ 요리 대결이다."

"······요리 대결이 악마하고 싸울 능력을 어떻게 알 수 있는데?"

태현은 어이가 없어서 되물었다. 아무리 봐도 자기가 자신

있는 분야가 요리라서 저런 수를 쓰는 것 같았던 것이다.

"미각이야말로 가장 예민한 감각! 그 감각이 둔한 놈이 어떻게 강한 놈이겠나!"

'미친놈이 별 억지를 다 쓰네.'

태현은 살짝 고민했지만, 역시 요리 대결은 미친 짓이었다. 고급 요리 스킬을 찍긴 했지만 전문 요리사와는 거리가 멀었다. 그리고 상대방은 요리에 자신이 있는 악마. 분명 요리 스킬이 어마어마하게 높을 게 분명했다.

태현의 화술 스킬로 어떻게든 거부해서 다른 대결로 끌고 가야…….

"물론 너 같은 인간한테 불리한 대결이란 건 나도 안다. 그래서 한 가지 양보해 주지."

"?"

"재료는 아주 흔한 것 하나만 쓰기로 하자. 귀한 재료를 여럿 복잡하게 쓰면 나한테 너무 유리하니까."

"……잠깐. 혹시 요리 재료는 내가 정해도 되나?"

"여기서 구할 수 있는 거라면 정해도 된다."

프이드는 자신만만했다. 정말로 특기가 요리인 모양이었다.

'요리가 특기인 놈은 별로 안 강할 것 같지만…… 일단 이기고 나서 생각해야지.'

태현은 씩 웃었다. 왜냐하면…….

<기적의 토끼 요리>

토끼 신 카르바노그의 축복을 받아, 세상에서 가장 뛰어난 토끼 요리를 만들 수 있습니다.

'이딴 스킬이 이런 곳에서 쓰이게 될 줄은 몰랐는데.'

[카르바노그가 뿌듯해합니다.]

"토끼! 토끼라니! 크하하! 그래. 뭐 토끼 요리로 승부를 보고 싶다면 그렇게 하지."

프이드는 비웃으려다가 태현이 빤히 쳐다보자 멈췄다.

태현이 빈정 상해서 다시 떠날까 봐 멈춘 것이었다.

"흠흠. 그러면 시작할까?"

1시간 후.

프이드는 벌벌 떨며 외쳤다.

"말도 안 돼! 말도 안 된다!!"

[요리 대결에서 미식가로 유명한 악마, 프이드를 이겼습니다!! 인간의 몸으로 매우 커다란 업적을 세웠습니다. 요리 스킬이 크게 오릅니다!]

[명성이 크게 오릅니다!]

[이 사실을 말할 경우 모든 요리사가 당신을 존경할 것입니다. 프이드의 비전 요리 스킬, <악마 요리>를 얻었습니다.]

[칭호: 악마를 이긴 요리사를 얻습니다.

[레벨 업 하셨습니다.]

'레벨 업까지?!'

이건 태현도 놀랐다. 이게 그렇게 대단한 거였나?!

레스토랑 길드의 길마, 차오는 요리사 랭커 파즈를 노려보고 있었다.

"끈질기군. 차오. 또 저번처럼 저열한 수작을 부릴 생각은 아니겠지."

"흥. 파즈. 너 따위에게는 그런 짓을 할 필요도 없다."

불꽃 튀는 두 요리사 사이의 신경전! 길드 동맹을 업고 각종 지원을 받는 요리사 길드인 레스토랑의 길마 차오. 본업도 요리사고, 게임에서도 요리사 랭커로 이름 높은 파즈.

지금 둘은 퀘스트에서 경쟁이 붙은 상태였다.

〈악마의 혀를 만족시켜라-비전 요리 스킬 퀘스트〉

당신은 이제까지 수많은 종족의 혀를 만족시켜 왔다. 인간, 엘프, 드워프…… 다음 차례는 악마다.

마계에서 힘이 있는 악마들은 수많은 진미를 맛보고 미식을 즐긴다. 그들의 공허한 영혼을 달래기 위해서는 그런 것밖에 없기 때문이다. 그런 악마를 만족시킬 수 있다는 건 당신의 실력을 증명하는 일.

악마의 혀를 만족시켜라!

-일정 지위 이상의 악마 상대로 요리 대결에서 승리: (0/1)

보상: ?

"자! 드셔주십시오! 〈보석상어의 알과 공작거위의 간을 써서 쪄낸 에랑스 왕정의 귀족 요리〉입니다!"

"흥. 그걸로 될 것 같으냐! 저는 〈천사의 날개, 드래곤의 힘줄, 와이번의 심장…… 등을 사용한 수프〉입니다."

"뭐…… 뭐? 그런 재료를 썼다고?! 미친 거냐, 파즈! 그런 걸 여기에 쓰다니! 만약 실패라도 하면 그냥 날리는 거다!"

"난 너와 다르다. 너는 요리를 계산으로 보지만 나는 요리를 가슴으로 한다! 반드시 이 악마를 만족시키고 말겠다!!"

-둘 다…… 싸우는 건 좋은데 먹여주고 싸우지 않겠나?

"앗, 네."

"아. 예! 에슬라 님!"

봉인된 에슬라는 지루한 표정으로 말했다. 갑자기 '악마가 여기 있다는데?' 하면서 찾아온 요리사들. 맛있는 걸 먹여준다니 믹고는 있는데, 그렇게 대단하지는 않았다.

'아키서스의 화신이 언제쯤 봉인을 풀 열쇠 3개를 다 모을지 모르겠군……'

고위 악마가 갖고 있는 무기 하나를 뺏는 것도 인간에게는 어마어마한 업적이었다. 그런데 봉인을 풀기 위해서 필요한 건

3개. 거의 불가능하다는 건 에슬라도 알고 있었다.

그러나 그럼에도 불구하고 에슬라는 태현을 믿었다. 다른 놈이면 불가능하겠지만, 아키서스의 화신에게 불가능한 건 없었으니까! 놈이 하려고 한다면 대륙을 불태우고서라도 가지고 올 게 분명했다.

'시간이 꽤 많이 걸리겠지만 난 기다릴 수 있으니……'

악마에게 시간은 의미가 없었다. 기다리려고 한다면 얼마든지 기다릴 수 있었다.

"맛이 어떻습니까! 에슬라 님!"

파즈는 기세등등하게 외쳤다. 정말 어렵고 어렵게 구한 희귀 재료들을 아낌없이 투자했다.

차오는 할 수 없는 이 과감함!

요리에 목숨을 건 남자만이 할 수 있는 요리!

이게 실패할 리가…….

"짜군."

"……네?"

"짜다고."

"으하핫! 으하하핫! 짜대! 짜대!"

차오는 박장대소했다. 파즈가 정말 희귀한 재료들을 꺼내서 긴장했는데, 대실패한 것이다. 경쟁자가 망하는 것만큼 즐거운 것도 없었다.

"크하핫! 크하하핫! 크핫! 커헉!"

사례까지 들리는 차오! 그걸 본 에슬라는 어이가 없다는 듯이 말했다.

"그만 처웃고 요리나 내놓게."

"아, 예."

차오가 요리를 갖고 오자 파즈는 옆에서 노려보았다. 자존심이 매우 상한 것이다.

"내가 실패했지만 그렇다고 네가 성공한 건 아닐 텐데."

"후후, 멍청하기는. 다 생각해 놓은 게 있지."

파즈는 살짝 놀랐다. 차오가 성격이 더럽고 음험하고 뒤에서 온갖 수작을 부리는 쓰레기 같은 놈이긴 했지만······.

"지금 나 들으라고 하는 소리냐??"

"아, 미안. 실수로 입 밖에 냈군."

······아무 근거 없이 떠들 놈은 아니었다. 분명 실력은 있었다.

"자. 여기 있습니다."

차오는 요리를 내밀고 웃었다. 분명 대단한 요리긴 했지만, 파즈는 그 요리가 자신의 요리보다 대단하다고 생각하진 않았다.

'뭐지? 저 악마에게 맞춘 요리인가!? 아니, 아무리 그래도 저 요리는······ 내 요리를 뛰어넘을 수 없어!'

"파즈. 난 한 가지 깨달았다."

"?"

"요리 영화, 드라마, 소설 등등에서 일어나는 대결에서 이기는 건 언제나 늦게 내는 놈이라는 걸!"

파즈는 귀를 의심했다. 저놈이 방금 뭐라고 한 거지?

"자! 봐라!"

"맛없군. 돌아가게 이제."

튓-

에슬라는 파즈의 음식을 먹었을 때보다 더 격한 반응을 보여주었다. 그걸 본 차오는 울컥해서 외쳤다.

"……너 맛알못이지!? 너 뭐 하는 악마야!"

혀가 있다면 자신의 요리를 맛없다고 할 리가 없는 것!

"인간의 부정이란 참 추하군."

"닥쳐! 맛있다고 말해! 맛있다고 말하란 말이야!"

다른 곳에서는 악마가 현실을 부정하고 있었다.

"말도 안 돼…… 말도 안 돼……."

"하하. 현실을 받아들이라고. 자, 가자."

"어디를?"

"보물 받으러."

프이드의 얼굴이 새하얗게 변했다. 그걸 본 일행들은 속으로 생각했다. 악마도 저런 표정을 지을 수 있구나!

"깎…… 깎아줘!"

"뭘? 네 생명을? 저런, 난 그리고 싶지 않지만 네가 꼭 그러고 싶다면야……."

"보…… 보물은 안 돼! 내가 어떻게 갖고 나온 건데!"

"그래. 그래."

태현의 말에 프이드는 살짝 희망찬 눈빛으로 쳐다보았다.

"쓸 때마다 네 노력을 생각하면서 쓸게."

태현은 발버둥 치는 프이드를 질질 끌고 보물이 숨겨진 곳으로 향했다.

'나중에 에드안한테 위치를 말해서 추가로 털 수 있으면 좋겠군.'

[숲의 지하창고에 들어왔습니다. 이 지역은 매우 많은 함정과 마법이 걸려 있습니다.]

[주의하십시오.]

메세지창으로 경고까지 뜰 정도의 위험성. 실제로 태현이 시선만 던져도 메시지창이 떴다.

[<화염 룬 함정>을 발견했……]

[<연속 석궁 함정>을 발견했……]

프이드가 얼마나 공을 들여서 지키고 있는 곳인지 알 수 있었다. 에드안을 들여보내기에는 좀 걱정될 정도!

'뭐 에드안이니까 알아서 잘하겠지?'

[카르바노그가 그건 아니라고 생각……]

[카르바노그가 악마의 기운 때문에 제대로 말하기 힘들다고

합니다.]

'뭐? 잠깐…….'
태현은 카르바노그의 말을 듣고 한 가지 사실을 깨달았다.

-신의 예지!

[이 자리에 서린 강력한 악마의 기운 때문에……]

'젠장!'
〈신의 예지〉 스킬로 보물을 날로 먹으려고 했는데, 그 방법이 막힌 것이다. 태현은 아쉬워서 입맛을 다셨다.
'뭐 상관없지. 다른 방식으로 찾으면 되니까.'
프이드는 그사이 정신을 차리고 이성을 되찾은 모양이었다. 냉정한 얼굴로 태현을 빤히 쳐다보고 있었다.
"흥. 어서 골라서 갖고 나오라고."
"흠……."
숲의 지하창고에는 온갖 잡다한 아이템들이 꽉꽉 들어차 있었다. 일반적인 플레이어들이라면 이런 광경을 보면 기가 죽었을 것이다. 수백, 수천 개가 넘는 아이템 중에서 어떻게 옥석을 가려내겠는가!
그러나 태현은 아니었다.
'몇 가지 요령만 있으면 순식간에 시간을 줄일 수 있지.'

[대장장이 기술 스킬이 낮아서 아이템의 성능을 제대로 확인할 수 없습니다.]

[마법 스킬이 낮아서……]

아이템을 하나씩 집었다 들 때마다 뜨는 메시지창들. 일단 이런 메시지창이 뜨는 게 더 좋은 아이템이었다.

판온 1 때 하던 방법으로 아이템을 측정하던 태현은 추억이 새록새록 떠오르는 걸 느꼈다.

'그리고 한 가지 더.'

신의 예지는 막혀도 태현에게는 최고급을 찍은 화술 스킬이 있었다.

[프이드가 경악합니다.]

[프이드가 안심합니다.]

[프이드가 매우 경악……]

'이게 좋은 것 같군.'

들었다 놨다 할 때마다 변하는 프이드의 감정을 즐기며 태현은 흡족해했다.

악마 공작의 음험한 목걸이:

내구력 10/20, 마법 방어력 150.

공격당할 때마다 일정 확률로 적에게 <악마의 피> 시전. 스킬 <맹세의 악마 군대 소환> 사용 가능. 스킬 ?? 사용 가능. 스킬 ?? 사용 가능. 신성 공격에 매우 취약.

악마 공작이 계략과 음모를 꾸밀 때 차고 있던 목걸이다. 목걸이를 파괴하고 스킬을 사용하면 맹세의 악마 군대를 소환할 수 있다.

(마법 스킬이 낮아서 설명을 전부 볼 수 없습니다.)

(대장장이 기술 스킬이……)

내구력이 낮고 신성 공격 페널티가 있는 게 흠이었지만 마법 방어력이 어마어마했다.

어지간한 갑옷 뺨치는 마법 방어력! 태현이 착용하고 있는, 오스턴 왕가의 보물인 <왕자의 목걸이>도 아직 플레이어들이 구하기 힘든 좋은 아이템이었지만, 이 목걸이는 더 훌륭했다.

'하지만 스킬이 일회용인 게 아쉽군.'

악마 군대를 소환하려면 장비를 파괴해야 한다는 게 아쉬웠지만…… 그만한 가치가 있었다. 게다가 아직 나오지 않은 스킬들까지 있지 않은가.

태현이 다음으로 고른 건 <악마의 금속으로 짠 은빛 셔츠>.

악마의 금속으로 짠 은빛 셔츠:

내구력 150/150, 물리 방어력 100, 마법 방어력 50.

사망 시 <악마의 힘으로> 사용 가능.

오래된 악마의 피로 절여져 있는 셔츠다. 셔츠를 파괴하면 <악

마의 힘으로>를 사용할 수 있다.

지금 착용하고 있는 〈진홍의 배신 셔츠〉와 큰 차이는 없었지만, 〈악마의 힘으로〉가 너무 좋았다. 무려 부활 스킬!

태현이 무조건으로 챙기는 스킬이 바로 부활 스킬이었다.

'다른 게 아쉽지만 부활은 챙겨놔야지.'

현재 챙겨놓은 부활수단만 해도 몇 개인가. 태현을 노리는 다른 플레이어들이 이걸 안다면 질려서 도망칠 수준이었다.

'마지막은…… 역시 징표가 좋을 텐데. 징표가 있으려나?'

태현은 힐끗 프리드를 쳐다보았다. 아끼고 아끼던 아이템들을 쏙쏙 빼앗긴 탓에 프리드는 단단히 화가 난 것 같았다.

"혹시 모스락한테서 도망칠 때 징표 갖고 나온 거 없나?"

"뭐? 그런 걸 내가 갖고 나왔을 리가 없잖아. 악마에게 자기를 상징하는 징표가 얼마나 중요한 건지 모르나? 당연히 모스락이 들고 있겠지."

'쯧.'

악마의 봉인을 풀어라-에슬라 퀘스트.

태현이 맡은 퀘스트 중 아직도 이렇게 못 깬 퀘스트는 드물었다. 그만큼 진행이 느리고 모으기 힘든 퀘스트!

어떻게 날로 먹을 수 없나 했더니…….

"그러면 이걸로 하지."

"그…… 그건……!"

태현이 마지막으로 고른 아이템은 〈악마가 봉인된 6연발 머스킷>이었다.

'이건 이다비 줘야지.'

공격할 때마다 랜덤으로 대미지 버프를 결정하는 특이한 아이템! 태현보다는 이다비처럼 자체 공격력이 부족한 직업이 잘 쓸 수 있을 것이다. 거기에 아직 안 보이는 옵션이 있고, 이름부터 <악마가 봉인된>이니……. 뭔가 있을지도 모른다는 기대감이었다.

프이드는 잠깐 사이 살이 쭉 빠진 것 같았다.

"이제 다 됐으니…… 모스락을 상대할 계획을 세우자고……."

목소리에도 힘이 없고, 왠지 모르게 구슬프고 애달팠다. 그러나 태현은 아직 끝나지 않았다. 약간 미안한 마음으로 태현은 말했다.

"저기, 있잖아……."

"?"

"한 가지 더 줘야겠는데."

"뭘 또!!"

노이로제 반응을 일으키는 프이드!

[프이드의 친밀도가 떨어집니다!]
[악마들 사이에서 당신의 소문이 퍼질 수 있습니다!]

"아니. 진정해. 내가 지금 모스락 부하한테 가야 하는데, 널 잡아 왔다고 사기를 쳐야 하잖아. 그러려면 증거가 필요하다고"

[프이드의 친밀도가 다시 올라갑니다.]

설득이 성공했는지, 프이드는 고개를 끄덕였다.

"그래서 뭘 해줘야 하지?"

"네 신체 일부를 좀 가져가고 싶은데. 혹시 잘라도 괜찮은 부분 있니?"

말은 상냥했지만 담긴 뜻은 섬뜩한 소리! 프이드는 오랜만에 오싹함을 느꼈다. 이 인간 놈 눈빛이…….

'파이토스 교단 놈들, 대체 뭐 하는 미친놈을 키운 거냐?'

[파이토스 교단의 악명이 올라갑니다.]

'응?'

태현은 의아해했다.

"……내 뿔이 있다."

"뿔 같은 건 없는데?"

"마법으로 감추고 있으니까 그렇지. 자."

프이드의 이마에서 길고 뾰속한, 탐스러운 두 개의 뿔이 나타났다.

"이 뿔 끝을 조금 잘라 가면 믿을 거다."

프이드는 말하면서 매우 괴로운 표정이었다. 그의 자존심이자 상징인 뿔을 조금 잘라내야 하다니.

"아니지."

"뭐가 아니란 거지?"

"죽였는데 그렇게 조금 잘라가면 누가 믿겠어. 확 잘라가야지."

"아, 아니…… 길이가 크게 중요한가?"

"상대도 악마라고! 속이려면 최선을 다해야 해! 그렇게 애매하게 잘라가 봤자 아무 의미가 없어!"

태현은 뜨겁게 설득했다. 물론 이유는 하나였다.

'고위 악마로 몬스터 정수 만들 기회다!'

창고도 털고 이제 뿔까지 잘라서 가져가려는 태현! 적들 상대로 정말 미친듯한 알뜰함을 보여주고 있었다.

프이드는 어떻게든 저항하려고 했지만, 이미 불리한 싸움이었다. 명분마저 태현에게 있었으니…….

"크흑…… 잘라가라. 잠, 잠깐. 왜 두 개 다 잡는 거지?"

"하나만 잘라갔다고 하면 누가 믿겠어? 두 개 다 잘라야 해!"

"야 이 미친 인간 놈아!!"

프이드는 울부짖었다. 슬슬 이 인간과 손을 잡은 게 후회되기 시작했다.

'파이토스 교단 놈들이 진짜 미친놈을 키웠어!'

요하스는 초조하게 기다리고 있었다. 과연 태현은 혼자서 악마를 쓰러뜨렸을까? 악마는 결코 만만한 상대가 아니었다.

태현이 악마만큼 치사하고 비열하고 사악한 인간이었지만…….

기다리는 사이 태현이 안에서 나왔다.

"어떻게 되셨습니까?"

태현은 승리한 표정으로 두 개의 뿔을 꺼내 흔들었다. 그걸 본 요하스는 눈을 크게 떴다. 저건 분명 악마의 뿔!

"잡으셨군요!"

"하하. 파이토스 님이 도우셨지."

"역시! 위대한 파이토스 님께서 폐하를 도우신 거군요!"

[파이토스가 이런 불경한 소리를 알게 되면 용서하지 않을 겁니다!]

"그럼. 그럼. 파이토스 님이 날 얼마나 좋아하는데. 언제는 한 번 이렇게 신탁을 내리셨지……."

누가 들으면 파이토스와 태현이 절친한 친구라고 생각할 이야기! 그러나 이미 반쯤 넘어간 요하스는 의심하지 않고 믿었다.

[요하스가 잘못된 사실을 알게 되었습니다. 이 사실을 말하고 다닐 경우 파이토스의 분노를 살 수 있습니다. 요하스가 더 타락……]

"파이토스 교단의 사제들에게 이 사실을 알려주면 정말 기뻐할 겁니다!"

"그래. 많이 알리고 다녀."

태현은 상냥하게 웃으며 등을 두들겼다. 말 그대로 등을 떠미는 웃음이었다.

그렇게 일행이 같이 나오는데, 멀리서 태현을 부르는 목소리가 들려왔다. 니콜라였다.

"오우, 김태현 선수! 찾고 있었습니다!"

니콜라 뒤에는 못 보던 얼굴들이 몇 명 보였다. 아까 좋다고 달려 들어가던 플레이어들이었다.

"구한 겁니까?"

"당연하죠. 여기 너무 위험합니다. 다들 못 들어오게 해야 하는데 자꾸 들어옵니다."

"흠……."

원래 이 숲을 원래대로 돌리려면 프이드를 처치해야 했다. 프이드가 펼친 각종 결계가 이 숲을 오염시키고 있는 거였으니까. 그렇지만 프이드를 죽일 수는 없었다. 적어도 지금은 동맹이었으니까.

"하지만 걱정 안 해도 됩니다. 김태현 선수. 우리는 계속 방법을 찾을 겁니다."

니콜라는 사람 좋게 웃었다. 그걸 본 태현이 말했다.

"도와드릴까요?"

"오우. 도와주시면 감사합니다. 그러면 같이 안으로……."

"아니, 그럴 필요 없습니다."

"?"

"더 좋은 방법이 있거든요."

땅, 땅, 땅-

니콜라의 길드원들이 가져다주는 재료로, 태현은 폭탄을 만들고 있었다. 폭탄 종류는 화염!

[사디크의 권능 스킬, <사디크의 화염>을 가지고 있습니다. 사용하는 화염 관련 스킬에 사디크의 화염이 추가됩니다.]
[최고급 기계공학 스킬을 갖고 있습니다. 폭탄의 위력이 더욱더 강해집니다.]
[최고급 기계공학 스킬을 갖고 있습니다. 원하는 대로 폭탄의 성능을 조절할 수 있습니다.]

이제 태현의 경지는 장인이나 마찬가지였다. 일반 등급의 구리, 초석, 강철, 화염석 등 구하려면 쉽게 구할 수 있는 재료 아이템으로 무시무시한 폭탄을 만드는 장인!

손 하나 놀릴 때마다 <무시무시한 화염 분출 폭탄> 같은 게 나오자 길드원들은 경악과 존경의 눈빛으로 쳐다보았다. 진짜 판온 1 때 혼자서 길드를 잡아먹었다는 게 소문이 아니었어!

태현이 솔선수범해서 도와주려고 하자 니콜라는 감동으로 눈시울을 적셨다.

"김태현 선수. 너무 착합니다. 흑흑."

"제가 좀 착합니다."

"……??"

"뭐 인마."

"아, 아무것도 아니야."

케인은 시선을 피했다. 자기도 이상해지는 기분이었다. 진심으로 태현의 선량함을 믿는 사람들이라니!

'미디어가 너무 무섭다!'

파워 워리어 길드가 시작한 미디어 조작이 방송을 타고 전 세계로 펼쳐나가자, 니콜라와 길드원 같은 혼종이 나타나게 되었다. 판온 2부터 시작한, 태현이 착한 사람이라고 믿는 플레이어들!

'하긴 판온 하는 놈들 숫자가 몇 명인데, 김태현한테 당한 놈들보다는 안 당한 놈들이 더 많겠지…….'

생각해 보니 이상한 건 없는데, 받아들이기 힘든 현상!

"김태현 선수, 나중에 도움이 필요하면 말하세요. 도와줍니다."

"길드 동맹하고 싸우는 거라도?"

"오우, 물론입니다. 우리 길드, 길드 동맹 싫어합니다."

현재 판온 단일 길드로서는 최강 세력인 길드 동맹하고도 싸우겠다고 단언하는 니콜라! 태현은 그걸 보고 흐뭇하게 고개를 끄덕였다.

"좋아. 대충 다 됐다."

"이 폭탄을 갖고 레이드를 하는 거군요! 대회처럼!"

"응? 아닌데?"

길드원들은 고개를 갸웃거렸다. 폭탄을 만든 게 숲 어딘가에 있을 보스 몬스터를 레이드하려고 한 게 아니라면, 대체 무슨 이유로 만든 거지?

착착착-

태현은 폭탄을 솜씨 좋게 배치하기 시작했다.

[폭탄을 배치하기 시작합니다. 최고급 기계공학 스킬을 가지고 있습니다. 최대의 효율로 연쇄 폭발이 일어납니다.]

[무시무시한 폭발이 일어날 수 있습니다. 주의하십시오.]

"후후…… 아주 좋아. 아주 좋아."

길드원들은 아직도 태현이 뭘 하려는지 이해를 못 한 모양이었다.

태현은 친절하게 설명을 해주었다.

"잘 생각해 보라고. 여기 지역을 봤을 때, 보스 몬스터는 절대 만만치 않아. 그런 놈이 대기하고 있는 곳에 들어간다? 지금 수준으로는 위험할 수 있다고."

모두가 고개를 끄덕였다.

"그러니까 그냥 밖에 불을 지르자."

거기서 어떻게 그런 결론이??

"아니, 그건 좀 너무 과격한 거 아닌가요?"

"뭐 어때? 지금 내버려 둬봤자 애꿎은 사람들만 들어갔다가 맨날 죽어 나간다니까. 그냥 아예 싹 태워 버리고 여길 접수하는 게 속 편하지 않겠어?"

길드원들의 거부감을 없애주기 위해 돌아가는 태현의 헛바닥!

물론 숲이 통째로 날아가면 사라지는 게 많긴 했다. 안에 나오는 몬스터들이나, 각종 재료 아이템들.

그렇지만 숲을 태우면 이것보다 더 많은 걸 얻을 수 있다!

그들이 고민하는 초보자들이 죽어 나가는 문제도 한 번에 해결되고, 이 드넓은 공간이 공짜로 주어지는 것이다.

"오우, 말 됩니다."

"그렇죠? 거봐. 길마님이 뭘 아시네."

태현은 마지막으로 〈사디크의 화염 룬〉 스킬을 사용했다.

[사디크의 화염 룬 스킬을 사용했습니다. 글자가 사라지기 전까지는 룬 글자에서 계속해서 사디크의 화염이 배출됩니다.]

화르륵!

"자, 이걸 놓고…… 모두 튀자!!"

태현이 말하고 달리기 시작하자 다른 사람들은 멍하니 있다가 퍼뜩 정신을 차렸다.

"같, 같이 가요!"

프이드는 아직도 꿍얼거리고 있었다.

"빌어먹을 파이토스 교단 놈들, 뭐 저런 미친 놈을 길러낸 건지……."

하필이면 가져간 보물도 알짜배기만 골라 가져갔다. 그럴듯해 보이는 잡템들이 수백 개가 넘었는데도!

미친놈은 미친놈인데 보는 눈이 있는 미친놈!

게다가 그 토끼 요리는…….

"대체 인간 주제에 그런 토끼 요리는 어떻게 만든 거냐!"

도저히 믿을 수 없는 실력!

"크흐흐. 그래도 놈이 이걸 눈치채지 못해서 다행이야."

프이드는 품속에서 상자를 꺼내 소중하게 쓰다듬었다. 이건 절대 줄 수 없었다.

"그래…… 나도 놈을 이용하면 그만이다. 모스락을 상대하기 위해서 철저하게 이용해 주마. 크하하. 나는 숲에 있고 놈은 밖에 있으니……."

모스락 같은 악마 공작을 상대하기 위해서는 태현 같은 놈이라도 필요했다. 프이드가 이 숲속에 숨어 있는 건 단점도 있었지만 장점도 있었다. 일단 악마 공작이 쉽게 그를 찾아오지는 못하리라는 것과…… 숲 밖에 있는 태현이 먼저 싸워야 한다는 점!

동맹을 맺은 이싱 프이드는 태현을 철저하게 부려먹어서 화살받이로 써먹을 생각이었다. 그렇지 않으면 수지타산이 맞지 않았다.

"너는 모스락과 싸우게 죽게 될……."

퍼퍼펑!

프이드는 고개를 갸웃거렸다. 저 멀리 숲에서 뭔가 터지는 소리가 들렸다.

퍼퍼펑! 퍼퍼펑! 콰쾅! 콰콰콰쾅!

프이드의 입이 크게 벌어졌다. 저 멀리서 거대한 화염 기둥이 연신 솟구치고 있었다.

"이, 이, 이게 무슨……."

콰콰쾅! 콰콰쾅! 콰쾅!

"안 돼!"

이 숲이 불타 버리면 프이드가 준비한 결계부터 함정까지 모든 것이 물거품이 됐다. 설마 이렇게 무식한 방법으로 공격해 들어올 줄이야.

"모스락……! 이 비열한 개자식아!"

마계에서 대륙으로 나온 악마가 이렇게 일을 크게 벌이면 온갖 교단이 추적할 텐데, 뒷감당은 생각지도 않는단 말인가!

프이드는 모스락을 저주하며 움직였다.

-빙결의 폭풍우! 노래하는 악마 소환!

각종 마법과 갖고 있는 아이템들을 사용해 숲 곳곳에서 일어나고 있는 폭발과 화염을 막으려고 하는 프이드!

그러나 이건 막을 수 있는 게 아니었다.

[화염이 다른 화염과 만나 더욱더 크게 불타오릅니다. 사디크

의 힘이 깃든 신성한 화염이 악마의 힘을 밀어냅니다!]

"모스라아아악! 이 개자식아! 사디크의 힘까지 빌리다니! 네가 그러고도 악마 공작이냐!"

[연쇄 폭발이 일어납니다.]

콰콰쾅!
이제 프리드가 있는 곳까지 덮쳐오는 폭발! 대체 뭘로 공격하고 있는 건지 알 수가 없었다. 프리드는 이를 악물고 창고로 들어가 아이템들을 챙기기 시작했다.
죽는 한이 있더라도 이건 챙겨 나가야 했다.
'모스락! 설마 이건 폭탄인가! 잠깐만…… 폭탄을 잘 다루는 건 에슬라일 텐데……? 모스락은 폭탄을 다룰지 모르잖아! 설마 에슬라가 풀려났나? 그건 말도 안 되고…….'

[정체불명의 바람이 불어옵니다.]
[화염이 미친듯이 타오릅니다!]
[폭발이 더욱더 강력해집니다!]

"히, 히이익!"

-행운의 바람 소환!

[지역에 무작위 속성을 가진 바람을 소환합니다. 행운 스탯에 따라 바람의 세기가 달라집니다. 소환된 바람은 통제할 수 없으며, 아군에게도 피해를 끼칠 수 있습니다.]

정체불명의 바람은 태현이 소환해 낸 행운의 바람이었다. 최고급 기계공학+사디크의 화염 권능+거기에 행운의 바람까지. 하나만 있어도 지역 하나를 뒤집을 수 있는 흉악한 스킬인데, 이 세 가지가 조합되니 정말 무시무시한 위력이 나왔다. 강력한 어둠의 숲을 통째로 정화시켜 버리는 산불!

'음. 행운의 바람은 괜히 썼나?'

똥개도 자기 집에서는 먹고 들어가는데, 프이드도 자기 영역이니 혹시 폭발을 막고 불을 끌 수도 있다고 생각했었다.

나름대로 고위 악마잖은가! 그래서 행운의 바람까지 사용해서 위력을 극대화시켰는데…….

생각보다 너무 심했다. 누가 보면 사디크의 화신이 다시 나타난 줄 알 것 같았다.

[저주받은 어둠의 숲이 타들어 갑니다.]

[명성이 크게 오릅니다.]

[에랑스 국왕에게 이 사실을 보고할 경우 보상을 받을 수 있습

니다.]

'오오…….'
생각지도 못한 보너스까지!

[일그러진 악몽의 괴물을 해치웠습니다.]
[어둠의 힘을 받아들인 타락한 늑대인간, 카헬을 해치웠습니다.]
[늑대인간 종족의 우두머리를 해치웠습니다.]
[저주받은 어둠의 숲의 골칫거리를 해치웠……]
[레벨 업 하셨습니다.]

숲에 있는 고렙 몬스터들을 깡그리 쓸어버린 덕분에 오른
추가 레벨까지! 태현은 이번 악마 토벌 퀘스트(물론 토벌은 안 했
지만)를 진행하면서 레벨만 무려 2를 올린 셈이 됐다.
무려 2라고 하면 좀 웃기지만, 태현한테는 어마어마한 숫자!
'아무리 생각해도 교단 퀘스트보다는 악마 퀘스트가 더 짭
짤한 것 같단 말이지.'

[카르바노그가 그러면 안 된다고 훈계합니다.]

'알겠어, 알겠어.'
숲이 활활 타오르면서 박살 나는 걸 확인한 태현은 니콜라
와 악수를 나눴다.

"오우, 감사합니다. 김태현 선수. 오늘 일 절대 잊지 않을 겁니다."

"하하. 또 이렇게 불태워야 할 곳이 있으면 불러만 주시지요. 기쁜 마음으로 달려가겠습니다."

흉흉한 대화를 나누며 인사하는 둘! 그렇게 태현 일행은 기쁜 마음으로 에랑스 왕국을 떠나 수도로 출발했다.

"맞다, 이다비. 이거."

"네? 뭔가요?"

"네 공격력이 좀 부족한 것 같아서. 자. 받아."

태현은 챙겨놓은 머스킷을 이다비에게 건넸다. 이다비는 그걸 보고 깊숙한 곳에서 감동이 차오르는 걸 느꼈다.

눈물을 글썽거리려던 이다비는 멈칫했다. 생각해 보니 지금 다른 사람들도 있었는데 그녀 혼자만 받으면 조금 그랬다. 다행히 다들 다른 걸 하느라 신경이 팔려 있는 모양이었다. 빨리 집어 넣으면…….

"헉! 뭐 받았냐?! 내 건? 내 건?!"

이다비는 새로 받은 머스킷을 케인한테 시험해 볼까 진지하게 고민했다. 이 인간이…….

"뭐 받았어요?"

유지수까지 듣고 오지 않았는가!

"아, 이거. 이다비가 공격력이 부족한 것 같아서 챙겨났지."

"재밌는 장비네요?"

"상인 직업이니까 이런 걸 써야 하는 건가?"

"멋있게 생긴 것 같습니다."

'어라?'

생각했던 것보다 일행들의 반응이 괜찮았다. 심지어 유지수까지!

"언니, 써보세요."

"네? 아무리 그래도 케인 씨한테 쏘는 건……."

"저 사람한테 쏘라고 하지는 않았는데요……?"

유지수는 고개를 갸웃거렸다. 이다비는 얼굴을 붉혔다. 본심이 나온 것이다.

"야……."

"물론 케인, 네 것도 챙겨났다."

"헉. 진짜?!"

케인은 고개를 홱 돌렸다. 기대도 안 했는데 정말로?

"자. 이거 봐라."

태현은 프리드의 뿔을 꺼내 흔들었다. 그걸 본 케인의 얼굴이 기묘하게 변했다.

"어…… 이게 뭔데……?"

"뿔이잖아."

"……이게 왜 내 건데?"

"잘 달여서 몬스터 정수로 만들어주마. 악마 특성 가진 너랑 잘 어울릴 거야."

케인의 얼굴이 일그러졌다. 그걸 본 유지수가 중얼거렸다.

"부럽다……."

"저, 저게요?!"

"직접 요리를 해주시잖아요."

"그, 그렇긴 하지만……."

그래도 저건 좀 아니다!

"내 캐릭은 점점 이상해지는 것 같아……."

케인이 혼자 중얼거렸다. 그걸 본 정수혁은 깜짝 놀란 표정을 지었다.

'그걸 지금에 와서야 눈치챘단 말입니까?!'

이미 한참 전부터 케인의 캐릭 콘셉트는 이상해져 있었는데?! 그래도 그걸 지적하지 않았다. 정수혁은 착했기 때문이었다.

"그래도 강하면 된 거 아닙니까!"

"그런가……?"

케인은 또 좋다고 솔깃해했다. 정수혁은 기회를 놓치지 않고 말했다.

"잘 생각해 보십시오! 다른 사람들은 고리타분하게 정석만 따라가고 있는데! 케인 씨는 파격적인 방법으로 캐릭터를 키우고 계신 겁니다!"

"어, 정석이 좋은 거 아니야? 그래서 정석이잖아."

"아닙니다! 정석만 밟아서는 결코 최고가 될 수 없습니다!"

"난…… 딱히 최고가 되고 싶었던 적은 없는 것 같은데……."

케인의 꿈은 그렇게 거창한 게 아니었다. 그냥 다들 판온으로 인기 얻고 유명해지고 돈 버는 거 같으니까 나도 좀…… 정도!

"한번 시작하신 이상 최고를 노리셔야죠!"

"그…… 그런가?"

"그렇습니다. 케인 씨 지금 스스로를 곰곰이 생각해 보십시오. 어떻습니까?"

"뭐가 어떠냐는 거야?"

"유명하고 인기가 있지 않습니까."

"그…… 그러네?"

태현을 따라다니다 보면 잊기 쉬웠지만, 객관적으로 케인은 유명하고 인기가 있었다.

"그러면 된 겁니다!"

케인은 홀린 얼굴로 고개를 끄덕였다. 대화를 하다 보니 이렇게 캐릭 종족이 반쯤 악마가 된 것도, 앞으로 악마 관련 음식을 먹어야 하는 것도 엄청나게 긍정적으로 느껴졌다.

태현은 둘의 대화를 듣고서 중얼거렸다.

"수혁이가 원래 안 저랬던 것 같은데, 어쩌다 저렇게 된 건지 모르겠어."

CHAPTER 2

"요하스. 정말 고생이 많았어. 뜨거운 물에 몸을 담그고 쉬
도록."

"아니, 전 괜찮습니다만. 별로 한 것도 없습니다. 폐하."

"아니야! 보아하니 표정이 어둡고 눈 밑이 검은 게 아주 피
로가 짙게 쌓였어!"

'폐하 때문인데요⋯⋯.'

요하스는 속으로 말을 삼켰다. 이상하게 태현을 따라다니
면서 마음고생이 심해진 기분이었다. 분명 파이토스 님이 시
킨 대로 하고 있는 건데, 왜 이렇게 찜찜하고 불안한 걸까?

"자! 어서 들어가서 쉬라고!"

수도에 도착한 태현이 요하스를 어떻게든 쉬게 하려는 이유
는 하나였다.

'데르벤 만나서 보상 받아야지!'

처음에는 '그래도 그렇지, 악마와 천사가 서로 적대 관계로 찾아왔는데 모두 뜯어내는 게 가능한가? 너무 욕심부리는 거 아닌가?' 하며 살짝 고민했던 태현이었지만, 이제 아니었다.

해보니까 되네?

잘만 풀리면 태현은 악마는 악마대로, 천사는 천사대로 지원을 받고 마지막에는 요하스까지 영입을 할 수 있게 될 것이다.

"펠마스! 목욕물 받아줘라! 요하스 목욕한댄다!"

"아니, 폐하. 제가 시종도 아니고……."

펠마스는 투덜거리며 달려왔다. 그도 이제 나름 이 수도에서 대접받는 사람인데!

"폐하. 제가 이 수도에서 아키서스의 이름을 위해 무슨 일을 했는지 아십니까?"

"시끄럽고 요하스나 데리고 가라."

펠마스는 결국 요하스를 데리고 밖으로 걸어나갔다. 순간 태현은 강한 위화감을 느꼈다.

'잠깐. 내가 펠마스한테 아키서스의 이름을 위해 뭘 하라고 시켰었나?'

그런 기억은 딱히 없었는데?

'설마 이 자식 모……?'

펠마스가 이제까지 교단 내에서 저지른 업적은 화려했다. 물론 태현이 펠마스의 공을 부정할 생각은 없었다. 그렇지만 펠마스의 방식은 너무 막 나가는 방식!

만약 태현이 펠마스를 막지 않았다면 아키서스 교단은 벌써 사람들을 홀리고 다니는 사악한 교단으로 몰렸을 수도 있었다.

'에이, 골드 권한도 묶어놨고 부릴 수 있는 NPC들도 없을 텐데 뭘 하겠냐.'

태현은 신경을 끄고 발걸음을 옮겼다.

"오오, 폐하……! 못 본 사이 더욱더 강력해지신 것 같습니다. 이 기운은……? 설마, 처치하고 오신 겁니까?"

"물론이지. 내가 약속한 걸 어길 리가 있나?"

"물론 폐하께서는 명예로운 분이시지요."

데르벤은 음흉하게 웃었다. 태현도 마주 보고 음흉하게 웃었다. 서로 마주 보고 사악하게 웃는 두 악마! 아니, 정확히는 하나만 악마였다.

"그러면…… 증거를 보여주시겠습니까?"

"물론이지."

태현은 바로 뿔을 꺼냈다. 훌륭한 악마의 뿔을 본 데르벤은 감탄했다.

[데르벤이 맡긴 퀘스트를 성공적으로 완료했습니다! 데르벤이 약속을 지킵니다. 수도 모라 시에 악마의 지원이 시작됩니다. 지원은 다음과 같습니다……]

우르르 뜨는 메시지창. 그걸 본 태현은 다시 한번 '악마가 교단보다 나은 것 같다'고 생각했다.

정말 아낌없이 퍼주는 종족! 그에 비해 교단은 하나부터 열까지 태현이 직접 처리해야 했으니……

"그런데 폐하, 그 악마를 처치할 때 뭔가 보물 같은 걸 찾으시지 않으셨습니까?"

"아. 뭔가 보물 창고 같은 걸 지키려고는 하던데, 내가 불을 지르는 바람에 못 챙겼어."

"불…… 불을 지르셨다고요?"

"그래. 못 믿겠으면 가서 확인해 봐. 그 주변이 완전히 불타 버렸어."

[데르벤이 식겁합니다! 악마들 사이에서 당신의 악명이 더욱더 퍼져 나갑니다. 악마 중 몇몇은 당신을 상대하기 두려워 피할 수 있습니다.]

데르벤은 아쉽다는 표정을 지었다. 프이드가 훔쳐 갖고 나온 모스락의 보물들은 보통 보물들이 아니었다. 그런 게 전부 불타 버렸다니. 보물을 돌려보내 모스락의 칭찬을 들으려던 데르벤은 아쉬워했다.

'확인만 하면 알 수 있는데 거짓말을 하지는 않았겠지.'

숲이 불타 버렸다는 건 숨길 수 있는 거짓말이 아니었다. 가서 보기만 하면 알 수 있었다.

"어쨌든 고생 많으셨습니다. 폐하. 모스락 님께 보고하고 다음 의뢰가 생기면 찾아오겠습니다."

"잠깐."

"?"

"모스락 님을 직접 뵙고 이번 일에 대해 참 감사하다고 하고 싶은데, 혹시 가능한가?"

흑심 가득한 질문! 태현이 이런 노골적인 질문을 던지는 이유는 하나였다.

이제 모스락만 잡으면 된다!

천사와 악마 사이를 줄 타면서 씹고 뜯고 맛보고 즐겼으니, 이제 모스락을 잡고 징표만 뜯어내면 되는 것이다. 솔직히 이제 그거 말고 더 뜯어낼 것도 없었다.

"모스락 님을…… 직접 뵙고 싶으시다고요?"

"그래! 한 번 뵙게 해줘! 내가 언제나 존경하고 있었거든."

데르벤은 의아해했다. 아키서스의 화신인데 모스락을 존경하고 있었다니. 그게 말이 되나?

"아, 예. 말씀 전하겠습니다……."

"꼭 부탁하지."

콰콰쾅! 콰쾅!

태현과 관련된 동영상은 언제나 게시판을 뜨겁게 만들었

다. 이번에는 숲 하나를 통째로 날려 버린 태현!

-아니. 이게 어떻게 가능한 거지? 지금 화염 마법으로 랭커 찍은 마법사도 이렇게는 못 하지 않나?

-도중에 꺼져야 정상 아니야? 게다가 이건 일반 숲도 아니고 오염된 숲이잖아. 내성 있을 텐데.

도저히 믿을 수 없는 위력! 한 가지 스킬만으로는 절대 낼 수 없는 위력이었고, 내막을 알지 못하는 플레이어들 입장에서는 당연히 믿기 힘든 모습이었다. 그리고 이제 막 사디크의 화신을 쓰러뜨리고 상황을 수습하고 있던 길드 동맹 입장에도 등골이 서늘한 영상이었다.

-어떻게 생각하나?

-폭탄 위력이 대단하네요. 가서 좀 더 사볼까요?

-……저 새끼 끌고 나가.

-잠, 잠깐만요! 쑤닝 님! 잘못했습니다!

말 한마디 살못한 길드원은 회의장 밖으로 끌려 나갔다. 쑤닝은 짜증 가득한 얼굴로 말했다.

-이런 놈들을 데리고…… 됐다. 됐어. 준비는 어떻게 되어가고 있나?

-지금 국경 지대에 박살 난 영지들은 빠르게 수습하고 있습니다. 각종

제작 직업 플레이어들을 총동원했으니 반년 안에 수습할 수 있을 겁니다.

-좋아. 즉위식 열기 전에 문제는 다 해결되어야 해.

이제 사디크의 화신도 해결되었겠다, 쑤닝은 길드 동맹 길마의 이름으로 오스턴 왕국의 왕관을 쓸 생각이었다. 원래라면 온갖 사람들의 관심을 살, 판온에서 첫 번째로 플레이어가 진행하는 명예로운 즉위식 이벤트가 될 터였지만……. 그건 태현이 날름 가져갔다.

'개자식!'

생각만 해도 분통이 터지는 쑤닝!

'두고 보자……!'

쑤닝은 이를 갈았다. 오스턴 왕국의 즉위식 이벤트를 위해 많은 준비가 진행되고 있었다. 최초를 뺏긴 이상 더 화려하고 더 압도적인 즉위식을 꾸며야 한다!

수십 명의 랭커와 그 밑의 길드원들이 질서정연하게 모여 길드 동맹의 이름을 외치는, 압도적인 분위기의 즉위식. 자유분방한 시장바닥 같았던 태현의 즉위식과는 차원이 다른 위엄을 보여줄 생각이었다.

그걸 보게 된다면 판온 플레이어들은 깨닫게 되리라. 현재 누가 판온에서 가장 강한 세력인지를!

태현이 명성이 높고 온갖 변칙 플레이에 강하다지만, 결국 가장 강력한 건 이런 단순한 힘이었다. 숫자와 레벨. 그게 답이었다.

-기계공학 대장장이는 아직도 안 되나?

-죄송합니다. 아무래도…… 성장이 잘…….

기계공학 대장장이가 판온 초기에 엄청나게 욕을 먹었지만, 그래도 태현 같은 사람이 이렇게 활약을 하는 이상 욕심을 내는 사람들은 꾸준히 나왔다. 그리고 그런 사람들 중 기계공학을 계속 파는 사람은 드물었다.

기계공학 스킬을 익힌다는 건, 태현처럼 압도적인 행운이 없는 이상 기본적으로 레벨과 장비를 포기한다는 것! 시도 때도 없이 오작동과 폭발이 일어나 죽는 일이 허다한 것이다. 이런 시행착오를 참고 참아 스킬 레벨을 올리다 보면, 아주 조금 나아졌다. 완전히 없어지는 건 아니고…….

그러니 길드 차원에서 밀어주려고 해도 제대로 육성이 될 리 없었다. 게다가 기계공학 스킬은 판온에서 정보 공유가 안 되는 스킬 분야 중 하나였다.

기계공학 좀 한다는 놈들은 다 태현이 데리고 있었으니까!

솔직히 그냥 일반적인 대장장이 기술 스킬을 익히는 게 훨씬 더 안정적이었다.

-크윽…… 어쩔 수 없지. 김태현 놈을 막을 수 있는 방법은 모조리 동원해. 아, 길드원들을 그놈 수도로 보냈었지? 잘 들어갔나?

-네. 잘 들어갔다고 보고도 올라왔습니다.

-아주 잘 됐어. 놈의 약점을 새로 찾아서 올려보라고 해.

-예. 그렇게 하겠습니다.

"??"

갑자기 길드 동맹의 다른 길드원한테 귓속말이 날아오자 장산은 당황했다.

'나 아직도 안 들켰나?'

이놈의 상관은 뭘 하는 건지, 장산이 배신한 걸 아직도 숨기고 있는 모양이었다.

-장산, 듣고 있나?

-아, 예. 듣고 있습니다.

-김태현을 좀 더 조사해 보고 밝혀지지 않은 약점이 있으면 찾아내서 밝혀라.

'미친…… 내가 그걸 할 수 있으면 여기서 이러고 있겠냐? 프로게임단에 코치로 취직했겠지.'

장산은 속으로 길드원을 욕했다. 길드원이라고 주는 것도 없는데 뭘 시키는 거야?

'그걸 내가 어떻게 하냐고.'

지금도 게시판을 보면 '김태현의 약점은 과연 무엇인가', '김태현 약점 완전 분석' 같은 글들이 있었다. 물론 그런 자극적인 제목에 혹해서 클릭해 보면?

-안녕하세요~ 오늘은 김태현 선수의 약점에 대해 알아보려고 하는데요, '김태현 약점' 많은 분들이 궁금해하시더라고요. '김태현 약점'은 김태현 선수가 취약한 부분이라는 뜻인데요~ 저도 참 궁금하네요. 그럼 지금까지 김태현 선수 약점 완전 분석이었습니다~

└님아비다이: 와! 정말 좋은 정보네요! 추천!
└닝쑤: 너 어디 사냐?

이런 개나 소나 쓸 수 있는 영양가 없는 글들이 튀어나왔다. 프로게임단의 코치나 전력분석원들은 김태현의 약점을 진지하게 분석하고 있겠지만, 그걸 장산이 어떻게 알겠는가.
'에이, 걍 대충 모르겠다고 하면 되겠지.'

-참고로 쑤닝 님께서 이번 일을 맡은 사람들한테 포상을 약속하셨다. 김태현의 약점을 제대로 보고할 때마다 골드가 지급될 거다.

상산의 눈이 커다랗게 뜨였다.

-그게 정말입니까?
-물론이지. 그러니까 열심히 해라.
-알, 알겠습니다!

일단 덜컥 수락하긴 했는데, 곰곰이 생각해 보니 여전히 약점은 막막했다. 끙끙 앓으며 고민하던 장산은 기똥찬 아이디어를 떠올렸다.

'그래! 가짜로 대충 써내면 되잖아!'

파워 워리어 길드원들이 보면 감탄을 할 인재가 여기에 있었다! 장산은 결심하고서 가짜 보고서를 만들기 시작했다.

알 게 뭐람! 어차피 김태현의 약점이 뭔지 제대로 확인할 수도 없을 텐데!

혹시라도 나중에 약점이 틀렸다고 확인이 되면?

'그건 그때 가서 잡아떼면 그만이지!'

미리 준 골드를 어떻게 다시 받겠는가. 장산은 기쁜 마음으로 보고서를 써 내려갔다. 처음에는 좀 조심스러웠는데 쓰다 보니 점점 자신이 붙었다.

"음…… 김태현은…… 뭐에 취약하다고 할까. 그래! 화염 마법에 취약하다고 하자. 근데 그러면 이유가 필요한데…… 앗. 사디크와 싸워서 저주를 받았다고 하자. 그럴듯한데?"

스스로도 놀란, 이야기를 만드는 재능!

"김태현이 화염 관련 스킬을 쓰는 건 이 저주를 받았다는 것을 숨기기 위함이며, 김태현과 주변 사람들은 이 저주를 받았다는 걸 극히 조심해서 숨기고 있다…… 이 비밀을 알아내기 위해 나는 엄청나게 노력했다…… 좋아, 좋아."

장산은 차례차례 보고서의 항목을 채웠다.

"약점은 일단 이 정도만 해야지. 떠오르지도 않고, 나중에 써먹을 수도 있으니까. 다음 항목은 뭐지? 인간관계? 아, 이놈들은 뭘 이런 걸 물어봐? 스토커냐?"

장샨은 머리를 싸맸다. 김태현의 인간관계라…….

"아, 뭘 알아야 쓰지. 이것도 그냥 대충 꾸며야겠다. 파워 워리어 길마였나? 그 여자하고 친하게 지내는 것 같은데, 둘이 사귄다고 써야지."

점점 살이 붙어가는 보고서!

"좀 심심한가? 하긴. 너무 단조롭군. 김태현 정도의 선수라면 엄청 인기 많을 테니까 엄청 문란하겠지?"

왜곡된 망상을 하는 장샨!

"그래, 그냥 대충 다 사귄다고 해야겠다."

길드 동맹과 태현이 알게 되면 쌍으로 멱살을 잡힐 보고서를 거침없이 써 내려가는 장샨이었다.

"수도에 못 보던 NPC들이 생긴 거 같다?"
"그러게?"

지금 바로 입대하십시오! 수도 근위대가 당신을 원합니다!

〈희귀 직업-아탈리 왕국 근위대 퀘스트〉

왕국의 위대한 이름을 지키는 그 이름…….

모라 시에 몰려온 플레이어들은 고개를 갸웃거렸다.

못 보던 NPC들에, 못 보던 퀘스트들까지.

"뭐 좋은 거잖아?"

뭔가 NPC들이 사악하고 인간이 아닌 것 같은 느낌이 들 때가 있긴 했지만, 플레이어들한테 중요한 건 그런 게 아니었다. 중요한 건 얼마나 좋은 퀘스트를 주고, 어떤 걸 해주느냐! 그런 면에서 새로 나타난 NPC들은 아주 훌륭했다.

'후후, 지나가시는 모험자 분. 이 물약을 드셔보십시오…….'

'크흐흐…… 모험자 분들…… 이 장비도 한 번 써보시지요…….'

이상한 말투와 달리 내미는 장비들과 아이템들은 확실히 다 좋은 아이템! 태현의 즉위식으로 인해 수도로 몰려온 플레이어들이 엄청나게 많은 지금, 이런 지원은 확실하게 도움이 되었다. 고렙 플레이어만 있는 게 아닌 그 밑의 플레이어들이 훨씬 더 많은 것이다.

"맞다, 아키서스 교단 이야기 들었냐?"

"아. 그거. 나도 해볼까 고민 중인데……."

"수도에 활기가 차는 게, 아주 보기가 좋습니다. 후후후."

"그래. 데르벤. 만족스러운 제안은 들고 왔나?"

돌아온 데르벤을 보며, 태현은 기대 가득한 얼굴로 쳐다보았다.

"그게…… 폐하께서 마음에 들지 않으실 것 같은 제안이라……."

데르벤이 망설이는 걸 보고 태현은 의아해했다. 무슨 제안을 들고 왔길래?

"제 주인님께서는 폐하가 직접 마계에 오실 수는 없지만, 만약 폐하께서 준비를 마치시면 그 정성을 갸륵하게 여겨서 대륙에 현현하실 수도 있다고 하십니다."

데르벤은 말과 함께 긴장했다. 태현도 나름 한 나라의 왕. 물론 완벽한 왕은 아니었지만 이런 제안은 모욕적인 제안이었다. 그렇지만 모스락은 완강했다.

-아키서스의 화신 놈이 감히 내 왕국에 발을 디디려고?!

-하오나 주인님. 이 아키서스의 화신은 주인님의 제안을 받아들였습니다. 이건 이미 타락한 것이나 마찬가지로, 주인님께서는 놈의 심장을 움켜잡으신 겁니다.

-그래도 안 된다. 절대로 허락할 수 없다!

-주인님……! 놈은 절대로 주인님을 거역할 수 없을 겁니다. 주인님의 제안을 받았다는 사실이 알려지기만 해도 놈의 명성은 곤두박질칠 테니까요!

데르벤은 계속해서 모스락을 설득했다. 그럼에도 불구하고 모스락은 끝까지 태현이 마계에 발을 디디는 걸 허락하지 않았다.

뼛속 깊숙이 각인된 두려움!

-그러면 이렇게 전해라.

-예?

-수도에 나를 소환할 대규모 의식을 준비하라고. 그렇게 한다면 내가 친히 나서서 놈을 봐줄 수도 있음이니라.

-아, 아니. 주인님…….

데르벤은 기겁했다. 태현이 미치지 않고서야 저런 제안을 받을 리 없었다. 왕이 된 지 얼마나 됐다고 수도 한복판에서 저런 대규모 악마 소환 의식을 펼친단 말인가.

잘못 걸리면 각 지방 귀족들이 '왕이 미쳤구나!' 하고 반란을 펼칠 것이고, 대륙에 있는 다른 교단들은 '저 왕이 미쳐서 악마를 믿는다!' 하고 토벌대를 보낼 것이다. 한마디로 뒈지란 뜻!

데르벤은 공격을 당하지 않을까 노심초사했다.

〈모스락의 소환-대규모 악마 소환 의식 퀘스트〉

마계의 강력한 존재, 악마를 소환하는 건 그만큼 강력한 흑마법사만이 가능한 비술이다. 그러나 마계의 층 하나를 지배하고 있는 악마 공작을 소환하는 건 어떤 흑마법사라도 대가 없이 소환할 수 없다.

피의 제물을 바쳐 악마 공작 모스락을 소환하라! 그렇게 한다면 모스락은 하찮은 미물인 당신을 어여삐 여겨 축복을 내려주리라.

-수도 모라 시에서 피의 제물 바치기 (0/1,000)

보상: 수도 모라 시에 모스락 소환.

"흐으음……."

퀘스트창을 본 태현은 깊은 생각에 잠겼다. 한마디로 쓰레기 같은 퀘스트였다. 보상도 기껏 모스락 얼굴 보는 정도고, 깨려면 수도에서 미친 짓을 벌여야 했으니까.

모스락이 축복을 내려준다지만, 악마 공작이 말로만 한 축복을 어떻게 믿겠는가! 마치 '언제 밥 한번 같이 먹자'처럼 애매하고 믿기 힘든 말이었다.

그렇지만 태현이 딱 잘라 거절하지 않는 이유는 하나였다. 이번 기회에 모스락을 잡지 않으면 언제 기회가 올지 모르기 때문이었다.

'모스락은 계속 나한테 이것저것 시킬 테고, 매번 프라이드처럼 날로 먹고 넘어갈 수는 없겠지…….'

꼬리가 길면 잡힌다고, 프라이드 건처럼 계속 속일 수는 없을 것이다. 들켰다가는 제대로 역효과가 날 상황.

보상을 챙겼으니 모스락까지 처치해서 이번 일을 어둠 속에 묻어버리는 게 최상이었다.

'그런데 어떻게 소환한다?'

아무리 태현이라도 이건 바로 떠오르지 않았다.

고민하는 태현을 본 데르벤이 공포에 떨었다. 상대는 아키서스의 화신. 열 받으면 무슨 짓을 저지를지 몰랐다. 게다가 저번에 프라이드를 사냥한답시고 숲에 불을 지른 사건은 데르벤을 기겁하게 만들었다. 확인해 보니 정말 불타 버린 숲!

"폐, 폐하."

"뭐냐?"

"제가…… 폐하를 위해 선물을 가지고 왔습니다."

[악마들 사이에 퍼진 당신의 악명이 너무 높습니다. 데르벤이 공포에 떱니다.]

태현은 이해가 안 갔지만 일단 선물을 준다니 고개를 끄덕였다. 받아서 나쁠 것 없었으니까.

"여기 있습니다. 부디 제 주인님의 제안을 너무 기분 나쁘게 받아들이지 마시길……."

[아이템을 얻었습니다.]

다섯 명의 악마 숭배자가 조각한 모스락의 오리하르콘 조각상:
정체불명의 악마 숭배자들이 영혼을 바쳐 조각한 사악한 우상이다. 오리하르콘을 조각했다는 것만으로도 조각사들의 실력을 짐작할 수 있다.

〈악마 숭배자 조각사를 찾아라-악마 숭배자 토벌 퀘스트〉
대륙에 숨어 있는 조각사들 중 악마 숭배자가 있는 것 같…….

[<다섯 명의 악마 숭배자가 조각한 모스락의 오리하르콘 조각상>를 보았습니다! 영구적으로 스탯이 크게 상승합니다!]

[악명이 오릅니다.]

공포 상태에 빠집니다. 칭호 <공포를 모르는 자>를 가지고 있습니다. 공포 상태에 빠지지 않습니다.]

[흑마법 스킬이 크게 오릅니……]

'이세연이 보면 좋아하겠군.'

이세연뿐만 아니라, 흑마법 좀 하는 마법사 플레이어들이 보면 환장할 아이템! 뛰어난 예술 아이템들은 보는 것만으로도 영구적인 보너스와 스탯 버프를 준다지만, 이 정도일 줄은 몰랐다.

악마 숭배자 찾으라는 퀘스트도 떴지만 태현은 일단 그건 무시했다. 지금 그거까지 할 시간은 없었으니까.

"어떻습니까. 아름답지 않습니까?"

"아름답군! 역시 모스락 님은 대단해!"

태현은 건성으로 대답하면서 속으로 생각했다.

'이거 녹일 수 있겠지?'

장엄한 예술품의 가치고 뭐고, 중요한 건 이게 오리하르콘으로 되어 있다는 것이었다. 크기를 보니 잘 자르면 화살 하나는 나오겠다!

[카르바노그가 경악합니다!]

"데르벤. 이런 선물까지 받았는데 내가 그냥 넘어갈 수 있나."

"?"

"의식을 준비해 보지."

[데르벤이 깜짝 놀랍니다!]

"정…… 정말이십니까?"

"물론이지!"

"으음…… 이렇게 자르고, 저렇게 자르면…… 되나? 안 되려나?"

태현은 지금 조각상의 견적을 내고 있었다. 워낙 비싸고 걸작인 아이템이니 그냥 녹여 버리긴 아깝고, 어떻게든 부위별로 잘 잘라서 화살 하나 만들어보려는 속셈!

불려온 펠마스나 에드안은 고개를 절레절레 저었다. 저런 걸작을 부수려고 하다니.

"부수려는 게 아니라 조금만 잘라내서 쓰겠다는 거잖아."

"아니, 폐하는 예술품의 가치를……!"

"너희 아키서스 교단 소속 맞냐? 악마 숭배한 작품을 뭘 그리 아껴?"

태현의 말에 펠마스와 에드안은 그대로 입을 다물었다.

'자기는 악마 지원도 받았으면서 치사하게……!'

"좋아. 여기서부터 여기까지를 잘라내자."

태현은 우람하게 자태를 자랑하고 있는 모스락의 어깻죽지부터 옆구리까지를 선으로 그었다. 여기를 잘라내면 대충 견적이 나올 것 같았다.

[최고급 기계공학 스킬을 가지고 있습니다. 오리하르콘 조각상의 분량을 정확하게 파악할 수 있습니다.]

"약간 부족하군. 여기 뿔도 잘라내야겠다."

"흠. 폐하. 그러면 여기 날개도 잘라내는 건 어떻습니까?"

"그래도 좀 부족한 거 같은데."

"발목도 잘라 내봅시다."

어느새 참가해서 의견을 신나게 덧붙이는 둘!

"다 됐군."

[<다섯 명의 악마 숭배자가 조각한 모스락의 오리하르콘 조각상>을 새로 조각합니다. <처참하게 토벌당한 모스락의 오리하르콘 조각상>을 만들 수 있습니다.]

원래 목적과는 많이 달라진 조각상!

[카르바노그가 이걸 모스락이 보게 되면 매우 분노할 것이라고

예상합니다.]

물론 태현은 그딴 건 신경 쓰지 않고 잘라냈다.

카카칵, 카칵, 꽝, 꽝!

거침없이 고대의 망치를 휘두르는 태현!

[힘이 부족합니다. 오리하르콘 조각상을 부수는 데 페널티를 받습니다.]

-행운 전환!

[일시적으로 행운 스탯이 힘 스탯으로 전환됩니다!]

[엄청난 괴력으로 오리하르콘 조각상을 쪼개는 데 성공합니다! 대장장이 기술 스킬이 크게 오릅니다!]

일석이조!

태현은 신이 나서 망치를 휘둘렀다. 화살도 만들고 대장장이 기술 스킬도 올리고. 이 얼마나 좋은 결과인가?

벌컥-

"폐하. 아무리 생각해도 제가 한 게 없는데 계속 쉬기만 하는 건……."

문이 열리고 요하스가 들어왔다. 그걸 본 셋의 눈이 크게 떠졌다.

'펠마스 이 자식! 제대로 쉬게 하라니까! 뭐 하는 거냐!'

'아, 아니. 저는 분명히 쉬게 했는데……! 천사 놈들은 모두 다 미친 거 아닙니까? 왜 쉬게 해줘도 일을 하려고 하는 거지??'

천사 앞에서 셋이 악마 조각상을 둘러싸고 있는 최악의 상황! 이걸 본 요하스가 무슨 생각을 할지 뻔했다.

"폐, 폐하……!"

"요하스! 이건 네 생각과 달……."

"감동적입니다……! 악마의 조각상을 손수 부수시다니……!"

"……그, 그렇지."

[요하스의 친밀도가 올라갑니다! 품고 있던 의심과 고민이 해결됩니다. 요하스가 안도합니다.]

"내가 이 사악한 조각상을 보고 분노와 통탄을 금치 못했지. 흠흠."

펠마스와 에드안은 조용히 닥치고 있었다. 그렇지만 눈빛은 숨길 수 없었다.

"그렇군요! 이 사악한 조각상을 완전히 부수는 것을 도와드리겠습니다!"

"아니. 요하스. 그게 아니야!"

"?"

"이 사악한 조각상을 그냥 부수는 게 아니라, 신성하게 정화하는 것. 그게 더 옳은 것 아니겠나?"

"!"

"그래! 이 악마의 조각상을 처참하게 당한 악마로 만드는 거지."

"도와드리겠습니다!"

－천사의 가호, 천사의 왼쪽 날개, 파이토스의 망치 가호, 파이토스의 신성한 힘…….

요하스는 기쁜 얼굴로 태현에게 온갖 버프를 걸어주었다. 파이토스의 권능 스킬은 물론이고!

[카르바노그가 요하스를 걱정합니다. 파이토스가 이 사실을 알게 될 경우 요하스가 분노를 살 것이라고 생각합니다.]

요하스가 얼마나 불쌍했는지, 카르바노그마저 요하스를 걱정해 주고 있었다. 물론 태현은 아랑곳하지 않고 조각상을 쪼개는 데에 집중했다.

[파이토스의 힘이 망치에 깃듭니다. 조각상을 부수는 데에 보너스를 받습니다.]

[<다섯 명의 악마 숭배자가 조각한 모스락의 오리하르콘 조각상>의 어깨가 부서집니다!]

[모스락이 이 사실을 알 경우 매우 분노할 것입니다!]

콰직, 콰지직, 콰직…….

태현은 오랜만에 전신이 긴장되는 걸 느꼈다. 단단함도 단단함이지만 조금이라도 잘못 부술 경우 되돌릴 수 없다는 것이 컸다. 한 치의 오차도 있으면 안 된다!

태현은 초인적인 집중력으로 망치를 두드려 나갔다.

[대장장이 기술 스킬이 오릅니다.]

[대장장이 기술 스킬이…….]

[<다섯 명의 악마 숭배자가 조각한 모스락의 오리하르콘 조각상>을 새로 조각하는 데 성공합니다! <처참하게 토벌당한 모스락의 오리하르콘 조각상>을 만드는 데 성공합니다!]

[대장장이 기술 스킬이 크게 오릅니다!]

[조각 스킬이 크게 오릅니다!]

[명성이 크게 오릅니다!]

[신성이…….]

'됐다!'

얼마나 지났을까. 태현은 마침내 조각상을 새로 만드는 데 성공했다. 사악한 힘이 철철 넘치는 조각상이, 악마를 때려잡은 신성한 조각상으로 새롭게 완성!

처참하게 토벌당한 모스락의 오리하르콘 조각상:
온갖 악마를 토벌한 신성한 영웅이 신념을 바쳐 새로 정화시킨 조각상이다. 원래는 사악한 힘이 담긴 조각상이었지만 영웅의 신성한 힘으로 사악한 힘은 사라진 상태이다.

이 조각상을 볼 경우 모스락과 악마 숭배자들이 극도로 분노할 수 있다.

이 조각상을 최초로 볼 경우 지혜 스탯 영구적으로 상승.

이 조각상을 최초로 볼 경우…….

이 조각상 근처에서 모스락 관련 악마들은 모든 능력치 크게 페널티.

[조각 스킬을 익히지 않은 상태에서 우연히 매우 뛰어난 예술품을 만들어냈습니다.]

[칭호: 행운의 예술가를 얻었습니다.]

"후."

태현은 뿌듯한 표정을 지었다. 예상보다 더 좋은 결과가 나왔다. 조각품은 조각품대로 재활용할 수 있었고, 게다가 모스락한테 페널티를 주는 생각지도 못한 효과까지 생겨났다. 거기에 이 부서진 조각들은 녹여서 화살로 재활용!

'그러면 이제 모스락만 여기로 부르면 되는데…….'

태현은 바로 일행을 모으고 회의에 들어갔다.

"좀 바칠 만한 놈들 없을까?"

회의 주제는 〈모스락 소환 의식에 쓸 만한 제물 찾기〉!

"역시 길드 동맹이죠?"

"길드 동맹이……."

"저도 길드 동맹이 좋다고 생각해요!"

압도적인 인기의 길드 동맹!

"역시 길드 동맹이 다수결로 뽑혔군. 쑤닝이 기뻐하겠어."

태현은 고개를 끄덕였다.

"그런데 문제가 있는 게, 일단은 길드 동맹과 내가 휴전한 상태란 거지."

서로가 서로의 뒤통수를 노리고 있다는 걸 알고 있지만, 일단은 그래도 휴전 상태! 먼저 깨는 순간 상대방이 '저놈은 도의도 없는 놈이다!'라고 할 게 분명했다.

"일단 아쉬운 건 나니까 괜히 선공을 가하고 싶진 않거든."

길드 동맹의 전력은 결코 무시할 수 있는 게 아니었다. 매번 길드 동맹이 태현한테 깨지고, 내분이 일어나고, 안팎으로 문제가 생겨서 힘을 발휘하지 못하는 거지, 단순히 길드원들과 전력만 합쳐보면 어마어마한 전력이 나왔다.

"그러면 태현 님이 선공을 가하지 않고 길드 동맹을 끌어들이는 식이 좋겠네요."

"그렇지. 그리고 사실 게네들은 맨날 내 빈틈만 노리잖아? 잘하면 될 것 같단 말이지."

모두가 고개를 끄덕였다. 길드 동맹이 태현의 약점을 찾고 있다는 건 모두가 알고 있었다. 오죽하면 게시판에 〈단기간에 급전 당길 수 있는 방법-길드 동맹에게 가짜 정보 팔기 실전편〉 같은 글들이 돌아다니겠는가.

물론 그런 글들을 써서 올리는 건 대부분 파워 워리어 길드 원들이었지만, 길드 동맹은 그 사실을 몰랐다.

"아, 그러고 보니 이번 원정 퀘스트 때문에 수도에 플레이어들 숫자가 엄청 많아졌잖아요. 자리도 많이 받았고."

"그렇지?"

원래 〈절망과 슬픔의 골짜기〉의 플레이어들은 대다수가 태현을 좋아하거나 팬인 플레이어들이었다. 그렇지 않으면 수 많은 도시를 두고 거기까지 가서 플레이할 이유가 없는 것! 그 렇지만 이번 원정 퀘스트를 거치고 수도까지 얻게 되자, 일반 플레이어들의 숫자가 어마어마하게 늘어났다.

당연히 태현 일행도 이 상황을 잘 알고 있었다.

"수상쩍은 사람들도 늘어났거든요. 길드 동맹 길드원들도 몇몇 보이고."

"없으면 더 이상하겠지."

"거기 있는 사람들을 이용해서 가짜 정보를 흘리는 건 어떨 까요?"

"흠…… 좋은 생각이긴 한데. 잘 먹힐지 모르겠네."

가짜 정보를 흘리는 건 생각보다 어려운 일이었다. 기껏 준 비해서 뿌려도 상대방한테 제대로 들어갈지 알 수 없었고, 상 대방이 그걸 믿고 행동할지도 알 수 없었다.

"사실, 저희 길드원이 봐놓은 사람이 한 명 있어요."

태현과 이다비는 밖으로 나와 수도 성문 쪽으로 향했다.

"수비대! 창 들어! 그래! 좋아! 허수아비 찍기 열 번!"

모라 시 4 수비대장이라는 자리를 받은 장샨은 퀘스트를 깨고 있었다. 수비대 훈련 퀘스트!

수비대원 NPC들을 훈련시키고 보상을 받는 일일 퀘스트였다. 사실 태현같이 대형 퀘스트들만 하는 사람이 이상한 거였고 대부분은 이렇게 작고 효율 좋은 퀘스트들을 깨가며 레벨 업을 했다. 그런 면에서 이 일일 퀘스트는 매우 가성비가 좋은 퀘스트였다. 길드 동맹에서 받던 것보다 훨씬 더 좋은 퀘스트! 장샨이 열심히 하는 이유가 있었다.

"창 들고 돌격! 그래! 좋았어!"

태현은 이다비와 같이 뒤에 숨은 채로 말했다.

"그런데 쟤가 왜 수상하다는 거야? 겉으로 보기에는 멀쩡한데?"

아탈리 왕국에서 돌아다니는 길드 동맹 길드원은 두 가지 종류였다.

하나는 '나 길드 동맹 소속이야!'라고 으쓱거리며 길드 마크 달고 다니는 놈들. 이놈들은 별로 위협적이지 않았다. 그냥 길드 동맹 소속인 걸 자랑하고 싶어 하는 놈들이었다.

다른 하나는 자기가 길드 동맹 소속인 걸 철저하게 숨기는 놈들이었다. 이놈들은 딱 봐도 수상한 의도를 갖고 온 놈들! 찾으려면 후자를 찾아야 했다.

그렇지만 이걸 찾는 건 만만치 않은 일. 이다비와 파워 워리어 길드는 과연 어떤 방법으로 찾아낸 것일까?

"뇌물을 안 받고 열심히 일을 해서요."

태현은 순간 귀를 의심했다. 뭐라고?

"농담이지?"

"네? 아니요. 농담 아닌데요?"

사람들은 왜 감투를 원하는 것인가? 그 이유는 권력 때문이었다.

감투를 쓰는 순간 생기는 권력! 당장 판온에서 〈아탈리 왕국 수도 마구간지기〉 같은 자리만 해도 다들 갖고 싶어서 줄을 섰다. 이름은 좀 허접해 보여도, 일단 가지는 순간 여러 권한이 생기는 것이다.

'자, 자, 말을 빌리고 싶은 사람들은 줄을 서!'

〈아탈리 왕국 수도 마구간지기〉의 권한은 수도 마구간의 말들을 빌려줄 수 있는 권한! 판온에는 탈것이 있는 플레이어보다 없는 플레이어들이 훨씬 더 많았고, 그런 플레이어들은 도시에서 탈것을 빌리곤 했다.

물론 마구간에 있는 말들은 숫자가 정해져 있었고 또 성능 차이가 있었다. 좋은 말을 남들이 가져가기 전에 먼저 빌리려면?

'헤헤. 마구간지기님. 여기 이거……'

'저는 골드 대신 드시라고 갖고 왔습니다. 수도에서 유명한 요리사가 만든 요립니다. 진짜 맛있습니다.'

'나는 무기를 갖고 왔지. 이걸 받고……'

'험험. 뭘 이런 걸 다.'

원정대에 참가해서 공적치 포인트를 쌓은 보상을 톡톡히 챙기는 플레이어들이었다. 그런데 장산은 이런 뇌물이 통하지 않았다.

'여기 이걸 받고 수비대원 한 명만 저희 퀘스트에 빌려주시

면……'

'안 돼! 만약 빌려줬다가 죽기라도 하면 어쩌려고!'

'그 정도는 괜찮지 않습니까? 그거 갖고는 안 잘려요.'

'안 돼! 잘릴 수도 있어! 그리고 난 잘리면 이런 자리는 다시 못 얻는다고! 헉, 너 내 자리를 노리고 온 놈이군!'

'네? 아니, 무슨 소리를……'

'저리 꺼져! 쉭쉭!'

처음 얻은 감투에 대한 강한 집착! 거기에 길드 동맹의 첩자였다는 사실 때문에 편집증적인 두려움까지 생긴 것이다.

"……그래서 첩자라고?"

"네. 그거 때문에 의심 가서 조사해 봤는데 길드 동맹에서 활동했던 거 맞더라고요. 얼굴 본 사람도 나왔어요."

찾아내긴 했는데 뭔가 찜찜한 기분!

태현은 떨떠름한 표정으로 고개를 끄덕였다.

"그래…… 뭐…… 잘됐네……."

"장샨?"

"누가…… 헉!"

뒤를 돌아본 장샨은 기겁했다. 태현이 서 있었던 것이다.

"히이익! 잘못했습니다!"

장샨은 바로 엎드렸다. 길드 동맹에서 들었던 태현의 소문이 떠올랐던 것이다.

-김태현은 한 번 찍히면 죽인 다음 리스폰 지역에 기다렸다가
또 죽인다더라.
-그건 약과고 게임에서 삼족을 쫓아다니면서 죽인다더라.
-접고 다른 게임 해도 찾아가서 죽인다던데?
-그게 말이 돼?
-몰라.

원래 소문이란 게 한 번 퍼지면 더 부풀지 줄어들지는 않는
법! 쑤닝이나 랭커들 정도쯤 되어야 태현을 노리지(그것도 겁을 안
먹는 건 아니었다), 일반 길드원들에게 태현은 저승사자나 마찬가
지였다. 더군다나 지금 장샨은 찔리는 게 매우 많은 상황이었다!
'망했다! 으흑흑! 내가 스파이짓을 하러 왔다는 게 들켰나
보구나! 이 자리 어떻게 얻은 자리인데! 너무 아깝다. 흑
흑…… 내가 길드 동맹에 왜 들어갔을까! 들어가서 뭐 하나 제
대로 받은 것도 없는데!'
장샨은 속으로 울면서 후회했다.
'그래도 진짜로 약점을 올린 게 아니라 가짜로 올렸으니까
좀 정상 참작해 주지 않을까? 잠깐, 내가 뭐라고 썼더라?'
생각해 보니 가짜로 썼다고 안심할 게 아니었다. 태현의 관
계가 문란하다고 가짜 보고서를 써서 올린 장샨!
오히려 진짜 보고서보다 더 두들겨 맞을 보고서 같았다.

'아오. 내가 왜 그렇게 썼지? 그냥 칭찬을 쓸걸⋯⋯!'

물론 약점 보고서니까 당연히 약점을 만들어내야 해서 그런 거지만, 그걸 못 깨달을 정도로 장샨은 후회하고 있었다.

"장샨, 진정해라. 너 같은 사람이 한둘도 아니고 새삼스럽게 뭐라고 할 생각 없다."

태현은 느긋한 목소리로 말했다. 그리고 이건 사실이었다. 이제까지 상대해 온 적들이 몇인데, 장샨 같은 플레이어 때문에 새삼스레 흥분할 리 없었다.

"네? 정말입니까?"

"그래. 내가 이런 걸 가지고 화를 낼 줄 알았나?"

장샨은 힐끗 태현을 쳐다보았다. 정말로 화를 내는 표정이 아니었다.

'세상에! 그런 보고서를 써서 올렸는데도 화를 안 내다니! 정말로 그릇이 큰 사람이야! 크흑!'

물론 태현은 장샨이 그런 보고서를 써서 올렸는지 몰랐다.

알았으면 태현보다 이다비가 먼저 선빵을 갈겼을 것! 그러나 그런 사정을 모르는 장샨은 감동할 수밖에 없었다.

쪼잔한 쑤닝(사실 이건 길드 동맹이 워낙 거대한 데다가 최근에 이런저런 일이 많이 일어나서였다)이나 쪼잔한 길드 농맹 간부들과는 차원이 다른 대인(大人)!

"감사합니다! 감사합니다!"

급격하게 차오르는 감동!

"제가 그런 걸 써서 올렸는데⋯⋯."

듣고 있던 이다비는 고개를 갸웃거렸다. 뭘 써서 올린 거지? 그러나 태현은 별로 신경 쓰지 않았다. 보나 마나 욕이나 썼겠지!

"내가 여기 온 건 부탁할 게 있어서야."

"뭡니까? 뭐든 하겠습니다!"

"길드 동맹에 내가 하려는 계획을 좀 흘려줬으면 좋겠는데. 이걸 하면 골드랑……."

"하겠습니다!"

"응? 아직 조건은 말도 안 했는데?"

조건도 말 안 했는데 냉큼 넘어오는 스파이도 있나?

태현은 살짝 당황했다.

"이 자리만 안 뺏어가시면 됩니다! 충성충성충성!"

"뭐 네가 좋다면야 상관은 없지만…… 진짜 괜찮나?"

"네!"

장산은 눈치껏 굴었다. 조직 생활하면서 늘어난 건 눈치뿐! 스파이짓 한 게 들켰는데 여기서 염치없게 '헤헤 그럼 보상도 주세요'란 소리를 했다가는 정말 목이 날아갈 수 있었다. 태현이 그릇이 큰 사람이라고 해도, 보복은 철저하고 화끈하게 하는 사람이라는 게 달라지진 않았으니까.

'특이한 녀석이군.'

'이 자리 안 뺏기려면 뭐라도 해야지!'

그렇게 장산은 태현의 충실한 이중첩자가 되었다.

"이야, 이 녀석 일 잘하네요."

"누구?"

"장샨이라는 녀석인데, 아주 적성에 맞나 봅니다. 기껏 보낸 다른 놈들은 제대로 된 보고서 하나 못 쓰고 빌빌거리는데, 이 녀석은 보고서가 좋아요."

"아. 걔? 보고서 잘 읽었지."

장샨의 보고서는 소설처럼 기승전결이 있고 구성도 탄탄했다. 거기에 막장드라마 같은 재미까지!

-이야, 김태현 이런 놈이었어?

-세상에 이런 음탕한 놈이……!

길드 간부들이 몰려와서 다 같이 읽을 정도로 흥미진진한 보고서! 덕분에 길드 동맹 내에는 새로운 방침이 세워졌다.

-김태현의 약점은 화염 관련 스킬이다! 김태현 척살대는 불화살 관련 스킬을 익힌다!

-김태현은 여자 엄청 밝힌단다! 미인계 준비해라!

-케인 놈의 취향을 알았다! 길드원 중에 제일 잘생긴 놈들 데려와라!

"게다가 얘는 혼자서 수도 내 자리 하나 받았나 봐요. 승진 시켜서 간부 삼고 싶을 정도네요."

"무슨 소리. 그렇게 스파이짓을 잘하는데 계속 스파이를 시켜야지."

장산이 들었다면 울컥했을 소리를 하는 간부들! 자기가 하는 거 아니라고 쉽게 말하는 그들이었다.

"그런데 장산 이야기는 왜 해? 뭐 새로 보고서라도 올라왔어?"

"네. 아주 중요하고 긴급한 보고서라고, 김태현 일행이 회의하는 걸 몰래 엿들었다는데……."

간부들은 보고서를 펴서 읽기 시작했다. 그리고 경악했다.

"김…… 김태현이 화신 소환 의식 준비를 하고 있다고?!"

화신 소환 의식! 얼핏 들으면 무슨 의식인지 감이 안 올 수도 있었지만, 길드 동맹 간부들에게는 온몸이 오싹한 소리였다.

'사디크의 화신!'

판온에서 그들만큼 화신 관련해서 피해를 입은 사람들이 없었던 것이다.

"말…… 말도 안 돼. 화신이 장난도 아니고 어떻게 플레이어가 화신을 소환해…… 차라리 드래곤을 길들여서 타고 다닌다고 하는 걸 믿겠다."

누군가가 중얼거렸다. 다른 사람들도 그 말에 고개를 끄덕였다.

"그렇지만…… 김태현이잖아."

김태현이라면 진짜 할지도 모른다!

"사디크의 화신도 수상했어! 그놈이 한 거 아니야?"

"아니라니까. 내가 사제라서 아는 건데 화신 소환 의식이 절대 만만한 게 아니야! 진짜 제물부터 시작해서 엄청 많이 들어간다고! 플레이어가 혼자 할 수 있는 수준이 아니야. 김태현은 길드도 없잖아. 사디크의 화신이 놈의 짓이라면 분명 우리 귀에 들어왔을걸?"

"지금 그게 중요한 게 아니다. 사디크의 화신을 기껏 잡았더니 새 화신이 나올지도 모른다는 거다!"

꿀꺽-

불완전하고 이성을 잃은 사디크의 화신도 재앙 그 자체였다. 이 사디크의 화신을 잡느라 길드 동맹은 오스턴 왕국의 1/3을 불태워야 했고 지금도 피해를 복구하지 못한 상태였다.

화신만 아니었다면? 깔끔하게 통일하고 쑤닝이 국왕을 선포하고 피해 없는 강력한 힘으로 대륙통일전쟁을 일으켰을 것이다.

그런데 태현이 새 화신을 소환하려고 준비 중이라니. 만약 제대로 소환되면, 그게 태현의 손아귀에 들어가면 얼마나 끔찍할지 상상도 안 갔다. 무조건 막아야 했다!

"간부진 전원 소집해!"

"쑤닝 님 불러!"

순식간에 회의장이 소란스러워졌다.

"그러니까…… 화신을 소환하려고 하고 있다?"

쑤닝은 무거운 목소리로 물었다. 다들 고개를 끄덕였다.

"무조건 막아야 합니다!"

"하지만 김태현하고 휴전한 상태 아닙니까? 먼저 공격하는 건······."

"지금 여론 신경 쓸 땝니까! 저러다가 김태현이 정말 소환에 성공해 버리면 그때는 막을 수가 없습니다!"

길드 동맹도 의외로 여론을 신경 쓰긴 했다.

판온은 전 세계인들이 하는 게임. 길드 동맹이 단일 길드로서는 압도적인 숫자였지만 다른 국가 사람들을 다 합친 것보다 많지는 않았다. 나중 일을 생각하면 여론을 아예 무시할 순 없었다.

그렇지만 지금은 그런 걸 신경 쓸 여유가 없었다. 먼저 약속해 놓고 치사하게 뒤

통수를 쳤다는 욕을 먹더라도 막아야 한다!

쑤닝은 결론을 내렸다.

"김태현을 친다! 각 간부들은 길드원들을 선별해 몰래 수도로 잠입시킨다. 장샨의 보고서에 따르면 김태현 놈의 의식을 막기 위해서는 한둘로는 절대 모자란다고 하니, 가능한 인원은 모두 동원해라. 용병 NPC, 병사 NPC들도 위장해서 데리고 가는 걸 허락한다!"

"예!"

"즉위식은 어떻게 하시겠습니까?"

"즉위식은 예정대로 진행한다. 설마 김태현 때문에 즉위식 일정을 바꾸라는 거냐?"

"아, 아닙니다."

쑤닝이 노려보자 말을 꺼냈던 간부는 입을 다물었다.

명령은 내려졌다. 휴전을 깨고 김태현을 공격하라는 명령!

쑤닝이나 간부들도 각오를 하고 내린 명령이었으니, 밑의 길드원들은 더 충격이 컸다.

-정말 치는 건가?

-그냥 정면에서 치면 안 돼? 이렇게 몰래 들어가면…….

원래 남의 영역에서 싸우는 건 불리한 짓이었다. 안 그래도 김태현 공포증을 기본적으로 갖고 있는 길드원들인데, 태현의 영지 안에서 몰래 위장하고 있다가 싸워야 한다니. 보통 긴장되는 게 아닌 것!

숨기려고 해도 불만과 걱정이 새어 나올 수밖에 없었다.

"뭐, 장샨 하나로는 부족하겠지."

태현은 장샨을 크게 믿지 않았다. 일단 장샨이 제대로 일을 했을지도 의문이었고, 장샨이 제대로 보고했어도 길드 동맹에서 믿지 않을 수도 있었으니까.

'다른 첩자 몇 명 더 찾아서 가짜 정보를 뿌려야겠다.'

이런 건 원래 느긋하고 뚝심 있게 진행해야 효과를 볼 수 있…….

"앗. 길드 동맹에서 공격 준비한다는데요?"

"……진짜?"

이다비의 말에 태현은 황당하다는 표정을 지었다.

뭔 놈의 길드가 떡밥 하나 던졌다고 덥석 무냐? 이놈들은 의심도 안 하나??

'장산이 생각보다 길드 동맹 안에서 신뢰받고 있었나 본데? 예상 밖이군.'

태현은 알지 못했다. 장산의 가짜 보고서가 길드 동맹 간부들의 심금을 울렸다는 것을!

"길드 동맹 쪽은 인원을 대규모로 몰래 잠입시켜서 기습을 시도하려나 봐요."

"정석이군, 정석이야."

남의 영지에서 일어나는 퀘스트를 방해하려는 방법으로는 정석적이었다. 태현도 방해하려고 했다면 그렇게 했을 것!

'천 명은 무조건 넘게 오겠지? 여기 도시 인원이 얼마인데 합쳐서 그 정도는 보내겠지.'

"일단 가짜 의식을 준비해야겠다. 음. 근데 누구 의식으로 할까."

태현이 권능으로 〈사디크의 불완전한 화신 소환〉이 있긴 했지만, 이걸 쓸 수는 없었다. 일단 불완전한 화신을 소환하는 것 자체가 할 이유가 없는 미친 짓! 자기 수도 불태우고 게임 접을 게 아니라면 하지 말아야 할 것이었다. 게다가 가짜로 하는 척만 한다 하더라도 사디크와 엮이면 좋을 이유가 없었다.

괜히 이상한 소문이라도 돌면…….

'그러면 역시 아키서스가 무난한가? 아키서스 화신 소환 의식은 하나도 모르는데. 갈락파드가 알려 나…… 음. 다른 화신 의식 뭐 정보 나와 있는 거 없나?'

[저요! 저요!]

"……."

[……라고 카르바노그가 말합니다.]

'그래, 뭐…… 네가 좋다면야……'
가짜 의식 준비하는 건데 카르바노그든 아키서스든 상관없었다. 그럴듯해 보이기만 하면 됐다.

"축복받은 신성한 강철로 만든 대형 토끼 조각상이라. 이걸 왜 만드는 걸까?"
"글쎄. 토끼가 귀여워서?"
플레이어들은 이유는 알 수 없었지만 일단 움직였다. 태현이 해달라고 부탁했으니까!
'공적치 포인트를 많이 쌓으면 나도 자리 하나쯤 받을 수 있을지도 몰라.'

"모험가 여러분! 이 〈아키서스의 행운이 담겨 있는 완장〉을 받아 가십시오!"

아키서스 사제 NPC가 크게 외치고 있었다.

그걸 본 플레이어들은 고민했다.

"저거 살까?"

"효과가 좋긴 한데 일회용이라…… 너 돈 있어?"

사냥 전에 아키서스 사제한테 각종 축복을 받고 소모성 아이템을 사는 건 이미 〈절망과 슬픔의 골짜기〉에서 효과가 입증된 방법이었다. 아이템 드랍율과 각종 보너스!

문제는 수도에서는 이게 공짜가 아니라는 것이었다.

"크헬헬. 세상엔 공짜가 없어! 교단에 들어오거나 돈을 내라!"

펠마스의 정책! 아키서스 교단의 본거지면 모를까 새로 얻게 된 수도에서는 이런 식으로 공격적인 정책을 펼쳐줘야 했다.

"음. 포인트가 남았으려나……."

"포인트?"

"어. 저기 포인트도 받잖아."

돈이 없으면 아이템도 받는다. 각종 아이템을 내면 값을 매겨 포인트로 받는 펠마스! 정말 한결같이 철저한 펠마스였다.

"공짜입니다!"

"?"

"네? 공짜라고요? 말도 안 돼! 이거 사기죠? 무슨 흑심이 있는 거죠?"

짧은 시간이었지만 벌써 아키서스 교단 사제들이 파악이 된 플레이어들! 그러나 사제들은 진지했다.

"정말입니다. 자. 이 완장을 받고 차고 다니세요. 아, 그리고 이 완장은 효과가 다 떨어져도 차고 다니시면 좋습니다."

"왜요?"

"……그냥 좋아요. 교단 포인트도 더 적립해드립니다."

"앗. 그러면 차고 다니겠습니다!"

그 모습을 멀리서 보고 있던 펠마스는 눈물을 훔쳤다.

'저게 다 얼마인데…….'

태현한테 명령이 내려온 것이다.

"좀 있으면 외부인이 대량으로 들어올 텐데, 그전에 식별 가능한 아이템 최대한으로 뿌려라."

"하지만 그런 게 없습니다."

"만들면 다 나오는 법이지. 아, 맞다. 저번에 가다 보니까 사제들이 완장 나눠주던데, 그거 공짜로 나눠주면 되겠네."

"히이익!"

준비는 착착 진행되어 가고 있었다. 길가를 보니 대부분이 선명한 아키서스 교단의 완장을 팔에 차고 다니고 있을 정도였다.

'깔끔하군. 좋아.'

이러가다 길드 동맹 길드원들이 들어오기 시작하면 판매를 멈출 생각이었다. 물론 길드 동맹에서도 저 완장을 구할 수 있겠지만, 그래봤자 몇 명 안 될 것이다.

'내가 준비하는 의식에나 신경이 쏠려 있겠지. 저런 완장 하나하나에 신경 쓸 여유가 있겠어?'

이제 곧 수도에서 의식이 열릴 것이다. 그 의식은 물론 화신 소환 의식이 아닌 악마 공작 소환 의식! 그리고 태현은 악마 공작이 소환되면 이게 다 길드 동맹이 한 짓이라고 떠넘길 생각이었다.

'화살이나 만들어봐야지.'

길드 동맹을 환영할 준비를 마쳤으니 이제는 악마 공작 모스락을 환영할 차례. 모스락은 아주 뜨겁고 화끈한 환영을 맞게 될 것이다.

[요하스가 <잘 제련된 오리하르콘 화살>을 만드는 것을 돕습니다. 오리하르콘 화살에 파이토스의 신성한 힘이 깃듭니다. 파이토스가 이 사실에 분노할 것입니다.]

"요하스."

"예?"

"음. 만약에 상사가 너무 안 좋으면 그냥 이쪽으로 와도 좋아."

노골적인 스카우트 제안! 그러나 요하스는 농담이라고 생각했는지 크게 웃었다.

"하하하. 폐하. 농담도 참…… 제가 믿는 파이토스 님께서는 관대하시고……."

[카르바노그는 파이토스가 밴댕이 소갈딱지 같은 놈이라고 욕합니다.]

"그릇이 크시며……."

[카르바노그는……]

'알겠어. 그만 욕해.'
모습이 안 보이는 목소리가 계속 욕하는 걸 듣는 것도 고역이었다.

"……신도를 사랑하시며 아끼는 분이신데 제가 무슨 불만을 가지겠습니까?"

"그, 그래. 네가 그렇다면 그런 거겠지……."

태현은 슬슬 뒷감당이 걱정됐다. 나중에 파이토스 교단 NPC와 만나면 충격받고 끌어들일 수 있을 줄 알았는데…….

'설마 자살이라도 하는 건 아니겠지.'

[카르바노그는 그보다 악마화를 걱정해야 한다고 말합니다.]

'그건 괜찮아. 내가 했다고만 안 알려주면 되겠지. 들키면 악마 놈들의 공작이라고 떠넘기자.'

악마 소환은 길드 동맹의 짓, 요하스의 타락은 악마들의 짓. 이것이 바로 진정한 분산투자!

[골골이가 다른 차원에서 힘을 회복했습니다. 이제 다시 소환할 수 있습니다.]

-주인. 내가 돌아왔다.

어딘가 홀쭉해진 것 같은 데스 나이트가 어둠의 문을 열고 나타났다.

"너 뭔가 말투가 건방져진 것 같다?"

-주인의 착각일 거다.

"설마 자폭시켜서 삐진 건 아니지?"

-절대 아니다.

살라비안 교단 상대할 때 골골이를 시켜 대주교와 같이 자폭시켰던 태현! 그런 원한은 쉽게 사라지는 게 아니었다.

"명예를 아는 데스 나이트가 설마 그럴 리 없겠지."

움찔-

골골이가 움찔했다.

"그렇지? 넌 명예로운 데스 나이트잖아. 하찮은 언데드들과는 차원이 다른."

-그…… 그렇다.

"아마 네가 화가 난 건 다른 이유 때문이겠지. 음. 아쉽게 됐어. 네가 돌아오면 먹여주려고 이런저런 것들을 준비하고 있었는데…… 이게 데스 나이트한테는 참 좋은데. 어떻게 표현할 방법이 없네."

[최고급 화술 스킬을 갖고 있습니다.]

[골골이의 충성도가 다시 최대치로 고정됩니다.]

움찔움찔!

-주인님! 제가 역소환의 여파로 잠깐 혼란에 빠졌었던 것 같습니다!

"그랬니?"

태현은 상냥하게 골골이의 어깨를 두드려 주었다. 골골이는 감격한 얼굴(뼈밖에 없었지만)로 고개를 주억거렸다.

-그런데 주인님. 수도에서 뭔가 준비 중이신 것 같은데 뭘 준비 중이신 겁니까?

"응. 악마 공작 모스락을 소환한 다음 죽이려고."

-……예?

골골이는 귀를 의심했다.

"네가 선봉이야. 명예롭지?"

골골이는 힘을 빨리 회복한 것을 후회했다.

"확인해 봤나?"

"네. 소환 준비는 사실인 것 같습니다."

"크윽…… 김태현. 이 무시무시한 놈!"

"근데 왜 토끼 조각상이죠?"

무섭다기보다는 귀여운 조각상! 사디크의 화신은 실제로 무시무시한 화염 거인의 형태였다. 그렇지만 저런 토끼라면 커다랗게 나타나도 별로 무섭지는 않을 것 같았다.

'귀여울 거 같은데?'

"지금 그게 중요하냐! 다들 준비해라. 명령이 떨어지는 순간 공격해야 하니까 위치 정확히 파악해라."

길드원들은 보고서를 보며 수도의 약점에 대해 파악했다.

"이 골목길로 들어가면 담을 넘을 수 있군."

"여기 내성문이 아직 보수가 안 끝나서 약하다고?"

"수비대는 이쪽, 이쪽, 이쪽을 돈다 이거지?"

"정말 잘 만들어진 보고서인걸? 이걸 누가 썼는지는 모르겠지만 정말 대단한 첩자가 분명해. 우리 길드에도 이런 사람이 있었나?"

장샨은 귀가 간지러운 걸 느꼈다.

'휴. 다행이다.'

길드 동맹에서는 장샨의 첩자질에 너무 감동한 나머지, 이번 일에 장샨을 빼주었다. 계속 남아서 정보를 빼오라는 것!

'아니 이 새끼들은 근데 칭찬은 해주면서 골드는 안 주나?'

하도 칭찬하길래 골드라도 또 주나 했는데 그냥 그걸로 끝이었다. 정말 열정페이 그 자체!

사실 쑤닝도 할 말은 있었다. 〈김태현의 화신 소환〉이 너무 충격적이다 보니, 이런 걸 보고한 사람한테 골드 좀 챙겨주라는 말을 잊은 것이다.

물론 장샨 입장에서는 빡칠 뿐이었다.

'두고 보자. 내 능력을 몰라본 길드 동맹 놈들……!'

"다 됐다."

[<축복받은 신성한 강철로 만든 대형 토끼 조각상>을 만들었습니다! 수도 모라 시에 카르바노그의 축복이 내립니다!]
[한 해 동안 모든 농작물이 풍족하게 자랍니다. 한 해 동안 토끼들이 농작물에 피해를 입히지 않습니다.]
[한 해 동안 토끼들이 더 맛있어집니다.]

방금 뭐라고?

[이 토끼 조각상을 본 모든 사람에게 영구적으로 스탯……]
[카르바노그가 기뻐합니다!]
[카르바노그가 정말 기뻐합니다!]

'알겠어. 알겠어.'

옆에서 깡충대는 카르바노그는 무시하고 태현은 힐끗 시선을 돌렸다. 구경하러 온 수많은 사람 사이에 노골적으로 수상한 놈들 몇몇이 보였다.

'흠. 이제 슬슬 시작해야겠군.'

"크흠. 내성으로 들어가서 '그 의식'을 준비해야겠군. 이제 이것도 다 됐으니까. 좋아. 가볼까?"

"와아~ 신난다~ 의식이다~"

"의식 너무 좋다~"

태현은 일행의 저질스러운 연기력에 경악했다. 그걸 눈치챈 케인과 유지수는 태현의 시선을 피했다.

'난 최선을 다했어!'

'저도 최선을 다했……'

다행히 길드 동맹은 이상한 걸 눈치 못 챈 모양이었다. 필사적으로 이곳저곳에 귓속말을 날리고 있었다.

-김태현이 내성에서 의식 진행한답니다!

-현재 수도에 있는 놈들 전부 모아! 내성으로 공격 준비해!!

우르르-

태현 일행이 내성 안으로 사라지자 길드 동맹 길드원들은 화들짝 놀라 모이기 시작했다.

"모두 이쪽으로 모여! 바로 들어간다."

검투사 마이크와 전투 주술사 카와하라. 이번 습격을 지휘할 길드 동맹의 랭커였다. 각자 게임단에 소속된 프로 선수면서, 태현에게 호승심을 가질 정도로 실력 있고 겁 없는 플레이어들!

"위대한 카르바노그 님! 제물을 바치오니……."

안에서 커다란 목소리가 들려왔다. 그걸 들은 랭커들과 조장들은 고개를 끄덕였다.

-공격 개시. 공격 개시.

"공격 개시!"

"와아아아아아아!"

일반 플레이어들은 갑자기 곳곳에서 터져 나오는 함성에 깜짝 놀랐다. 안전한 수도 한복판에서 대체 무슨 일이지?

타타타탁-

길드원들은 재빨리 성벽을 타고 넘었다. 사다리와 갈고리, 아니면 비행 스킬 등 온갖 수단을 사용했다.

"김태현! 길드 동맹의 이름으로 널 공격한다!"

탁-

길드원들은 그렇게 외치며 내성 성벽을 넘어 안에 착지했다. 그런데 뭔가 이상했다. 너무 조용했던 것!

대신 그들을 맞이한 건 어둡고 사악해 보이는 표정을 하고 있는 병사들이었다. 왠지 모르게 덩치도 크고 악마 같아 보이는 병사들! 그 뒤에는 타이럼 사냥꾼들이 활을 겨누고 씩 웃고 있었다.

태현도 웃으면서 손을 흔들었다. 그리고 인사했다.

"안녕?"

"안, 안녕?"

무심코 대답한 길드원!

"그래. 준비!"

"?!"

"발사!"

파파파파파파파팍!

2차 수도 공방전의 첫 사망자는 길드 동맹 측에서 무더기로 튀어나왔다. 온갖 버프를 받고 기다리고 있던 타이럼 사냥꾼들의 일제사격! 길드원들과 길드원들이 데리고 온 비싼 용병 NPC들이 그대로 날아가는 순간이었다.

-길드 동맹이 수도 모라 시 공격!

-현재 모라 시에서 전투 중!

소식은 빠르게 퍼져 나갔다. 길드 동맹이 선빵을 때렸다는 것도 당연히 같이!

파워 워리어 길드원들은 신이 나서 날뛰었다.

-길드 동맹은 정말 신의도 없고 양심도 없고 매너도 없는……

-이런 길드를 믿을 수 있습니까 여러분? 길드 동맹은 믿을 수 없는 놈들입니다!

이런 반응 자체는 길드 동맹 쪽에서도 예상한 반응이었다. 원래 이런 건 먼저 깨는 놈이 욕을 먹게 마련. 중요한 건 그걸 깨고서 먹은 욕보다 더 비싼 성과를 거두는 것!

그렇지만 지금 들어온 보고는…….

-놈들이 대기하고 있었습니다! 함정인 것 같습니다!
-놈들이 데리고 있는 병사들이 심상치 않습니다! 숫자도 너무 많습니다!
-그사이 고용한 것치고는 너무 많은데……!
-길이 이상합니다! 여기 막혀 있어요! 지도 누가 만들었냐?!

온갖 놈들이 떠드느라 도저히 통신이 불가능한 길드원 채팅! 길드 동맹 소속 랭커들과 조장들은 상황을 수습하기 위해 필사적이었다.

"당황하지 마라! 함정을 파고 있었다고 해도 우리 숫자가 더 많다!"

"근위대나 병사들에 놀라지 마라! 공성전이 있었던 지 얼마 안 됐다! 그사이 채웠어도 얼마나 채웠겠냐! 그리고 훈련도도 별로 안 높아서 레벨도 낮을 거다!"

"김태현 겁내지 마라! 지금 의식 준비 중이라 김태현은 나오지 못할 거다!"

신기할 정도로 다 틀린 사실들이었다. 셋 다 틀린 사실!

"어…… 저기요, 조장님? 저거 김태현 아닙니까?"

거리 반대쪽에서 악마 병사들을 이끌고 나타난 태현!

그걸 본 길드원들은 얼어붙었다.

'의식 준비 중이라 못 나온다며?!'

태현은 그들을 보며 숫자를 체크했다.

"15명…… 빨리 잡고 가야겠군. 가자, 애들아!"

-크아아아아!

왕국 병사치고는 이상한 울부짖음! 그러나 길드원들은 뭔가 이상하다고 느낄 틈도 없었다. 온갖 버프 스킬을 켠 태현이 대열 사이로 파고든 것이다.

촤아악!

대만불강검이 한 번 휘둘러질 때마다 쭉쭉 깎이는 HP! 방어 스킬을 못 켜거나, 방어 한 번만 실패하면 그대로 누워버렸다.

"67! 68!"

처음에는 숫자를 외치는 태현이 뭔가 했는데, 길드원들은 뒤늦게 깨달았다.

'잡은 놈 숫자 세고 있잖아?!'

'미친 섹……!'

콰직!

[HP가 0이 되어 로그아웃됩니다.]

태현은 깔끔하게 파티 하나를 끝내 버렸다.

[모스락의 소환 의식을 위해 피의 제물이 바쳐집니다!]

'아주 좋아.'

태현이 없는 다른 곳이라고 상황이 딱히 좋지는 않았다. 왜냐하면 가짜 태현이 있었기 때문이었다.

"내가 김태현이다!"

가짜 태현이 나타나서 외치자 다들 기겁해서 비명을 질렀다.

"으아악! 으아아악!"

"어? 김태현이랑 얼굴이 다른데?"

뭔가 이상한 걸 깨달은 길드원!

"아이템으로 얼굴을 바꾼 거다! 이놈! 여기 이 검을 봐라! 반짝반짝 빛난다!"

"으아악! 으아아악!"

"크헬헬헬!"

태현은 이번 퀘스트를 진행하기 전에 파워 워리어 길드원들 몇 명을 뽑아 놓았었다. 그리고 그들한테 대충 태현의 장비와 비슷한 가짜 장비를 만들어주었다.

-헉. 이거 나중에 써도 되나요?

-안 돼.

-힝…….

이런 겉모습만 그럴듯한 가짜 장비를 만드는 건 태현의 장기! 안 그래도 사방에서 함정에 빠졌다고 소식이 들어오고 공격이 들어오는데 태현까지 상대할 정도로 간 큰 길드원은 얼마 없었다. 호다닥 도망치는 게 우선!

"일단 후퇴! 후퇴!"

"어디로 후퇴하죠?"

"일단 후퇴하고 생각하자! 지도에 따르면 여기 지름길이…… 어? 없잖아? 다른 길로 가자!"

그러나 그들은 알지 못하고 있었다. 길드원과 일행 전부가 한 곳으로 몰아 넣어지고 있다는 걸!

태현은 길드원들을 사냥하며 귓속말을 보냈다.

-69, 70, 71…… 잘 몰고 있지 애들아? 중앙 광장으로 몰아넣어.

-네! 몰고 있어요!

-다들 도망쳐서 몰기 쉽습니다.

최종 목적지는 중앙 광장. 거기서 몰아넣은 길드원들을 깡그리 처리해 버린 다음 바로 모스락을 소환할 생각이었다.

-나도 잘 몰고 있…… 억?

쾅!

갑자기 덤벼오는 기습에 케인은 당황했다. 다들 도망치는데 혼자 덤비다니, 뭐 하는 놈이야?

"덤벼라, 케인! 저번의 원한을 갚겠다!"

검투사 마이크는 케인을 노려보며 외쳤다. 케인은 순간 당황해서 외쳤다.

"저, 저번의 원한이라니. 너 누군데?"

"……이 개자식이!!"

이런 것까지 태현을 닮아가는 케인!

저번의 원한. 태현이 에랑스 왕국 마탑 흑마법사들의 힘을 빌려 언데드 군세를 이끌고 길드 동맹의 영지를 휩쓸 때의 이야기! 그때 태현과 케인은 성 하나를 점령하고 길드 동맹 측에게 '니가 와' 전법을 사용했었다.

아쉬운 놈들한테는 잘 먹히는, 네가 와라 전법!

길드 동맹은 공성을 시도했고, 그 와중에 마이크는 1:1로 케인과 붙었다. 만만하게 보고 덤빈 마이크였지만, 도중에 실수로 인해 지기 직전까지 몰렸고 추하게 도망쳐야 했던 것이다.

그런 망신은 쉽게 잊혀지지 않았다. 이번 습격에 참가한 것도 명예 회복을 위해서!

"케인, 모르는 척하지 마라! 날 모를 리가 없다!"

"아, 아니. 진짜 기억이……."

기억할 가치가 없는 놈이면 기억 안 하는 태현과 달리, 케인은 정말로 기억 못 하는 이유가 있었다. 너무 많은 일을 겪어서!

태현을 따라다니면서 자기 목숨 하나 건지느라 정신없었던 것이다. 그런 와중에 마이크 얼굴까지 기억할 리 없었다.

"공성전!!"

"공성전을 한두 번 한 게 아니라서……."

"일대일!"

"일대일도 한두 번 한 게 아닌데……."

이쯤 되자 마이크가 먼저 질렸다. 이 자식 뭐 이렇게 경험이 풍부해? 산전수전 공중전까지 전부 다 경험한 것 같은 케인!

"속박의 쇠사슬! 이래도 기억 안 나냐!"

"아, 그거! 가짜로 스킬명 외쳤는데 속은 놈이구나!"

"이 개××야! 죽어라!"

"기억해 내줬는데 왜 화내는 거냐 이 자식아!"

케인도 벌컥 받아치며 무기를 휘둘렀다. 생각해 보니 그가 마이크한테 미안할 것도 꿀릴 것도 없었다.

어디 한번 붙어보자!

화르륵-

[힘 스탯이 차이가 납니다. 밀립니다!]

'내가 밀린다고!?'

마이크는 경악했다. 이런 메시지창이 뜬다는 건 차이가 심해야 가능했다.

대체 어떻게!?

-악마의 피 폭발!

[악마의 피 폭발을 사용했습니다. 스탯이……]

케인이 스킬을 사용하자 순간적으로 스탯이 뻥튀기됐다.
악마처럼 바뀌는 외모는 덤!
"너, 너!"
"후후. 멋있냐?"
"엄, 엄청 징그럽잖아!"
"……이 자식이 어디서 질투를!"
"아니 정말 징그럽, 킄!"

[강렬한 충격에 의해 튕겨 나갑니다!]

쿵!
마이크는 아차 싶었다. 저렇게 무식하게 밀어붙이면 거리를
두고 치고 빠지듯이 싸워야 했는데, 무심코 정면승부를 해버
린 것이다. 이상하게 케인하고 상대할 때는 방심하거나 실수
하는 경우가 많았다.
'크윽! 안 돼!'
여기서는 일단 후퇴! 마이크는 재빨리 갖고 있던 스킬들을
퍼부어 케인을 물러나게 만든 다음 벽을 박차고 뛰어올랐다.
"앗! 마이크 님?!"

"마이크 님!!"

같이 있던 길드원들은 깜짝 놀라서 외쳤다. 마이크는 못 들은 척했다.

'미안하다!'

"이 자식이 어딜! 속박의 쇠사슬!"

'피해야…… 아니, 잠깐.'

마이크는 순간 깨달았다. 〈노예의 쇠사슬〉이 아니라 속박의 쇠사슬!

저번처럼 케인이 그한테 속임수를 쓰고 있는 것이었다. 케인이 노리는 건 마이크가 도망치는 걸 멈추는 잠깐의 틈!

'이 개자식이 날 대체 뭐로 보고……!'

마이크는 멈추지 않고 움직였다. 그 순간…….

휘리릭!

몸에 쇠사슬이 감기고 끌려가자 마이크는 기겁했다. 뭐야?!

"어…… 어떻게?!"

"멍청한 놈! 내가 김태현하고 구른 짬밥이 얼만데!"

마이크는 경악했다. 케인 옆에는 파워 워리어 길드원 한 명이 비웃음을 흘리고 있었다. 즉, 속박의 쇠사슬을 외친 건 파워 워리어 길드원이고 케인은 그사이 진짜 〈노예의 쇠사슬〉을 쓴 것!

"이, 이……."

"저번에는 도망쳤지만 이번에는 도망 못 친다!"

"저기 길드 동맹이다! 공격해라!"

함정에 빠져 후퇴하는 길드 동맹한테는 가차 없이 공격이 날아왔다. 상황을 파악한 플레이어들이 우르르 몰려든 것이다. 정면 승부에서는 밀리는 사람들이 많으니 그들이 선택한 건 원거리 공격이었다. 건물이나 벽 위에 올라가서 화살을 쏘고 돌멩이를 던지는 플레이어들!

'크윽…… 한주먹거리도 안 되는 놈들이!'

길드 동맹은 싸우고 싶어도 뒤에서 쫓아오는 악마 병사들 때문에 두들겨 맞으며 참아야 했다.

"너희 다 얼굴 기억하고 있다!"

"끝나고 나서 길드 동맹에게 보복당하고 싶나!"

도망치면서 엄포를 놓는 길드원도 몇몇 있었지만 전혀 먹히지 않았다. 오히려 코웃음 치는 플레이어! 여긴 아탈리 왕국이었고, 이렇게 숫자가 많은데 어떻게 일일이 보복을 하겠는가?

"야! 저기 공적치 포인트가 걸어 다닌다! 잡아라!"

"저거 잡으면 나도 감투 하나 얻는다!"

콰아앙!

"뭐야 미친?!"

"폭, 폭탄을 갖고 오다니!"

심지어 폭탄을 사서 갖고 온 플레이어들까지 나올 정도!

다른 플레이어들도 폭탄을 갖고 온 플레이어를 비난했다.

"넌 상도덕도 없냐?!"

"맞아! 매너합시다!"

"폭탄을 던지다니 반칙이다!"

오작동이 겁나기도 하지만, 그보다는 공적치 포인트를 싹 뺏길 것 같은 두려움이 컸다. 폭탄은 다른 무기들과 달리 한 번 제대로 터지면 정말 싹 쓸어버리는 무기였으니까.

물론 그런 고민은 폭탄을 맞고 있는 길드 동맹 입장에서는 배부른 고민이었다.

[가시덤불폭탄이 폭발합니다! 강력한 폭발에 휘말려 장비의 내구도가 크게 하락합니다!]

[가시가 몸에 박힙니다. 출혈 상태에 빠집니다.]

[박힌 가시가 계속해서 대미지를……]

몇몇 길드원들은 파티에서 벗어나 도주를 시도했다. 같이 뭉쳐 다니면 '나 길드 동맹 소속이야!'라고 광고하고 다니는 것이나 마찬가지였으니까.

그러나 그런 시도를 해서 성공한 건 정말 극소수였다. 벗어나서 도망치기에는 보는 눈이 너무 많았던 것이다.

"앗! 저기 저놈 변장한다! 여러분! 여기에요 여기!"

"빨간 망토 두른 놈이 길드 동맹 놈이다!"

"이이익!"

그 소리를 들은 길드원이 빨간 망토를 벗으면?

"뿔 두 개 달린 헬멧 쓴 놈이 길드 동맹 놈이다!"

"이익!"

뭘 해도 끈질기게 따라다니며 외치는 플레이어들! 오스턴 왕국에서 활동하는 플레이어들은 기본적으로 길드 동맹을 두려워하고 상대하길 꺼렸다. 한 번 찍히면 여러모로 피곤해지는 것이다.

그렇지만 여기 플레이어들은 그런 것과 거리가 멀었다. 덕분에 길드 동맹 길드원들은 예상치 못한 적들까지 추가로 상대해야 했다.

"빠져나왔다! 빠져나왔어!"

간신히 골목길을 지나 빠져나온 길드원들은 환호성을 질렀다.

"3조도 빠져나왔답니다! 합류해서 같이 성문을 돌파합시다!"

-남은 파티들은 전부 다 빠져나와서 합류해라! 뭉쳐야 한다!

일은 이미 틀어졌다. 이렇게 된 이상 곳곳에서 대기하고 있다 싸우는 건 자살행위. 나눠서 격파당하기 싫으면 뭉쳐야 했다. 그래야 성문을 뚫고 빠져나갈 수 있었다.

-의식은요?!

-지금 의식 신경 쓸 때나!

의식이고 뭐고 살아나가야 한다! 곳곳에서 두들겨 맞았는데도 아직 남은 길드원들의 숫자는 꽤 됐다. 그런 길드원들이 중앙 광장으로 전부 모이자 거대한 파티가 하나 만들어졌다.

"날 따라와라!"

전투 주술사 카와하라가 지휘를 맡았다.

'마이크 이 자식은 왜 안 와?!'

설마 오다가 당했을 리는 없을 테고……

짜증이 났지만 어쩔 수 없었다. 없으면 없는 대로 싸울 뿐. 카와하라는 해골 지팡이를 휘두르며 닥치는 대로 스킬을 사용했다.

-주술사의 함성! 전쟁을 부르는 북소리! 조상의 진혼가!

전투 주술사는 파티와 본인에게 공격적인 버프를 걸어주며 싸우는 데에 특화된 직업. 카와하라가 여기 뽑힌 이유가 있었다.

"랭커들과 고렙 놈들, 조장은 다 이리로 와라! 선봉으로 뚫는다. 나머지는 떨어지지 말고 따라와! 흩어지면 죽는다!"

"카, 카와하라 님."

"왜!"

"지금…… 여기 뭔가 이상한데요."

그러고 보니 중앙 광장이 이상하게 조용했다. 마치 폭풍 전야 같은 고요함! 원래 있어야 할 다른 플레이어들도 보이지 않았다.

"잠……."

그 순간 거대한 폭발이 일어났다.

CHAPTER 3

　사실 태현의 기계공학 스킬은 길드 동맹 쪽에서도 미리 고민한 스킬이었다.

　-김태현의 기계공학 스킬은 피해가 너무 커. 게다가 거기는 김태현의 홈그라운드다. 얼마든지 아이템을 보충할 수 있잖아.
　-하지만 걱정하지 않아도 될 것 같습니다. 일단 의식을 진행하려면 김태현이 거기 있어야 하고, 무엇보다 거기는 김태현 영지 아닙니까. 자기네 영지에서 폭탄을 함부로 쓸 수는 없을 겁니다.

　길드 동맹이 믿고 들어온 데에는 이유가 있었다. 그러나 태현은 깔끔하게 중앙 광장을 포기했다.
　'어차피 악마하고 싸우게 되면 부서질 텐데 뭐 내가 먼저 부순다고 달라지겠어?'

부수고 다시 지으면 되지!

콰콰콰콰콰콰콰콰쾅!

태현과 가브리엘, 기계공학 대장장이들이 합심해서 만든 중앙 광장 대폭발!

[악명이 크게……]

[기계공학 스킬이 크게……]

[건물이 파괴되었습니다.]

[건물이 파괴되었……]

[소환 의식에 필요한 피의 제물들이 모두 바쳐졌습니다. 모스락을 소환할 수 있습니다. 데르벤이 준 악마의 징표를 불태우십시오.]

"이…… 이런 미친……."

"진짜 폭탄을 쓰다니, 제정신이냐! 여기 네 땅이잖아!!"

남은 길드원들이 절규하는 건 귓등으로 무시하고, 태현은 악마의 징표를 꺼내 태웠다.

"김태현! 우리는 절대 그냥 죽지 않는다. 어디 한번 붙어보자!"

꿀꺽꿀꺽-

포션과 스크롤을 꺼내 바로 회복에 들어가는 길드원들! 카와하라를 필두로 한 남은 길드원들은 전부 다 랭커나 고렙이었다. 그렇지 않은 놈들은 방금 폭발에서 전부 로그아웃 당한 것이다. 그런 길드원들이 우르르 뭉쳐 싸울 각오를 하니, 다른 플레이어들은 긴장했다. 나뉘어서 도망치던 놈들을 일방적으로 괴롭히던 싸움과는 차원이 다른 싸움이 될 것!

"왜 안 들어오냐, 김태현! 겁먹은 거냐!"

"야! 내 말 듣고 있는 거 맞냐?!"

태현이 아무 말 없자 오히려 더 무서웠다. 길드원들은 바락바락 소리를 지르며 태현을 불러댔다.

"만약 우리를 내버려 둔다면 우리도 그냥 나가줄 수 있다! 우리를 건드리면 너희들도 무사하지 못할 거다. 우리에게는 비장의 수단이 있다!"

그런 건 딱히 없었지만 분위기에 취해 질러보는 길드원들!

"비장의 수단?"

"그래! 비장의 수단!"

"저런 거 말이냐?"

태현은 뒤를 가리켰다. 허공에서 거대한 마계의 문이 열리고 있었다.

[마계의 문이 열리기 시작합니다! 피의 제물을 받은 모스락이 모습을 드러내기 시작합니다.]

"어디서 같잖은 수작을…… 헉. 저게 뭐야."

"저, 저거 뭐냐?"

"몰라 뭐야. 무서워……."

길드원들도 깜짝 놀란 마계의 문! 그러나 자리에 모인 다른 플레이어들은 야유를 날렸다.

"우우! 지들이 해놓고 모르는 척이라니!"

"뻔뻔하다! 최소한 양심은 있어라!"

"아니 이 새끼들아 진짜 모르는 일인데!"

마계의 문이라니 왜 갑자기 이런 게 튀어나오지?

쿠르릉, 쿠릉, 쿠릉!!

하늘이 갑자기 어두워지더니 지옥의 색을 닮은 벼락이 연속으로 내려치기 시작했다.

[악마 공작 모스락이 소환됩니다!]

[모든 존재들은 두려워하십시오!]

파아아앗-

어딘가 염소를 닮은, 교활하게 생긴 악마가 검게 타오르는 채찍을 들고 나타났다. 에다오르나 갈그랄처럼 커다란 덩치를 가지고 있지는 않았지만 풍기는 분위기가 장난이 아니었다.

-네가 김태현이냐?

"예. 공작님."

-기특하다. 이리 가까이 와라.

태현은 천천히 앞으로 걸어갔다.

'지금 쏠까?'

오리하르콘 화살은 한 발. 모스락 정도 되는 공작이라면 맞는다고 바로 죽는다고 볼 수는 없었다. 무조건 맞추고 시작해야 했다.

'놈의 방어는? 마법은 하나도 없을까? 방심하고 있나?'

태현의 머릿속이 바쁘게 돌아갔다. 한 손이 은근슬쩍 석궁을 향해 내려갔다. 기회가 되는 순간 쏜다!

모스락이 칭찬하듯이 한 손을 들어 올렸다. 그 순간 태현의 직감이 비명을 질렀다.

쉬이이이익!

모스락의 손에서 물컹거리는 검은 마력이 안개처럼 쏟아져 나와 태현을 후려쳤다.

-반격의 원!

그러나 태현도 이미 대비하고 있었다. 팅겨낸 저주가 모스락에게 날아갔다.

[모스락의 원혼 저주를 팅겨냈습니다!]
[믿을 수 없는 놀라운 묘기입니다. 검술 스킬이 크게 오릅니다!]
[모스락이 경악합니다!]

"공작님! 이게 무슨 짓입니까!"
-주인님! 어째서!?
태현과 데르벤의 목소리가 튀어나왔다.
-이놈은 안 그래도 아키서스의 화신. 혹시 했는데 역시 너무 위험하다. 프이드도 잡았으니 이제 놈의 쓸모는 다했다! 처

리해야겠다!

모스락은 태현을 정확하게 본 셈이었다.

'살려두고 이용하기에는 너무 위험한 놈!'

그러나 조심성 많은 모스락도 한 가지는 예상하지 못했다.

태현은 애초에 그를 사냥하려고 소환한 것이다.

"공작님! 어떻게 이러실 수 있습니까!"

태현은 원통하고 비통한 목소리로 크게 소리 질렀다. 그러고는 은근슬쩍 움직였다. 데르벤에게!

데르벤은 그것도 모르고 모스락에게 외쳤다.

-주인님! 아키서스의 화신은 주인님을 거역하지 못할 것입니다.

-데르벤. 데르벤! 순진하기가 마치 천사 같구나. 아키서스의 화신이다. 그게 말이 되는 소리냐?

-주인님께서 아키서스란 이름만 듣고 너무 걱정하고 계십니다!

-닥쳐라! 감히 네가 날 가르칠 셈이냐?

-그런 게 아니오라······.

-어디 겪어보지도 못한 놈이 감히······ 잠깐, 데르벤!

은근슬쩍 데르벤 뒤로 접근한 태현이, 데르벤의 등을 향해 사정없이 공격을 날린 것이다.

푹찍푹찍!

-크허억?!

[치명타가 터졌습니다! 완전히 방심한 상대방의 뒤를 공격하는 데 성공했습니다. 대미지가 추가로 들어갑니다!]

-아키서스의 첫 번째 공격!

[행운 스탯을 소모합니다. 강력한 연속 공격을 펼칩니다!]

한번 시작한 태현의 공격은 멈추지 않았다.

끝장을 본다!

-폐, 폐하 잠시만! 잠시만!

"그래! 알겠어!"

-잠시만!! 잠시만!! 오해가! 오해가!!

"알겠다니까!"

알겠다고 말을 하면서도 공격은 멈추지 않는 태현!

[치명타가 터졌습니다!]

[치명타가……]

-이놈! 데르벤을 놓지 못할까!

모스락의 손끝에서 채찍이 파도처럼 출렁이며 태현을 향해 날아 들어왔다. 태현은 재빨리 데르벤을 붙잡고 앞에 세웠다.

콰지직!

-크아악! 주인님!

-이…… 이 아키서스의 화신 놈. 본색을 드러내는구나!

"먼저 배신 때린 놈이 누군데 뭐라는 거냐?"

태현은 당당했다. 물론 태현도 따지고 보면 함정을 파고 기다리긴 했지만, 지금 겉으로 보면 배신을 때린 건 모스락!

태현은 갖고 있던 전술 스킬들을 사용했다. 이제 이 근처에 있는 플레이어들과 힘을 합쳐 모스락을 사냥할 시간이었다.

-화신의 함성! 폭군의 지휘!

버프 범위만 보면 전투 주술사 카와하라보다 더 넓은 효과를 자랑했다. 최고급 전술 스킬은 그냥 딴 게 아닌 것!

태현은 이제까지의 대화와 달리 주변에서 대기하고 있는 모두가 들을 수 있을 정도로 크게 말했다.

"모두 전투 준비! 길드 동맹이 모스락을 불러냈다. 그렇지만 우리는 길드 동맹의 추잡한 수작에 지지 않을 것이다!"

"아니 우리가 언제……."

카와하라가 황당하다는 듯이 따졌지만 태현은 무시했다.

"길드 동맹! 남의 도시에 악마를 풀어놓다니. 너희가 그러고도 사람이냐!"

"여기 초보자들이 얼마나 많은데! 정말 너무하다!"

판온뿐만 아니라 모든 온라인 게임이 그랬다. 도시 안에서 민폐를 끼치는 사람들은 욕을 먹게 마련. 메×플스×리에서 검은 보따리를 풀던 놈부터 시작해서, 판온 1에서 도시에 독을 풀던 놈까지. 그건 달라지지 않았다.

"우우! 길드 동맹!"

"시끄럽다, 닥쳐!"

카와하라는 일갈하며 주변을 둘러보았다. 갑자기 고위 악마가 왜 나타난 건지 모르겠지만 이건 기회였다.

'악마가 나타난 이상 김태현의 화신 소환 의식도 실패한 게 분명하다. 이건 쑤닝이 준비한 건가? 설마 준비해 놓고 우리한테 말 안 한 건 아니겠지. 그러면 진짜 개…… 아니. 지금 그게 중요한 게 아니지.'

중요한 건 도망칠 기회가 생겼다는 것! 악마 공작의 압도적인 분위기에 다들 신경이 거기 쓰여 있었다.

지금 도망치면 여기 남은 플레이어들은 전부…….

"지금이다! 카와하라! 뒤에서 찔러라!"

태현은 〈아키서스의 권능: 저주〉을 데르벤한테 걸고 온갖 스킬을 퍼부어가며 외쳤다.

궁극의 멀티태스킹!

데르벤도 잡고 동시에 카와하라와 모스락 사이를 이간질하고 있었다.

"뭐? 뭔 개소리야?"

[최고급 화술 스킬을……]
[모스락이 카와하라 파티를 공격하기 시작합니다!]

-어디서 하찮은 인간 놈들이 내 뒤를 노리느냐! 이 음모의 달인인 날 속일 수 있다고 생각하느냐!

"아니 이런 미친!"

갑자기 쏟아지는 채찍질에 카와하라와 길드 동맹은 황당해했다.

"야, 이 악마 새끼야! 넌 대가리가 없냐! 우리가 저놈하고 같은 편으로 보이냐!"

길드원들은 필사적으로 피하고 방어하며 항의했다. 지금 모스락과 싸울 수는 없었다. 모스락과 같이 손을 잡고 태현과 싸운다면 모를까.

-크하하하. 크하하하!

'통한 건가?'

'우리 말이?'

-아키서스의 화신이여. 정말 형편없구나. 이런 속임수를 쓰다니.

-커헉, 커헉. 주인님.

데르벤을 두들겨 패던 태현은 고개를 돌렸다. 설마 화술이 깨졌나?

-아키서스의 화신과 적이라고 해서 내가 속을 줄 알았더냐! 죽어라, 이 하찮은 벌레들아!

모스락은 코웃음을 치더니 다시 길드원들을 후려치기 시작했다. 악마가 보기에 인간은 그놈이 그놈!

"악마! 지금이라도 멈춰라! 우리는 같이 손을 잡고 저 악마 같은 놈을 상대할 수 있다!"

-어디서 내 앞에서 악마 같다는 말을 함부로 하는 것이냐!

"이익…… 전부 공격해!"

대화가 통하지 않고 화술 실패 메시지만 뜨자, 카와하라는 결국 싸움을 선택했다. 그걸 보며 태현은 말했다.

"하하. 훈훈하네."

-커헉…… 커허억…….

"잘 가라. 데르벤."

-이…… 이 아키서스의 화신 놈. 주인님께서 널 벌하실 거다! 당장 나를 놓지 않으면…….

죽기 직전이 되자 데르벤도 본성이 나왔다. 그러나 이미 늦어 있었다. 기습을 받고 시작한 데다가 모스락도 발이 묶인 상태!

푹!

[모스락의 충실한 오른손, 데르벤이 쓰러졌습니다!]

[마계에 당신에 업적이 다시 한번 울려 퍼집니다!]

[신성이 크게 오릅니다!]

[칭호: 악마도 피해 가는 놈을 얻습니다!]

[대륙 교단이 당신의 업적을 인정합니다. 심지어 당신을 싫어하고 질투하는 교단들도 이 업적만은 인정할 수밖에 없을 것입니다!]

[레벨 업 하셨습니다.]

[아이템을 얻었습니다.]

대륙의 플레이어들 중에서도 태현처럼 고위 악마를 이렇게 많이 사냥한 사람은 없었을 것이다.

'됐다. 1단계 통과!'

태현은 안도의 한숨을 내쉬었다. 모스락을 상대할 때 가장 위험한 건 데르벤!

데르벤 정도 되는 악마가 따로 있으면 보통 위험한 게 아니었다. 게다가 태현의 스킬들은 단일 상대한테 먹히는 게 많던 것이다. 그래서 처음부터 무리를 감수하고서라도 데르벤을 공격했다.

다행히도 모스락은 무방비 상태인 태현을 공격하는 대신, 수상쩍은 길드 동맹을 상대했다.

"길드 동매앵!! 앞으로! 앞으로!"

카와하라는 처절하게 빛나고 있었다. 함정에 빠져 길드원들 대부분을 잃고 남은 건 소수밖에 없었지만, 그래서 더욱 빛나는 분투!

카와하라는 사용하던 스킬들과 함께 숨겨뒀던 스킬들을 다같이 사용했다.

-고대 정령의 강림! 울부짖는 대지의 외침! 퇴마의 바위기둥!!

"카와하라!"

"너 이 자식……! 정말 대단하잖아……!"

남은 길드원들은 그 분투를 보고 감동했다. 저런 화려한 컨트롤이라니.

-크윽. 인간 놈들. 제법 대단하군.

모스락도 그 매서운 공격에 한 걸음 뒤로 물러섰다.

-과연 아키서스의 화신이 숨겨놓은 함정답다.

서로에 대한 우정과 단결로 타오르고 있던 길드원들의 표정이 짜게 식었다.

"파이팅! 파이팅!"

"닥쳐 이 개자식아!"

멀리서 들려오는 김태현의 외침에 카와하라는 성질을 냈다. 길드 동맹한테는 판온 1 때부터 태현과 원수를 진 랭커들이 몇몇 있었다.

그들의 특징은 김태현의 이름만 나오면 누워 있다가도 이불을 뻥뻥 차며 '김태현 개×끼!'를 외친다는 점이었다.

그때는 참 한심해 보였는데…… . 지금은 이해가 간다!

-내가 진심으로 상대해 주마. 인간들이여.

"아니, 그냥 보내주기만 하면…… ."

-그 하찮은 음모는 그만 시도해라! 나에 대한 모욕이다!

"…… ."

-나오거라, 나의 군세여!

[음모의 모스락은 혼자 다니는 법이 없습니다. 수많은 피의 제물을 바친 덕분에 모스락은 그의 군대를 불러낼 수 있습니다. 마계의 군대가 나타납니다!]

태현이 함정을 판 것처럼 모스락도 속셈이 있었다. 마계의 문이 연속적으로 열리더니 최소 중급 이상의 악마들이 우르르 솟구쳐 나오기 시작했다.

[카르바노그가 경고합니다! 모스락의 군세는 마계에서도 사악하고 질서 잡힌 것으로 유명하다고 말합니다.]

"알고 있어. 걱정 마라."

모스락의 군세는 예상하지 못한 것이긴 했지만 태현도 준비해 놓은 게 많았다. 게다가 더 좋은 점은, 길드 동맹이 시간을 끌어주고 있다는 점이었다.

쏟아져 나오는 악마들과 처절하게 싸우며 시간을 끌어주는 길드 동맹! 태현은 코밑을 쓱 훔쳤다. 평소에는 징글징글하던 놈들이 저렇게 예뻐 보일 수가 없었다.

"나 왔다!"

케인이 병사들을 이끌고 허겁지겁 달려왔다. 마이크를 상대하느라 가장 늦게 도착한 케인이었다.

'나왔구나!'

중앙 광장에 쏟아져 나오는 악마들을 보고 케인은 긴장했다. 태현이 경고한 대로 일이 진행된 것이다.

"응? 쟤네는 왜 악마랑 싸워?"

"몰라. 자원봉사하나 보지. 케인, 내가 준 약 먹어라."

"……진짜?"

"진짜."

"으으……."

케인은 싫다는 듯이 주섬주섬 아이템을 꺼냈다.

악마 프라이드의 뿔로 만든 정수·

악마 프라이드의 뿔로 만든…….

보기만 해도 끔찍한 비주얼이었다. 역겨운 냄새가 확 올라

왔다. 마치 어렸을 때 먹었던 한약 같은 냄새!

'먹어야 하느니라…….'

꿀꺽꿀꺽-

"맞다, 케인."

"?"

"그거 하나로 부족할 거 같으니까 내가 챙겨둔 거 다 먹어라."

"??"

마시느라 입이 막혀 있던 케인은 반박하지 못했다. 간신히

다 마신 케인은 기침을 하며 저항했다.

"아, 아니. 하나면 되잖아. 하나면!"

"아니야. 하나로는 부족할 거 같다. 양팔 잡아라!"

탁-

"야! 야!!"

케인은 기겁했다. 양팔이 잡히자 저항할 수가 없었다.

"마셔라, 케인! 운명을 손에 넣어라!"

"읍 읍읍 읍읍읍읍읍!(그 대사 불길하다고!)"

케인은 저항했지만 태현은 있는 정수들을 꺼내 닥치는 대로 먹이기 시작했다. 모스락을 상대하려면 태현 혼자서는 부족했다. 길드 동맹이 박살 나고 나면 태현과 같이 모스락의 시선을 끌어줄 사람이 필요했던 것이다.

즉 지금 케인보다 훨씬 더 튼튼하고 HP가 높은 탱커가 필요!

[블랙 드래곤의 힘이 희미하게 담겨 있는 정수를……]

흑흑이를 이용해 만들었던 정수.

[살라비안 교단 마수의 힘이 응축되어 있는 정수를……]

살라비안 교단 마수를 잡고 만들었던 정수.

[망령의……]
[사디크 마수의……]

기타 등등의 정수까지. 태현은 가차 없이 꺼내 부었다.

[현재 배가 많이 부른 상태입니다. 더 먹을 경우 체할 수 있습니다. 과식으로 인해 상태가 저하됩니다.]

"괜찮아, 과식 디버프는 별거 아니야."

배부르게 먹는다고 죽는 건 아니었다. 기껏해야 이동 속도, 공격 속도가 아주 조금 내려가는 정도?

"어허! 저항하지 마! 약 아깝게시리! 약이 들어간다! 쭉쭉쭉 쭉쭉!"

"컥. 커억……."

[너무 많은 몬스터의 정수를 마셨습니다.]

[너무 많은 몬스터의 정수를 마신 결과 정체불명의 부작용이 일어납니다. 무작위 부작용이 시작됩니다.]

[아키서스의 노예 직업을 가지고 있습니다.]

[악마의 피가 몬스터의 정수들과 반응합니다.]

[종족: 인간에서 완전히 변화합니다. 종족: 키메라로 변합니다. 일시적으로 융합체 거인으로 변합니다!!]

"어? 케인. 너 좀 커지는 것 같……."

쿠르르르릉-

점점 덩치가 커지기 시작한 케인!

[융합체 거인으로 변합니다. 현재 착용하고 있던 장비 중 대부분을 착용할 수 없습니다. 마신 정수에 담겨 있는 몬스터들의 능력을 사용할 수 있습니다!]

"이게 뭐야 김태현 이 자식아!!"

시끄러운 중앙 광장 사이에서도 케인의 절규는 선명하게 들려왔다.

　그러나 보고 있던 플레이어들의 반응은 폭발적이었다.

　"와아아아아아!"

　"케인! 케인! 케인! 케인!"

　수많은 악마가 쏟아져 내리고 악마 공작이 덤비는 상황에서, 거대한 거인으로 변신한 케인은 압도적이었다. 마치 벌써 이기기라도 한 것 같은 분위기!

　"어, 어?"

　케인은 환호하는 분위기에 당황했다. 이 흉측한 비주얼이 마음에 든다고?

　"케인! 케인! 케인!"

　케인은 신이 나서 손을 흔들었다.

　"케인! 케인! 케인!"

　케인은 박자에 맞춰 발을 굴렀다.

　[거대한 충격파로 근처 건물이……]

　"뭐 하냐?"

　"미, 미안……."

　"어쨌든 케인 상태도 멀쩡해 보이니 준비는 다 끝났다."

　"멀쩡? 이게 멀쩡이냐??"

　"전부 앞으로!"

태현은 무시하고 미리 준비시켜 놓은 것들을 하나씩 꺼내기 시작했다.

쿠르르릉-

"발사 준비 완료!"

축복받은 대형 강철 창 발사대:

내구력 200/200. 물리 공격력 220.

폭탄의 힘으로 강력하게 발사되는 창 발사대입니다. 크기를 키운 것으로 위력이 더욱 커졌습니다. 아키서스의 축복이 내린 덕분에 발사할 때마다 추가 효과가 부여됩니다.

중앙 광장 근처 건물에 배치해 놓은 공성 병기들! 들고 다닐 걱정 하지 않고 태현이 직접 크게 만든 공성 병기들의 위엄은 무지막지했다.

거기에 발사하는 창마저 다 미리 축복을 해놓은 상태!

아주 악마를 상대하기 위해 밑천이란 밑천은 전부 준비해놓은 상태였다.

그뿐만이 아니었다.

"명령 떨어졌다! 폭탄 다시 준비해!"

"알겠습니다."

가브리엘과 기계공학 대장장이들은 지하에 있었다.

바로 중앙 광장 지하!

오스턴 왕국에서 날뛰던 사디크 마수들을 상대하고 나서 깨달음을 얻은 건 길드 동맹만이 아니었다. 태현도 '생각해 보니 판온 1 때도 저런 식으로 해서 쏠쏠했었지'라고 떠올린 것이다.

지상과 하늘뿐만 아니라 지하에서도 매복! 기계공학 대장장이들은 폭탄을 잔뜩 짊어진 채 지하로 내려와 중앙 광장 밑까지 기어갔다.

"힉…… 힉힉힉……."

"야, 진정해. 아직 좋은 순간은 오지도 않았어."

벌써부터 신나서 온몸을 떠는 대장장이들! 가브리엘은 흐뭇하게 고개를 끄덕였다. 판온에서 그들만큼 철저한 철의 유대를 가진 사람들도 드물었다.

그러나 한 명만은 아니었다.

'아니야! 기계공학은 폭탄에만 길이 있는 게 아니야!'

그의 이름은 다니엘. 처음에는 가브리엘 밑에서 폭탄을 이용하는 기계공학의 매력에 흠뻑 빠진 플레이어였지만, 점점 고민하게 되었다.

과연 기계공학은 폭탄만이 길인가? 결국 스스로 내린 정답은 '아니다'였다.

기계공학은 폭탄만 있는 게 아니다. 지금 태현만 봐도 기계공학 골렘, 공성 병기 등 다양하게 쓰지 않던가?

'이번 싸움이 끝나면 나는 다른 길을 가겠어!'

가브리엘에게 당당하게 말하리라. 다니엘은 그렇게 결심했다.

"공격 시작 안 해?"

기다리던 케인이 결국 물었다. 왜 시작을 안 하는 거야? 준비도 다 된 거 같은데?

"아. 쟤네 다 죽으면 시작하려고 하는데 되게 질기네."

길드 동맹의 활약은 말 그대로 영웅적이었다. 수십, 수백의 악마 사이에 갇혀서 끝까지 싸우는 끈기!

모스락도 감탄할 정도였다.

-대단하다. 인간 주제에!

"카와하라 생각보다 대단한 랭커였구나……."

케인도 감탄했다. 마이크랑 같이 왔다고 해서 어딘가 좀 모자란 놈인 줄 알았는데.

"으윽…… 김태현! 김태현!! 김태현!!"

카와하라는 마지막으로 태현을 노려보며 외쳤다. 그 순간…….

탕!

옆에서 총소리가 났다. 이다비가 들고 있던 머스킷에서 난 소리였다.

"이, 이거 왜 멋대로 나가죠?"

악마가 봉인된 6연발 머스킷〉 싸움이 끝나면 시작하려고 조준하고 있었는데 갑자기 발사가 된 것이다.

[싸움이 벌어지는 동안 너무 오래 기다렸습니다. 봉인된 악마가 무기를 멋대로 발사합니다.]

[치명타가 터졌습니다!! 악명 높은 전투 주술사, 카와하라를 쓰러뜨렸습니다. 명성이……]

막타를 기막히게 노리고 들어간 일격! 그 순간 길드원들도 버프가 사라져 무너지기 시작했다. 태현은 때는 바로 지금이라는 걸 느꼈다.

촤악-

태현은 〈처참하게 토벌당한 모스락의 오리하르콘 조각상〉을 꺼냈다.

"봐라! 모스락!"

[〈처참하게 토벌당한 모스락의 오리하르콘 조각상〉을 꺼냈습니다! 모스락이 데리고 온 악마 군세들이 저 모독적인 조각상을 보고 충격을 받습니다.]

[사기가 매우 줄어듭니다.]

[모스락이 극도로 분노합니다.]

[모스락의 힘이 내려갑니다.]

[모스락의 군세가 흔들립니다.]

-내…… 내 조각상을 감히?! 어디서 났느냐?!

"데르벤이 줬다!"

-말도 안 되는 소리 하지 마라! 데르벤! 데르벤!

분노해서 데르벤을 찾던 모스락은 데르벤이 죽었다는 걸 뒤늦게 깨달았다.

-네놈을 찢어발겨 주마!

그 순간 모스락과 악마 군세 밑에서 다시 한번 폭발이 터져 나왔다. 설마 폭발로 박살 난 중앙 광장 밑에서 다시 한번 폭발이 일어날 거라고는 생각지 못한 악마들!

콰콰콰콰콰콰콰쾅!

-끄아아악! 끄아악!

-신성력이라니…… 이게 무슨……!

바로 밑에서 잔뜩 축복을 받은 폭탄이 터지면 상급 악마고 뭐고 버틸 수가 없었다. 엄청난 폭발과 함께 악마들이 휩쓸려 나갔다.

모스락은 분노해서 스킬을 사용했다.

-내게 오라, 내게 오라! 악마 공작의 함성! 음모의 원천!

[모스락이 악마 공작의 함성을 사용했습니다. 공격을 방어합니다!]

[모스락이 음모의 원천을 사용했습니다. 악마 군세가 빠르게 부상을 회복합니다!]

그러나 태현의 공격은 이제 막 시작했을 뿐이었다. 지하에서 일어난 폭발을 신호로, 공성 병기를 맡은 플레이어들이 닥치는 대로 쏘아대기 시작한 것이다.

슈우욱- 퍽!

"명중이다!"

"공적치 포인트다! 공적치 포인트!"

-저것들을 당장 쓸어버려라!

"플레이어들은 흩어져서 공성 병기를 지켜라!"

태현은 수도 모라 시의 통치권을 미리 나눠준 효과를 톡톡히 봤다. 태현과 상관없는 플레이어들도 악마가 나타났다는 소식에 자기 길드원들을 이끌고 도우러 온 것이다.

"그렇게 둘 거 같냐!"

"이 길드 동맹 사악한 자식들. 내 도시에 악마를 풀어?!"

상황을 파악한 그들은 일단 공성 병기부터 지키려고 움직였다.

"안 돼! 내 노후 대책이! 이 도시를 내가 어떻게 먹었는데 이 개자식들아! 이 건물이 얼마짜린데!!"

파괴된 중앙 광장을 보자 바로 나오는 처절한 외침!

"길마님 우는 거 아니지?"

"우는 거 맞는 거 같은데?"

"길드 동맹 개자식들아!! 죽여 버리겠다! 죽여 버릴 거라고!!"

'중앙 광장은 태현 님이 날린 건데……'

파워 워리어 길드원들은 속으로 생각했지만 굳이 말하지 않았다. 분노도 힘으로 바꾸면 긍정적인 것 아니겠는가.

계속되는 폭발과 함께 엄청난 공방이 중앙 광장에서 일어나고 있었지만 태현은 냉정히 상황 관찰을 하고 있었다.

'오리하르콘 화살을 안 쏘길 잘했군.'

현재 날아가는 공성 병기들이 모스락을 노릴 때마다 닿지도 않고 튕겨 나가고 있었다. 무언가 스킬을 쓰고 있는 게 분명했다.

그 순간 메시지창이 떴다.

[모스락이 아키서스의 성물을 가지고 있습니다!!]
[모스락이 차고 있는 것은 <아키서스의 찬란한 목걸이>입니다!]
[카르바노그가 <아키서스의 찬란한 목걸이>가 투척 무기를 막아내고 있다고 다급하게 외칩니다!]

'아키서스의 목걸이를 갖고 있다고?!'
태현도 여기에는 좀 놀랐다. 무슨 일이 있었길래 악마 공작 놈이 아키서스의 목걸이를 차고 있는 거지? 그리고 저 악마 놈은 악마 주제에 어떻게 아키서스의 목걸이를 차고 있는 거지? 보통 착용 제한이 걸려야 정상 아닌가?
'아니. 지금 중요한 건 그게 아니지.'
"케인! 공격해라! 지원할 테니까!"
케인은 고개를 끄덕이더니 전력을 다해 돌진하기 시작했다.

[거대한 덩치로 악마를 튕겨냅니다!]
[거대한 덩치로……]

덩치가 커지자 이런 싸움법도 가능했다.

-아키서스의 축복, 아키서스의 신성 영역! 행운의 바람 소환!

태현은 아끼지 않고 닥치는 대로 권능 스킬들을 사용했다.

모스락은 계속해서 부하들을 소환할 수 있는 소환형 보스 몬스터. 준비한 수단이 떨어지기 전에, 타격을 입은 적들을 몰아쳐서 끝내야 했다.

"전부 공격! 공격 개시!"

중앙 광장 근처에 있던 플레이어들이 태현의 명령이 떨어지자 용감하게 돌격했다. 각종 버프와 대(對) 악마 장비로 무장한 것도 모자라 아키서스의 스킬까지 사용한 지금, 그들은 무서울 게 없었다.

콰콰콰콰쾅!

원래라면 밀렸을 전력인데도, 오히려 악마 군세를 밀어붙이는 그들! 그러는 사이 케인은 모스락 앞까지 도착했다.

-건방진 잡종 놈이 어디서!

휘리릭-

[모스락의 채찍이 당신의 팔을 휘감습니다.]

[모스락의 채찍이 당신의 영혼을 태우기 시작합니다! HP가 빠르게 감소합니다!]

[살라비안 마수의 권능으로 버텨냅니다!]

[사디크 마수의 권능으로 화염을 토해냅니다!]

-무…… 무슨 놈의 힘이?!

모스락도 경악했다. 오랫동안 악마 공작으로 군림한 그였지만 이렇게 다양한 힘을 갖고 있는 존재는 처음 보았다.

"으하하! 죽어라 모스락! 죽어! 죽어!"

케인은 무차별적으로 주먹을 휘둘렀다. 지금 몸으로는 복잡한 동작을 할 수가 없었다.

쾅! 쾅! 쾅!

단순한 공격에 얻어맞은 모스락은 분노로 얼굴이 붉게 물들었다.

-이놈! 나는 악마 공작이다. 너 같은 잡스러운 놈이 감히 나를…….

쾅! 쾅! 쾅!

모스락이 있던 구덩이에 점점 깊숙하게 구멍이 파이기 시작했다. 태현은 그걸 보고 당황했다.

'어? 화살 안 써도 될 거 같은데?'

원래 목적은 케인을 보내서 모스락의 신경을 끌고, 이 근처 악마들을 처리한 다음 태현이 합공을 하는 것이었다. 그사이 목걸이를 처리하고 빈틈이 나오면 오리하르콘 화살을 쏴서 박을 생각이었는데……. 생각보다 케인이 너무 강했다!

'저 자식 대체 얼마나 강해진 거지? 레벨이 한 500은 넘긴 거 같은데……?'

이제까지 모은 마수들의 정수를 전부 다 마시게 하니, 만든 태현도 예상치 못한 어마어마한 효과가 나온 것이다.

-모스락의 원혼 저주!

[블랙 드래곤의 비늘이 모스락의 원혼 저주를 견딥니다!]

-불타오르는 마계의 용암!

[사디크의 화염의 권능이 불타오르는 마계의 용암을 막아냅니다!]

-이런 미친놈 같으니! 이런 건 말도 안 된다!!

하도 많이 처먹은 덕분에 모스락의 온갖 공격이 다 막히고 있었다. 모스락도 기가 막혀서 비틀거렸다.

"야! 김태현! 뭐 해! 안 도와줘?!"

"지금 간다!"

태현은 퍼뜩 정신을 차렸다. 아마추어처럼 정신을 놓고 있었던 것이다. 그 노련한 태현도 순간 넋을 놓게 만든 케인의 위엄! 이제까지 모은 치명타 스택을 전부 폭발시키는, 대만불강검의 일격이 작렬!

-치명타 폭발!!

-크아아아아아아악!

[악마 공작 모스락이 부상을 입고 비명을 지릅니다! 끌고 온 군세가 흔들립니다!]

-이…… 이런…… 말도 안 되는…….

모스락은 처음으로 당황하기 시작했다. 원래 무난하게 김태현을 잡고 이 도시를 불태울 수 있을 줄 알았는데 생각보다 방비가 너무 탄탄했던 것이다. 게다가 저 온갖 것들이 섞인 괴물이 충격적이었다. 모스락의 공격이 먹히지 않는 것 같았다.

-내…… 내 부하들아! 내 명령을 들어라!

모스락은 다급히 명령을 내렸다. 명령을 내린 곳은 저 멀리 대기하고 있던 왕국 수도의 병사들이었다.

태현의 얼굴이 굳었다. 혹시 몰라서 뒤에 배치하긴 했지만, 지금 모스락의 말에 넘어가면 뒤에서 소란이 일어날 수 있었다.

"으음……."

"그건 좀……."

[현재 전장 상황이 너무 압도적입니다. 혼합체 거인이 악마들을 질리게 만듭니다. 악마들이 모스락의 모습을 보고 충성을 고민합니다.]

"……역시 악마들이 최고라니까!"

태현은 그렇게 외치며 화술 스킬을 준비했다. 대상은 뒤에 있는 악마들뿐만이 아니라, 앞에서 두들겨 맞고 있는 악마들도 포함이었다.

[카르바노그가 악마 부하들이 또 생기는 거냐며 질려 합니다. 왜 아키서스는 천사보다 악마를 더 많이 부리냐고 카르바노그가 지적합니다.]

"들어라! 악마들아! 너희들의 주인, 모스락은 너희를 속였다! 이긴다고 약속하고 데리고 왔겠지만 지금 상황을 봐라! 이 주변은 완전히 포위되었다! 또한 나한테는 이 많은 군대와 천사 요하스까지 있다!"

웅성웅성-

[최고급 화술 스킬을 갖고 있습니다. 위협이 더욱 생생하게 받아들여집니다. 포위된 악마들의 사기가 급격히 떨어집니다.]

"이게 뭔지 아냐! 내가 사냥하고 잡은 악마 공작들의 무기다!"

[악마들의 사기가 더 떨어집니다!]

"아까 함정을 봤겠지! 그거 하나라고 생각하지 마라! 그런 함정이 수십 개도 넘게 준비되어 있다!"

[악마들의……]

태현이 말 한마디 할 때마다 뚝뚝 떨어지는 악마들의 사기!

그러나 악마들은 의외로 항복을 하지 않고 있었다.

[악마들은 그들의 주인인 모스락의 눈치를 보고 있습니다. 망설이는 그들은 쉽게 항복하지 않습니다! 더 설득하십시오!]

'아니, 이쯤 되면 항복해야 하지 않나? 악마 주제에……'
태현은 속으로 불평했다. 사기가 더 이상 떨어질 수 없을 때까지 떨어졌는데도 아직 망설이고 있었다.

[카르바노그는 더 강한 충격을 줘야 한다고 조언합니다.]

'여기서 어떻게 더 강한 충격을 줘?'

[아키서스의 화신 이름을 팔라고 카르바노그가 조언합니다.]

'그게 먹힐 것 같지는 않은데……'
방금 온갖 걸로 화려하게 협박했는데도 안 먹힌 지금, 아키서스의 화신 이름으로 협박한다고 뭐 크게 달라지겠는가.
그래도 태현은 카르바노그의 조언을 따랐다.
"이놈들! 내가 아키서스의 화신이다! 항복하지 않으면 아키서스해 버린다!"
-으아악! 으아악! 으아아아악!
-끄아악! 아키서스 해버린대!

-난 죽고 싶지 않아!

[악마들이 공포로 패닉 상태에 빠집니다!]
[모스락의 지휘력이 사라집니다.]
[악마들이 도주하기 시작합니다.]
[악마들이 항복하기 시작합니다!]

-이런 멍청한 놈들! 아키서스 놈한테 속지 마라!

모스락은 분통을 터뜨렸다. 태현한테 준 악마 전사들을 설득해서 뒤의 혼란을 일으키려고 했는데 오히려 역효과가 일어나고 있었던 것이다. 그가 데리고 온 부하들까지 돌아서다니!

-시끄러워, 모스락! 넌 예전에도 아키서스한테 속은 적 있었잖아! 그런 주제에 아키서스의 화신을 상대하겠다고 우리를 데리고 오다니!

-우리를 속였어, 모스락! 우리를 속였다고!

악마들 사이에는 충성이고 뭐고 없었다. 불리하다 싶으면 아까까지는 주인으로 모셨던 악마도 가차 없이 내치는 게 그들!

-멍청한 놈들 같으니…… 저놈들이 오래갈 거 같으냐? 힘을 모으고 버티면 저놈들은 너희들을 이길 수 없다! 내 말을 믿어라! 내 이름이 뭐냐. 음모의 주인 아니냐!

'자식. 예리하네.'

태현은 뜨끔했다. 모스락은 확실히 보는 눈이 있었다. 지금 여기 있는 준비들은 오래가면 불리해졌다. 계속 악마들을 불러낼 수 있는 모스락에 비해, 미리 준비해 놓은 폭탄과 공성 병기 등은 쓰다 보면 바닥이 나게 마련! 게다가 지금 압도적인 힘을 자랑하며 모스락을 제압하고 있는 케인도 일시적인 변신이었다.

-헛소리하지 마! 음모의 주인은 아키서스겠지! 아키서스한테 속은 놈이!

-닥쳐라! 한 번만 내가 더 아키서스한테 속은 이야기를 하면 혀를 뽑아버리겠다.

-넌 이제 우리의 주인 자격이 없어!

-우리는 아키서스에게 붙겠다!

개판이 벌어지고 내분이 일어나는 걸 본 태현은 흐뭇하게 웃었다.

[상급 악마 웰하우론이 모라 시 군대에 합류합니다.]

[상급 악마……]

[중급 악마……]

순식간에 흩어지고, 남은 건 모스락과 직속 악마 괴수 몇 마리 정도였다. 모스락도 당황하는 게 느껴졌다.

태현은 직감했다. 이제 슬슬 끝낼 때다!

"케인. 달려들어라! 용용이! 흑흑이! 골골이! 요하스! 있는 건 다 쏟아부어! 여기서 끝낸다!"

모스락 정도 보스 몬스터라면 숨겨진 스킬들이 몇 개는 더 있을 것이다. 그런 걸 쓰기 전에 최대한 빠르게 끝낸다!

케인이 모스락의 발을 묶고 그사이 나머지 인원들이 전부 딜을 넣는다면……!

푸슈우우우욱-

[융합체 거인의 변신 시간이 끝납니다.]

[원래 상태로 돌아옵니다.]

[너무 많은 정수를 받아들였습니다! 일시적으로 <융합체의 저주> 상태에 빠집니다.]

케인은 기겁해서 상태창을 확인했다. 융합체의 저주는 모든 스탯이 엄청나게 하락한 상태로 한동안 움직일 수 없게 만드는 페널티였다. 시간이 지나면 풀린다지만 지금 모스락이 앞에 있는데……!

태현을 포함한 일행들의 얼굴과, 방금 모스락을 배신 때리고 태현에게 붙은 악마들의 얼굴이 구겨졌다.

-이 노오오옴드으으을…….

모스락의 말을 끄는 소리가 매우 불길하게 들렸다.

"공격!"

-공격! 공격! 모스락이 살아나면 우리는 정말 큰일 난다!

악마들이 더 적극적이었다. 이렇게 된 이상 모스락을 정말 죽여야 한다! 모스락 레이드의 마지막 총공세가 시작되었다.

-이, 배신자 놈들, 아키서스의 화신 놈들, 전부, 죽여주마!

[모스락이 주변에 <영혼 제물의 결계>를 치기 시작합니다!]

수십 겹의 방패와도 같은 단단한 결계들이 공격을 막아내고 있었다. 태현 일행은 그 결계를 뚫기 위해 공격을 퍼부었다. 그러나 모스락이 펼친 결계는 강력했다.

숨겨진 한 수!

[<영혼 제물의 결계>가 물리 공격을 흡수합니다.]
[<영혼 제물의 결계>가 마법 공격을 흡수합니다.]
[<영혼 제물의 결계>가 모스락의 힘을 받고 회복합니다.]

-아키서스의 화신! 뭐 좀 해봐!
-맞아! 아키서스의 화신! 넌 아키서스의 화신이잖아!
언제 봤다고 태현한테 무한 신뢰를 보내는 변절 악마들!
태현은 황당했지만 지금 그걸 따질 때가 아니었다. 확실히 무슨 수를 쓰긴 써야 했다.
'결계 안으로 파고들어서 화살을 써야 하나? 화살 좀 안 쓰고 끝낼 줄 알았더니……'
그 순간 태현은 번득이는 아이디어가 떠올랐다. 아직 태현에게는 남은 수단이 더 있었다.
"좋은 방법이 생각났다!"
-오! 뭐냐!
"이리 와라!"

태현은 가까이 있던 상급 악마 하나를 붙잡았다. 그러고는 스킬을 사용했다.

-살아 움직이는 폭탄!

악마가 당황하자 태현은 못을 박았다.

"움직이지 마라!"

-아, 아니. 잠깐만. 이건…… 날…… 폭발시키려는 건…… 설마…… 아니지?

악마가 기겁해서 벗어나려고 했다. 그러자 태현이 다른 악마들에게 외쳤다.

"이놈이 희생하면 너희들은 다 무사할 수 있어! 하지만 이놈이 도망치면 너희들이 대신 죽게 될 거다!"

호다닥 달려와서 악마를 붙잡는 다른 악마들!

-이…… 이 자식들이?!

-미안하다.

-아키서스의 화신을 믿어보자!

-개자식들아! 너희들은 안 죽잖아!

그러는 사이 태현은 스킬을 완료했다.

"집어 던져!"

쉭-

콰콰콰콰콰콰쾅!

확실히 방금까지 공격과는 차원이 다른 위력!

[<영혼 제물의 결계>가 크게 타격을 받고 흔들립니다!]

[기계공학 스킬이⋯⋯.]

[모스락이 부상을 입습니다.]

"저걸로는 부족하군. 다음 타자!"

-⋯⋯.

"네가 좋겠군. 잘 날아가게 생겼어."

-안 돼! 안 돼! 모스락 님! 배신해서 잘못했습니다! 살려주세요! 으아아악!

악마 10마리를 사용해서 던지고, '악마들이 슬슬 위협을 느낍니다!'란 메시지창까지 뜨고 나서야 결계는 완전히 부서졌다.

[<영혼 제물의 결계>가 깨집니다!]

-크하하하하하!

-모스락! 죽어라!

-이 배신자 찌꺼기들이 감히!

악마들은 환호하며 덤비기 시작했다. 태현은 그사이에 끼지 않고 한 번 더 스킬을 준비했다.

-잠⋯⋯ 잠시만요. 결계는 깨지지 않았습니까?

"모스락한테도 대미지를 줘야 할 거 아냐. 가라!"

-살아 움직이는 폭탄!

　모스락을 사이에 두고 거칠게 덤비던 악마들은 뒤에서 뭔가 심상치 않은 기운이 날아오는 걸 보고 기겁했다.
　-잠…… 잠깐! 아키서스의 화신! 여기 우리도 있어…….
　콰콰콰콰콰쾅!

　[악마들을 사냥한 것으로 명성이……]
　[악마들을 사냥한 것으로 신성이……]

　태현은 깊은 감동을 느꼈다.
　악마들은 정말, 판온에서 가장 완벽한 종족이었다. 온갖 곳에 쓸 수 있는 종족!
　부려먹을 수도 있고, 배신시키게 할 수도 있고, 싸우다가 그냥 팀킬을 해도 오히려 명성과 신성 스탯 등이 올랐다. 존재 자체가 태현을 위한 종족 같았다.
　'악마가 답이었나? 정말 악마가 답인 거 아닐까?'
　도시 주민을 인간이나 드워프, 엘프로 할 것 없이 그냥 악마로 채워도 될 것 같다!
　푹!
　-두고 보자…… 아키서스의 화신. 이 원한은 절대 잊지 않겠다!
　"그래. 그래. 다들 그러더라."
　엉망진창이 된 모스락. 뒤로는 수십, 수백 개의 공격이 쏟아지고 있었다. 태현은 그 사이를 뚫고 들어가 모스락의 몸통에 검을 박아 넣었다.

-아키서스의 첫 번째 공격!

아키서스 검법이 펼쳐지고 추가 효과가 퍼부어지며 모스락의 몸에 점점 대미지가 쌓여 들어갔다. 그 위로 용용이와 흑흑이, 요하스의 지원까지 겹쳐졌다.

[악마 공작 모스락이 쓰러졌습니다! 마계의 지배자 중 하나를 쓰러뜨린 위대한 업적을 세웠습니다. 대륙에 당신의 이름이 다시 한번 퍼집니다.]
[아탈리 왕국의 치안이 크게 오릅니다!]
[아탈리 왕국의 귀족들이 당신을 더 존경하게 됩니다.]
[국왕의 권위가……]
[레벨 업 하셨습니다.]
[아이템을 얻었습니다.]
…….
[마계의 지배자를 쓰러뜨린 것으로 검술 스킬이 크게 오릅니다. 위대한 업적으로 아키서스 검법의 다음 스킬을 얻습니다. <아키서스의 세 번째 공격>을 얻습니다.]

'이제 고급 검술 7인가.'

레벨 120을 넘긴 것도 좋았지만, 검술 스킬이 7을 찍은 게 더 만족스러웠다.

각종 검술 스킬 보너스를 엄청나게 받는 전투 직업과 달리, 아키서스의 화신인 태현은 한계가 있었다. 그걸 대체하기 위해서는 더 강하고 더 위험한 적을 상대해야 했다.

[<악마의 봉인을 풀어라> 퀘스트를 완료했습니다.]

[에슬라를 찾아가 그를 풀어주십시오. 에슬라는 약속한 대로 당신에게 엄청난 힘이 되어줄 것입니다.]

정말 오랫동안 진행해 온 퀘스트. 그 퀘스트가 지금 완료되었다. 태현은 두근거리는 걸 느꼈다. 과연 에슬라는 어떻게 힘을 빌려줄 것인가?

"폐하?"

기대하고 있던 태현의 뒤에서 요하스의 목소리가 들려왔다.

요하스는 악마들을 가리키며 물었다.

"지금 당장 공격해도 되겠습니까? 이제 모스락도 죽였으니……."

'아차.'

요하스는 당연히 '아키서스의 화신이자 파이토스한테도 선택받은 위대한 영웅이 악마와 계속 손을 잡을 리 없겠지? 그냥 모스락을 잡기 위해 계략을 펼친 거겠지'라고 생각하고 있었다. 물론 태현은 아니었다. 모스락을 배신하고 태현한테 항복한 이상, 저들은 어디 갈 곳도 없었다. 다 공짜 인력!

왕국 관리에 아주 잘 써먹을 수 있는데 왜 다 쫓아내겠는가.

"요하스. 그러면 안 되지."

"예? 어째서입니까?"

"사람이란 무릇 말한 걸 지켜야 해. 파이토스 님께서도 그러셨지."

-파이토스! 더러운 이름! 퉷퉷!

퍽!

"넌 닥치고 있어."

뒤에서 악마가 파이토스의 이름을 듣고 반응하자 태현은 재빨리 제압했다. 지금은 요하스를 달래야 할 때!

"저들은 비록 악마지만, 저들과 한 약속을 지키지 않으면 내가 뭐가 되겠어?"

"폐하……! 제가 생각이 짧았습니다!"

[최고급 화술을……]

[요하스가 완전히 넘어갑니다!]

"그래. 나노 악마늘을 데리고 있는 건 정말 마음에 들지 않지만……."

-크르륵. 그런가? 그렇다면 내 부하들을 부르는 건 참겠다. 아키서스의 화신. 난 널 존중한다.

뒤에서 들려오는 악마의 말! 악마는 아까 태현이 동료들로 폭탄쇼를 벌인 것 때문에 매우 공포가 높은 상태였다.

악마에게 공포는 즉 충성!

'이런 눈치 없는 놈……'

물론 태현에게는 점수를 깎아 먹는 말일 뿐이었다.

태현은 공짜 인력을 더 데리고 온다는데 말릴 생각이 없었다.

"흠흠. 뭐 데리고 와도 괜찮아. 악마 하나 데리고 있나 둘 데리고 있나 큰 차이가 있겠어? 다 내가 짊어지고 가야 할 짐이지."

요하스는 순간 의심쩍은 눈빛으로 태현을 쳐다보았다.

"왜 그런 눈으로 쳐다보는 거지, 요하스? 설마 날 의심하는 건가?"

"아…… 아닙니다."

결국 태현은 요하스가 보는 앞에서 악마를 유입했다.

[아탈리 왕국에 악마들이 대거 유입됩니다.]

[왕국 주민 NPC 종족에 악마가 추가됩니다. 악마 종족을 가진 주민 NPC들은 평균적으로 더 높은 능력치와 스킬들을 가지고 있지만, 치안에 문제를 일으킬 수 있습니다.]

[왕국의 군사도가 올라갑니다.]

[왕국의 신성도가 내려갑니다.]

[왕국의 민심이 내려갑니다.]

[왕국의 치안이 내려갑니다.]

……

[현재 왕국의 신성도가 매우 높습니다. 별다른 문제가 생기지

않습니다.]

　[현재 왕국의 민심이 매우 높습……]

　[현재 왕국의 치안이 매우 높습……]

　이제까지 하도 쌓아놓은 게 많아서 악마 대량 유입으로 인한 페널티 따위는 씹어버리는 아탈리 왕국! 길드 동맹이 이끄는 오스턴 왕국이 거대한 덩치, 거대한 인원, 거대한 군사력을 가진 대신 높은 세금과 강압적인 통치 방식 때문에 민심, 신성도, 치안이 낮았다면. 태현이 이끄는 아탈리 왕국은 정반대의 속성을 가지고 있었다.

　태현은 그걸 보며 견적을 냈다.

　'흠. 이 정도면 악마 군단 두셋 정도는 더 받아도 괜찮겠는걸?'

　지금 항복한 악마들을 챙긴 거로도 모자라서 더 챙기려는 태현! 태현에게 마계는 공짜 군대를 제공해주는 곳이었고 악마는 무급으로 일해줄 NPC들이었다. 뭐 하러 선정을 베풀어서 주민 숫자를 늘려야 하나! 그냥 악마를 고용하면 되는데!

　'아주 좋아!'

　"저, 폐하."

　요하스가 조심스럽게 말을 걸었다. 뭔가 부탁할 게 있어 보이는 얼굴이었다.

　"왜 그러지 요하스?"

　"제가 이번에 공을 세웠다면, 한 가지 부탁드려도 되겠습니까?"

　"무슨 부탁인지 들어보고."

"이 중앙 광장을 수리하게 될 텐데……."

중앙 광장은 처참했다. 원래 판온에서 도시의 중앙 광장은 온갖 제작 플레이어들이 모여서 좌판을 깔고, 심심한 플레이어들은 와서 떠들며, 길드를 광고하고 싶은 파워 워리어 길드원들이 '아 진짜 우리 길드 답이 없네~', '뭐? 답이 없어? 왜지?', '그건 바로 문제가 없기 때문입니다. 문제 하나 없는 완벽한 길드, 파워 워리어 길드로 오세요!' 같은 대화를 떠들어대던 곳! 그만큼 온갖 시설들과 잡다한 것들이 많은 곳이었는데, 이번 레이드로 인해 다 날아간 것이다.

'이 정도는 감수할 만하다.'

태현은 별로 슬퍼하지 않았다. 생각했던 것보다 훨씬 더 피해가 적었던 것이다. 게다가 오리하르콘 화살까지 아끼고 악마 공작을 잡다니. 예상 밖의 쾌거였다.

'녀석……'

태현은 흐뭇한 눈빛으로 케인을 쳐다보았다. 케인은 아직도 부작용과 후유증으로 뻗어서 일어나질 못하고 있었다.

"구에엑. 구에엑. 멀, 멀미가……."

"너 얼굴이 원래대로 돌아왔다?"

반쯤 악마로 종족이 바뀐 덕분에 색이 이상하게 변했던 케인의 얼굴이 원래대로 돌아왔다. 종족은 아예 키메라로 바뀌었지만……. 뭐 일단 겉보기가 중요한 것 아니겠는가!

"헉. 진짜?!"

"어."

"예전보다 잘생겨졌냐?"

"아니…… 그건 아니고. 은근슬쩍 양심 없는 소리 하지 마."

괜히 농담 한 번 했다가 호되게 야단을 맞은 케인은 시무룩해졌다. 태현은 그래도 이번에는 잘했다 싶어서 케인을 격려해 줬다.

"그래도 이번엔 아주 좋았어. 네가 다 했다고 해도 좋을 정도야."

"진, 진짜?"

"그렇다니까. 어때. 약물도 나쁜 게 아니지? 더 먹고 싶지?"

"아니. 그건 좀…… 정말 맛도 역겨웠던 데다가 부작용도 심하잖아."

게다가 운이 좋아서 종족: 키메라로 변한 거지, 만약 재수가 없었다면 무슨 부작용이 났을지 짐작도 가지 않았다. 종족: 여덟다리괴수 같은 게 걸리기라도 했으면……!

그러나 태현은 포기하지 않고 케인을 설득했다.

"세상에 좋은 것만 있는 게 어디 있겠니. 장점이 있으면 단점도 있는 법. 중요한 건 그 장점이 어떠냐! 위력을 생각해 보라고!"

"위력은…… 좋았지."

"좋았어. 앞으로 정수를 더 만들어줄게."

케인은 뭔가 일이 꼬이고 있다는 느낌을 받았다.

"저, 폐하?"

"아. 미안. 케인이 워낙 기특해서."

말하다가 무시당한 요하스는 헛기침을 하더니 다시 말했다.

"이번에 중앙 광장 재건을 하게 되면, 파이토스 님의 작은 동상이라도 하나 놓아주실 수 있으십니까?"

뜻밖의 제안에 태현은 의아해했다. 물론 중앙 광장에 파이토스의 작은 동상 하나 놓는 건 별로 문제가 안 됐다. 온갖 잡상인들이 다 물건들을 늘어놓는데 거기에 동상 하나 추가된다고 뭐가 달라지겠는가.

문제는 그 의도!

"파이토스 님의 교단이 이 도시에서 사라진 게 너무 마음이 아파서…… 작은 동상이라도 하나 놔드리고 싶습니다."

"그래. 뭐 마음대로 해. 동상은 네가 만들 거지?"

"예. 감사합니다!"

요하스는 뛸 듯이 기뻐했다.

[카르바노그가 걱정합니다.]

'왜?'

[파이토스는 작은 동상을 만들어 줘봤자 만족할 줄 모르는 속좁은 놈이라고 합니다. 요하스가 괜히 해주고 욕먹을 것 같다고 걱정합니다.]

"에이, 설마. 공짜로 지 동상 만들어주는데 감사합니다는 못할망정……."

말하던 태현은 멈칫했다.

"근데 요하스가 욕먹으면 나한텐 좋은 거 아니냐?"

중앙 광장 수리를 위해, 도시 관리 권한을 맡은 12명의 플레이어, 혹은 대리인들이(에반젤린과 최상윤은 아직도 살라비안 교단을 쫓고 있었다) 모였다. 그들은 각자 자기가 원하는 걸 중앙 광장에 크게 놓기 위해 치열하게 다퉜다.

"지금 성기사들이 이 도시를 위해 얼마나 일하는지 아십니까? 중앙 광장에 큼지막하게 성기사 동상 하나 놓읍시다! 성기사 동상 버프는 성기사뿐만 아니라 다른 사람들한테도 좋아요!"

"우우. 길드 이름이나 바꾸고 와라."

"너 죽을래?!"

"저는 중앙 광장 가운데에 〈검과 방패〉 조각상을 놓고 싶습니다. 이게 어떤 효과가 있냐면⋯⋯."

그러나 이런 대화는 아무 의미가 없었다.

태현은 이미 과반수를 확보한 상태였으니까!

"잠깐만요. 김태현 씨."

"?"

"혹시 이거 다수결로 하실 겁니까?"

한 명이 묻자 다른 사람들도 걱정된다는 눈빛을 보냈다.

이렇게 김태현이 숫자로 더 해먹어 버리면 우리는 이 감투를 기껏 얻은 이유가 없잖아!

태현은 그 낌새를 예민하게 눈치챘다. 사람들에게는 언제나 당근을 쥐야 하는 법! 이번 악마 공작 레이드 때도 그렇고, 이 12명의 사람은 자기 골드와 자기 길드원들을 동원해서 수도를 성장시켜 주는 호구…… 아니, 성실한 플레이어들이었다. 그런 사람들이니만큼 잘 달래줄 필요가 있었다.

'사실 중앙 광장 수리 총책임 맡는 건 별로 필요하지도 않고.'

수리의 총책임을 맡는다는 건, 이 수리에 들어가는 비용도 어느 정도 맡아야 한다는 걸 의미했다. 태현은 그냥 중앙 광장이 멀쩡하게 지어져서 치안, 민심 정도만 회복되면 그만!

이런 건 얼마든지 양보할 수 있었다.

"하하. 다수결로 하면 저한테 너무 유리할 것 같은데요. 이렇게 하면 어떨까요. 제비뽑기합시다. 뽑은 사람이 총책임자로 해서 원하시는 대로 하는 거예요."

"오오!"

"정말요?!"

태현이 양보하자 다들 기뻐했다.

'내가 뽑으면……!'

'내가 뽑으면 〈성기사이즈킹〉이라고 아주 크게 동상 밑에 새길 거야!'

10분 후, 태현은 가장 처음으로 제비를 뽑았고 바로 당첨되었다.

"에잉. 귀찮은데."

빨리 에슬라를 만나러 가고 싶은데 이런 일을 떠맡게 되다니.

태현은 귀찮았지만 일단 맡은 일은 처리하고 가기로 했다.

언제나 귀찮은 일이 생기면…….

"펠마스! 갈락파드!"

밑의 사람을 시키면 되는 것!

"중앙 광장 수리 좀 맡아서 잘 해봐."

"예!"

"네!"

둘은 고개를 냉큼 숙였다. 그리고 태현이 사라지자 바로 멱살을 잡고 싸우기 시작했다.

"중앙 광장 가운데에는 가장 크게 아키서스의 동상을 만들어야 한다! 모든 시민이 그 축복을 누릴 수 있도록!"

"동상이 밥 먹여 주나! 골드 벌게 중앙 광장 설치를 놓고 장사를 해야지!"

격렬하게 대립하는 둘!

1시간 넘게 싸우고 나서야 둘은 타협을 볼 수 있었다.

"우리 서로 신경 끄고 각자 할 일 하자!"

갈락파드는 중앙 광장 가운데의 동상을, 펠마스는 나머지 주변을 맡기로 한 것!

길락파드는 즉시 나가 사람들을 모았다.

"신성한 동상 건설에 참여할 신도들을 모은다. 선착순으로 모라 시 공적치 포인트, 아키서스 교단 공적치 포인트를……."

"저요! 저요!"

펠마스도 지지 않았다. 펠마스는 도시 내 고렙 플레이어들과 길드를 찾아갔다.

"자네들, 혹시…… 길드 이름을 자랑하거나, 자기 이름을 광고하고 싶지 않나?"

"?"

"골드를 기부하면 중앙 광장에 자네들 이름을 새겨주지. 후후후……."

"?!"

중앙 광장 길, 벽, 동상 밑 등등 나오는 공간을 팔려는 펠마스! 처음에는 펠마스를 미친놈 보듯이 보던 플레이어들이었지만, 곰곰이 생각해 보니 이건 남는 장사였다.

골드 몇 푼 바치고 자기 이름이나 길드 이름을 계속 남길 수 있지 않은가.

"저 하겠습니다!"

"좋아, 좋아. 이 벽은 〈성기사이즈킹〉 벽이 될 거야. 밑의 이름을 새겨주지."

한 명이 시작하자 고민하던 다른 사람들도 손을 하나둘씩 들기 시작했다.

"저, 저도 하겠습니다! 지금 중앙 광장 중에 어디가 남죠?"

"저는 동상 밑에 명판을 박고 싶은데……."

"그러면 추가 비용이 좀 더 들지."

"좀 더 내더라도 하겠습니다!"

"내가 먼저 말했잖아 이 자식아! 왜 끼어들어!"

중앙 광장의 명당을 선점하기 위한 경쟁까지! 펠마스는 행복한 미소를 지었다. 골드가 굴러들어오는 소리가 들렸다.

'폐하께서 내가 이렇게 재정을 모으는 걸 보셔야 하는데…….'

갈락파드가 미쳐서 교단의 이름으로 과소비를 하는 동안, 펠마스는 이렇게 한 푼 두 푼 모으고 있었다.

"여기 벽은 못 새겨요?"

"아. 이 벽은 광고용일세. 주기적으로 골드 받고 달아줄 거야."

이 와중에 여러 가지로 수입을 늘리는 펠마스였다.

"크고 아름답군……."

갈락파드는 벅차오르는 눈빛으로 아키서스의 동상을 쳐다보았다. 태현과 똑같이 생겼지만 일단은 아키서스였다. 마음 같아서는 축복받은 순금으로 만들고 싶었지만, 펠마스는 그 말을 듣자마자 경련을 일으켰다.

결국 축복받은 청동을 주재료로 사용해서 만든 동상!

그러나 고렙 조각사 플레이어들과 대장장이 플레이어들이 모두 뛰어들어 만든 덕분에 위엄은 대단했다.

오만하게 세상을 굽어보는 아키서스의 동상!

"잘 되어가고 있냐? 갈락파드?"

"예! 폐하! 이제 마무리만 지으면 완성입니다."

"그래. 내 얼굴이 달린 동상을 세우는 게 기분 좀 묘하긴 한데……."

이런 걸 좋아하는 사람들은 자기 얼굴 새긴 동상을 만드는 걸 엄청 기뻐했겠지만, 태현은 그런 취향이 없었다.

'그나저나 자세 한번 엄청 건방지네.'

태현, 아니, 아키서스가 세상을 굽어보는 눈빛이 어찌나 오만한지, 다른 교단 사람들이 보면 기분 나빠할 것 같았다.

다행인 점은 다른 교단 놈들을 미리 다 쫓아냈다는 점!

"폐하. 파이토스 님의 동상을 다 만들었습니다!"

"아, 요하스. 그래. 놓고 싶은 곳에 놓으면 되겠네."

"폐하의 배려에 감사합니다! 어디에 놓……."

말하던 요하스는 갑자기 입을 다물었다. 중앙 광장에 들고 온 파이토스의 동상을 놓을 곳이 없었던 것이다.

원인은 아키서스의 동상 때문! 저렇게 커다랗고 위엄 찬란한 동상이 중앙에 딱 박혀 있는데, 그 근처에 이런 작은 동상을 놔 봤자……. 게다가 아키서스의 자세가 자세라, 근처에 파이토스를 놓으면 뭔가 좀 오해를 살 법한 구도가 완성될 것 같았다.

〈파이토스를 깔보는 아키서스 상〉 같은 결과물이 나올 것 같은 상황!

요하스는 당황했다.

'어, 어떡한다? 일…… 일단 옆에 놓아보자.'

[〈파이토스를 굴복시킨 아키서스 상〉을 완성시키겠습니까?]

"앗. 요하스. 날 위해서……."

"아닙니다! 폐하!"

"아니야?"

태현은 아쉽다는 듯이 입맛을 다셨다. 요하스는 태현의 시선을 피해 호다닥 움직였다.

'바로 옆은 안 되겠어! 뒤에!'

[<어리석은 파이토스를 가르쳐 데리고 다니는 아키서스 상>을 완성시키겠습니까?]

요하스의 얼굴이 썩어 들어갔다. 점점 수위가 올라가는 것 같았다.

'밑에!'

[<어리석고 불쌍한 파이토스를 다리 사이로 기게 만드는 아키서스 상>을……]

'크아아아악!'

요하스는 설치를 포기할까 고민했다.

[이미 놓은 파이토스 상을 철거하시겠습니까? 설치한 동상을 치우면 파이토스가 분노할 수 있습니다.]

외통수!

요하스는 결국 고민에 고민을 거듭해, 중앙 광장 가장 끝자락의 화단 위에 파이토스 동상을 놓았다. 그리고 최대한 보이지 않도록 파이토스 동상 위에 수풀을 덮었다.

[<파이토스는 안중에도 없는 아키서스 상>……]

여전히 이름은 흉흉했지만, 요하스는 그의 선에서 최대한 노력한 셈이었다. 물론 파이토스나 파이토스 교단도 그렇게 생각하지는 않겠지만!

'중앙 광장은 대충 수리가 끝나가는군.'

태현은 안심했다. 그리고 새삼스럽게 숫자의 힘을 느꼈다.

짧은 사이 엄청나게 늘어난 플레이어들의 숫자!

<절망과 슬픔의 골짜기>에서는 태현의 골수 팬들과 행운에 미친 플레이어들만 있는 느낌이었는데, 지금은 플레이어층 자체가 확 커진 상태였다. 확실히 힘을 빌릴 사람들이 많으니 엄청나게 편해졌다. 판온 1 때와는 정반대!

'인생 어떻게 될지 모르는 법이군.'

그때 태현이 지금 태현을 봤다면 황당해했을 것 같았다. 태현이 생각해도 정반대의 플레이를 하고 있었으니까.

'아이템 확인하고 빨리 에슬라한테 가봐야지.'

태현은 이번 레이드에서 얻은 아이템들을 확인했다. 하도 많은 적을 상대하다 보니 아이템들을 정리하고 확인하는 것도 일이었다. 가장 중요한 것부터!

아키서스의 찬란한 목걸이:

내구력 100/100.

스킬 '아키서스의 원거리 보호' 사용 가능. 스킬 '아키서스의 선량한 믿음' 사용 가능.

행운의 신 아키서스가 만든 목걸이다.

여기까지는 의외로 멀쩡한 아이템 설명창!

그러나 그 밑에는 추가 설명창이 있었다.

[아키서스의 화신입니다. <아키서스의 찬란한 목걸이>의 숨겨진 설명창을 읽을 수 있습니다.]

착용 시 '아키서스의 착용 해제 불가 저주'(아키서스의 화신만 확인 가능함).

물리 방어력 -100, 마법 방어력 -100(아키서스의 화신만 확인 가능함)

행운의 신 아키서스가 그의 정적들을 속이기 위해 만든 목걸이나. 악마 공작 보스닥은 아키서스가 만드는 이 목걸이를 받고 아키서스를 믿었지만, 결국에는 아키서스에게 배신당하고 속게 되었다. 싫어하는 사람이 있다면 이 목걸이를 주는 게 좋을 것이다.

모스락이 차고 있던 <아키서스의 찬란한 목걸이>. 가장 신경 쓰였고 의아했던 아이템이었기에 그것부터 확인한 태현이 었다. 그런데 이 속성은……?

'물리 방어력, 마법 방어력 둘 다 -100에, 착용 해제 불가 에…… 이게 뭐…….'

판온에서도 이런 아이템은 희귀했다. 착용하는 순간 플레이어한테 엿을 먹이는 저주 아이템!

이 아이템이 특히 악질적인 건 태현이 아니라면 아이템 성능 확인 자체가 불가능하다는 점이었다. 모스락이 악마이고, 아키서스한테 당한 게 많은데도 목걸이를 차고 있었던 이유가 있는 것!

[카르바노그가 모스락을 동정합니다.]

카르바노그마저 모스락을 불쌍하게 생각할 정도!

[<아키서스의 찬란한 목걸이>를 손에 얻었습니다. 아키서스의 권능 스킬, <아키서스의 선물>의 흔적을 손에 넣었습니다. 교단 권능 퀘스트를 더 진행하십시오.]

악마 사냥을 위해 잠시 미뤄뒀던 교단 권능 퀘스트. 그 퀘스트가 다른 방향으로 다시 눈 앞에 나타나고 있었다.

'<아키서스의 선물>이 뭔 스킬인지는 느낌이 확 오는데…….'

딱 봐도 〈아키서스의 찬란한 목걸이〉 같은 저주 아이템을 전문적으로 만드는 스킬! 판온에서 아직 이런 걸 전문적으로 만들어서 뿌리는 대장장이들은 없었다.

태현은 직감했다. 판온 1 때처럼, 한 번 더 대장장이 업계에 새로운 혁신을 불러올 때라는 것을!

한편, 다른 곳에서도 혁신이 일어나고 있었다.

"다시 말해봐라. 다니엘!"

웅성웅성-

수도의 기계공학 대장장이들은 경악한 얼굴로 웅성거렸다. 젊고 재능 넘치는 기계공학 대장장이 다니엘이 가브리엘 앞에서 정면으로 반기를 든 것이다.

"스승님! 저는 폭탄만이 기계공학이라고 생각하지 않습니다! 다른 걸 만들어보고 싶습니다!!"

"어, 어떻게 그런 소리를……!"

"쟤가 미쳤나 봐!"

"커, 커힉. 심장이……."

대장장이 몇 명은 그 충격에 가슴을 부여잡을 정도!

그러나 가브리엘은 침착하게 말했다.

"폭탄은 기계공학의 꽃, 기계공학의 정수다. 너도 잘 알고 있을 텐데. 지금 기계공학 아이템 중 유일하게 시장에서 잘 팔리는 아이템이 뭐지?"

"……폭탄입니다."

"대회에서 쓰이는 아이템은?"

"폭탄이요……."

"남들이 우리를 두려워하는 이유가 뭐지?"

"그것도 폭탄입니다."

"그래! 기계공학의 정수는 폭탄이다! 물론 다른 아이템도 있지. 그렇지만 그런 쓸데없는 잡스러운 아이템에 쏟을 시간은 없어!"

"하, 하지만 김태현 선수는 다른 아이템도 잘 만들지 않습니까."

그 말에 다른 대장장이들이 격하게 반응했다.

"그 사람은 종이 다르잖아!"

"맞아. 비교할 걸 비교해야지!"

"너 인마 펠프스가 수영 잘한다고 너도 연습하면 똑같이 수영 잘할 것 같냐?? 정신 차려!"

"그만, 그만. 다니엘. 이 사람들의 말이 틀리지 않다. 김태현 님은 다른 아이템도 만들지. 하지만 우리는 김태현 님 같은 초인이 아니야. 우리에게는 선택과 집중이 필요하다. 모든 걸 다 익힐 수는 없어! 그러기에는 시간이 부족해!"

가브리엘은 바닥을 쾅 치며 외쳤다.

"대장장이 랭커들을 봐라. 다 전문 분야가 있다. 무기에서도 검, 창, 활…… 장비에서는 갑옷, 부츠, 건틀렛…… 왜 그놈들은 다 하지 않고 하나만 파는 걸까? 그래야 최고가 될 수 있기 때문이다! 다니엘! 넌 최고가 되고 싶은 것 아니었느냐!"

"스승님. 저는 최고가 되고 싶습니다."

"그래!"

"하지만 그게 폭탄은 아닌 것 같습니다. 저는 저만의 길로 기계공학의 최고가 되겠습니다!"

끝까지 고집을 꺾지 않는 다니엘의 모습에, 가브리엘의 얼굴이 굳어졌다.

"그래. 그렇다면…… 너는 파문이다!"

재능 넘치는 다니엘을 제자처럼 챙겨준 가브리엘이었다. 냉정한 그 모습에 다른 대장장이들도 술렁거렸다.

"나가라, 다니엘!"

"……이제까지 정말 감사했습니다! 스승님!"

"흥. 이걸 갖고 가라. 네가 만든 조잡한 아이템 따위는 필요 없으니까!"

확-

[아이템을 얻었습니다.]

다니엘은 가브리엘이 던진 아이템을 얼떨결에 받았다.

다니엘이 만든, 〈폭틴 힘정이 설치된 작은 상사〉였나.

그리고 상자 안에는 열쇠가 들어 있었다.

악마의 대장간 열쇠:

이 열쇠를 갖고 있는 대장장이들은 악마의 대장간을 사용할 수 있습니다.

　가브리엘은 고개를 돌리고 다니엘을 쳐다보지도 않았다. 그러나 다니엘은 격한 감동으로 울먹였다.
　"스승님……!"
　"흥. 뭘 망설이는 거냐! 나가라!"
　"맞아! 나가라! 이 아이템도 가지고 가버려! 우린 이런 거 필요 없어!"

　[아이템을 얻었습니다.]

　다니엘이 만들었던 아이템들을 던지는 대장장이들!
　〈제9 폭탄 창고 열쇠〉, 〈지하에 몰래 만들어놓은 화약 창고 열쇠〉 같은 아이템들을 보고 다니엘은 울먹였다. 떠나는 그에게도 계속해서 대장간을 쓸 권한과 재료를 챙겨주는 대장장이들!
　눈물이 앞을 가렸다.
　"꼭…… 이 은혜를 갚겠습니다! 크흑!"

CHAPTER 4

"태현 님. 길드원한테 보고가 올라왔는데, 대장장이 애들이 또 몰래 지하 폭탄 창고를 만들었다고 하는데요?"

"아니 이런 미친놈들이…… 폭탄 좀 그만 만들라 그래!"

태현은 이다비의 말을 듣고 황당해했다. 다람쥐가 땅을 파고 도토리를 묻어놓는 것처럼, 틈만 나면 몰래 폭탄을 보관할 장소를 만드는 대장장이들! 물론 태현도 대량의 폭탄이 필요하면 이들의 폭탄을 빌리지만, 이건 좀 심하지 않은가.

"좀 다른 걸 만들면 안 되나?"

"다른 걸 만들라고 해봤지. 스킬이 부족해서……."

"스킬이 부족하면 올려야지."

태현은 혀를 찼다. 폭탄만 팠다고 해서 계속 폭탄만 파라는 법은 없었다. 변화를 시도할 수도 있지 않은가!

다다다다-

수도를 떠나 오스턴 왕국으로 향하는 태현 일행 앞에, 웬 추레한 사람 한 명이 달려왔다. 아니, 추레한 사람이 아니라 악마였다. 프이드였다.

"헉, 허헉……."

"앗. 프이드잖아? 무슨 일이지?"

프이드의 은신처를 불태워 버린 태현이었지만, 뻔뻔하게 얼굴에 철판을 깔았다.

거짓말의 1법칙. 들키기 전까지는 절대 거짓말한 걸 인정하지 마라!

"도와다오!"

"뭐? 뭘? 무슨 일이라도 있어?"

"모스락 그 개자식이…… 내 은신처를 전부 태워 버렸다!"

"세상에 어떻게 그런 일이!"

태현은 경악했다. 아니, 경악한 척을 했다.

"모스락이 아무리 악마라도 그렇지 숲을 전부 불태워 버릴 생각을 하다니! 너무한 거 아니냐?!"

"그렇지! 모스락 이 개자식. 이 원한은 절대 잊지 않겠다!"

프이드는 이를 갈았다. 태현은 은근슬쩍 물었다.

"그래도 보물은 다 챙겨 나온 거지?"

"아니…… 그럴 여유 따위는 없었다."

태현의 표정이 대번에 차가워졌다. 케인은 그걸 보고 움찔했다.

'저건 내가 사고 쳤을 때 보여주던 표정인데?'

"뭐? 보물을 다 두고 나왔다고? 이런 멍청한 놈! 죽더라도 보물은 다 챙기고 나왔어야지!"

자기가 불을 질러놓고 화를 내는 태현! 그 뻔뻔함에 모두가 혀를 내둘렀다.

"아…… 아니, 나도 어쩔 수 없었다!"

프이드는 태현이 화를 내자 당황해서 변명했다. 정말로 위험한 상황이었던 것이다.

"숨겨놓긴 했는데 그걸 찾으러 갔다가 모스락이 보낸 암살자라도 만났다면 위험하단 말이다."

"에잉. 겁만 많아가지고."

프이드는 울컥했지만 참았다. 지금은 그가 아쉬운 처지였기 때문이었다.

"근데 여기는 왜 왔냐?"

"왜 왔냐니. 우리는 모스락을 상대하기 위해 손을 잡은 동지 잖나. 은신처가 날아가서 너한테 도움을 받으러 왔다."

"하하. 동지'였'었지. 보물 잃기 전에."

"이…… 이런 사악한 놈 같으니. 내가 너한테 보물을 주지 않았냐!"

"그건 내가 너한테 세상에서 가장 뛰어난 토끼 요리를 먹여줘서 그런 거고."

[카르바노그가 우쭐합니다.]

"보물 없는 넌 든 거 없는 찐빵이자 교단 없는 사디크 같은 처지지. 가진 거 없으면 저리 가라. 쉬쉬."

[카르바노그가 굳이 사디크 비유를 해야 하냐고 의문을 품습니다.]

"너 정말 파이토스 교단 출신 맞냐?"
"아. 미안. 난 아키서스의 화신이야. 파이토스의 선택을 받긴 했는데 거기 출신은 아니야."
프이드는 커다란 충격을 받았다. 방금 뭐라고?
"뭐…… 뭐라고? 하. 하하하. 농담이지? 농담이지?"
"농담 아닌데?"
"……생각해 보니 저런 놈이 파이토스 교단 밑에서 나왔을 리가 없지!"
1초 만에 납득하는 프이드! 태현의 저 사악함도 아키서스의 화신이라면 바로 납득이 갔다.
털썩-
프이드는 무릎을 꿇었다.
"아…… 아키서스의 화신과 손을 잡다니. 내가 무슨 짓을!? 내가 무슨 짓을?!"
"……모스락보다 더 무서워하는 거 같은데요?"
이다비가 프이드의 모습을 보고 의아해했다. 아무리 그래도 그렇지 좀 심하지 않나?

그러나 프이드는 패닉 상태에 빠져서 중얼거리고 있었다.

"말도 안 돼…… 말도 안 돼…… 내가 아키서스의 화신과 손을 잡다니…… 난 죽을 거야! 난 죽을 거라고!"

"저기……."

"차라리 다시 마계로 돌아가는 게…… 모스락의 영역에는 못 가고, 다른 악마 공작 중에 내 항복을 받아줄 만한…… 으아악! 보물도 없잖아! 나는 어떡하란 말인가!"

"에잇. 아키서스 빔!"

"으아악! 아키서스 빔이다! 으아아아악!"

프이드는 바닥에 엎드려 데굴데굴 굴렀다. 태현은 황당하다는 표정으로 프이드를 내려다보았다.

[최고급 화술 스킬을 갖고 있습니다. 프이드를 위협하는 데 성공합니다.]

[화술 스킬이 크게 오릅니다.]

[수많은 가짜 위협으로 적을 위협하는 데 성공했습니다. 스킬 <가짜 스킬 이름 외치기>를 얻습니다.]

<가짜 스킬 이름 외치기>

자신이 갖고 있지 않은 스킬 이름을 실감 나게 외칩니다. 화려한 가짜 효과가 상대의 눈을 속일 것입니다.

쓰는 스킬은 한 번 이상 본 적이 있는 스킬이어야 합니다.

'재밌는 스킬인데?'

다른 사람들이라면 '와 이 쓰레기 스킬은 뭐냐?' 했을 테지만, 태현은 이 스킬이 대번에 마음에 들었다. 딱 봐도 변수를 만들기 좋은 스킬! 이런 스킬은 언제나 쓸 곳이 나오게 마련!

'최고급 화술 스킬을 찍으니 이런 스킬들이 나와서 좋군······.'

프이드는 제정신을 차리고 일어섰다.

"아키서스의 화신······ 대체 나한테 무슨 악감정이 있어서 이러는 거냐??"

"악감정은 무슨. 모스락을 상대하기 위해 손을 잡은 건 진짜였거든?"

"아······ 확실히. 아키서스가 모스락을 그렇게 속였으니, 확실히!"

프이드는 납득했다. 아키서스가 그렇게 모스락을 속이고 굴욕을 줬으니 당연히 둘은 원수 관계일 것이다.

"다······ 다행이야. 나는 또······ 내가 아키서스의 손바닥 위에서 놀아나고 있는 줄 알았군. 휴."

사실 거기에 가깝긴 했다. 태현은 프이드의 정신 건강을 위해 말해주지 않기로 했다.

"그러면······ 우리 동맹은 여전한 건가?"

"아니라니까?"

"?!"

"넌 인마 아무것도 없잖아! 뭘 내놓아야지 동맹이지!"

"아키서스의 화신답군······! 어쩌면 이렇게 사악할 수가!"

"당연한 걸 사악하다고 하지 말아줄래?"

프이드는 태현의 말에 고민에 잠겼다. 은신처를 잃어버린 지금, 모스락의 위협에 맞서서 그를 도와줄 수 있는 건 태현밖에 없었다. 대륙에 있는 다른 악마들? 그들이 도와줄 확률은 태현이 도와줄 확률보다 더 낮았다. 오히려 모스락에게 고발할 수도 있었다. 원래 악마들은 서로 돕는 것과는 거리가 먼 종족!

그에 비해 태현은 그런 면에서는 믿을 수 있었다. 일단 아키서스의 화신이니 모스락의 원수일 테고, 모스락에게 고발하지는 않을 것 아닌가.

-야. 근데 모스락은 이미 잡았잖아?

-쉿. 조용히 해.

케인의 질문에 태현은 재빨리 조용히 하라고 구박했다.

프이드가 모스락이 격퇴당한 걸 모르는 지금이 바로 써먹기 좋은 상황! 정보는 곧 힘이었다. 프이드가 늦게 온 기회를 태현은 놓칠 생각이 없었다.

'가진 밑천을 탈탈 털어봐라!'

"내⋯⋯ 네기 가진 게 지금 없긴 하시만, 난 능력이 있다. 내가 널 도와주면 너한테도 많은 도움이 될 거다."

"오호. 뭔 능력이 있는데?"

"일단 난 미식가이자 요리사다."

태현의 얼굴이 썩어 들어갔다. 미식가, 요리사 등등 NPC들과 엮어서 좋은 기억이 별로 없었던 태현! 종족 최고 요리사(고블린) 스타우를 떠올리니 아직도 속이 쓰렸다.

그러나 그걸 눈치 못 챈 프이드는 신나서 입을 열었다.

"그 말은 즉 내가 대륙과 마계의 온갖 진미를 맛보고 그걸 재현할 수 있다는 뜻이지. 너도 지위가 지위인 만큼 온갖 쾌락을 원하지 않느냐? 내가 너에게 미식의 극치를……."

"네. 잘 들었고요. 탈락입니다."

"어째서?!"

프이드는 당황했다. 수많은 귀족과 왕족들은 이런 제안만 들으면 귀가 솔깃하던데?!

"도움이 되는 걸 갖고 와야지 어디서 사치스러운 걸…… 넌 탈락이야 인마."

"안, 안 돼! 잠깐만! 다른 것도 있어!"

"그래. 다음 기회에. 우리는 좀 바빠서."

"나는 연금술에도 조예가 있다! 악마의 연금술에 관심 없나!"

"오호. 더 말해봐."

프이드는 필사적으로 자신의 능력을 어필했다.

"내가 한동안 요리에만 집중했지만 원래 나는 연금술사였다. 알겠나? 악마의 연금술은 인간이나 엘프, 드워프의 포션보다 더 강력한 포션을 만들 수 있다!"

"부작용도 있겠지?"

뜨끔!

프이드는 움찔했다. 악마의 연금술은 확실히 더 성능이 좋은 대신, 온갖 부작용을 하나씩 달고 있는 페널티가 있었다.

그렇기에 악마의 연금술!

"그…… 그렇지만 그건 통제 가능하고…… 나 정도면 부작용도 적은 편이고…… 그건 운으로 커버 가능하고…… 솔직히 그것도 극복 못 하면 노력이 부족한 거 아닌가? 행운으로 극복할 노력을……."

"아주 마음에 드는 소리를 하는걸? 좋아. 기회를 주지! 〈절망과 슬픔의 골짜기〉로 가라. 거기 네 자리를 만들어주마."

[프이드가 <절망과 슬픔의 골짜기에 합류합니다.]
[명성이 하락할 수 있습니다.]
[악명이 올라갈 수 있습니다.]
[치안이……]

페널티 경고가 떴지만 태현은 무시했다. 저런 페널티 수십 개 받아도 태현의 영지는 끄떡없을 것이다.

[<악마의 연금술 연구소>를 건설할 수 있습니다. 영지에 악마의 연금술을 사용한 아이템이 유통할 수 있습니다.]

부작용이 좀 있다지만 플레이어들은 그런 걸 신경 쓰지 않을 것이다. 중요한 건 효과!

프이드는 태현의 말을 듣고 기뻐하다가 멈칫했다.

"잠깐만…… 〈절망과 슬픔의 골짜기〉? 어디서 들어본 것 같은데."

"아키서스 교단의 본거지지."

프라이드는 기겁했다. 이름부터 수상하다 싶었는데!

"미, 미친! 악마인 나를 거기로 보내다니! 날 죽이려는 속셈이냐?!"

"아니야. 거기 다른 악마도 있으니까 친하게 지내봐. 거기 〈악마의 대장간〉도 있어."

프라이드는 도저히 상황을 받아들일 수가 없었다.

'내가 안 돌아다니는 사이에 대륙에 대체 무슨 일이 일어났단 말인가?'

"우리 천사를 볼 수 있는 건가?"

"그렇다니까! 교단 퀘스트를 열심히 깨길 잘했어!"

한 플레이어 파티가 흥분한 목소리로 떠들고 있었다.

그들은 아탈리 왕국의 수도, 모라 시로 향하는 중이었다. 그들뿐만 아니라 그들 앞에는 파이토스 교단의 고위 성기사, 고위 사제 NPC들이 있었다.

〈교단의 이름으로 천사를 만나라-파이토스 교단 퀘스트〉
교단의 이름으로 신탁이 내려왔다. 대륙에 나타난 파이토스의 천사를 찾아 만나, 파이토스의 전언을 전하라는 신탁이.

그대들은 명예로운 파이토스의 추종자들이다. 성기사와 사제들을 따라 그들의 임무를 도우라!

보상: ?, ??, ??

판온에서 보기 드문 종족인 천사와 악마! 그들 중 하나를 직접 만나게 되다니. 벌써부터 가슴이 두근거렸다. 이걸 판온 게시판에 공개한다면 며칠간 뜨겁게 조회 수를 모을 수 있을 것이다.

"방송 준비했지? 잘 찍어야 한다?"

"물론이지!"

"그런데 퀘스트 등급이 꽤 높았잖아. 별로 안 어려워 보이는데?"

교단에서 공적치 포인트가 일정 수준 이상 높아야만 받을 수 있었던 이번 퀘스트! 그런 것치고는 난이도가 별로 어려워 보이지 않았다.

"아탈리 왕국이라 그런 거 아닐까? 거기 교단 건물들 다 날아갔다며?"

"아, 그거 들었어. 설마 공격당하진 않겠지?"

"에이, 설마……."

아탈리 왕국에서 플레이하지 않는 플레이어들이라, 아탈리 왕국의 분위기를 잘 모르고 있었다. 동영상으로 확인한 정도!

"김태현이 영주인 곳인데 그러겠어?"

"맞아. 김태현은 랭커들 중에서 그나마 착한 편이잖아."

"그런데 들어보니까 거기 수도는 김태현 혼자 관리하는 게 아니라는데? 참가한 플레이어들한테 권한을 나눠줬대."

"진짜? 와. 완전 부럽다. 에스파 왕국은 뭐 해주는 거 하나 없으면서 보상은 되게 짜다니까. 나도 플레이어가 영주인 곳으로 옮겨가 볼까?"

그렇게 떠드는 사이 일행은 어느새 모라 시 앞에 도착해 있었다. 긴장했지만 성문 앞에서 딱히 출입금지를 당하지도 않았다. 중앙 광장에 도착한 그들!

고위 사제가 냉정하고 차가운 목소리로 외쳤다.

"여기 파이토스의 천사가 있다. 그를 찾아라."

"네!"

플레이어는 아낌없이 스크롤을 찢었다. 비싸게 산 스크롤이지만 이럴 때 쓰지 않으면 언제 쓰겠는가?

이런 건 쓸 일도 별로 없었다.

파아앗!

요하스는 갑자기 나타난 교단 일행을 보고 고개를 갸웃거렸다. 태현이 에슬라를 만나러 가기 전에 수도에 두고 간 요하스였다.

"요하스. 지금 수도는 악마의 습격으로 인해 혼란스럽다. 너처럼 믿음직스러운 호구…… 아니, 천사가 지켜줘야 해!"

-폐하! 맡겨만 주십시오!

악마를 만나서 '헤헤 제가 봉인을 풀어드렸습니다'라고 협상을 해야 하는데 천사를 데리고 갈 수는 없었다. 그 덕분에 요하스한테는 재앙이 닥쳐왔다.

"저 사람, 아니, 저 천사입니다!"

"맞군. 파이토스를 모시는 천사, 요하스가 맞나?"

"맞다. 너희들은 누구지?"

"무례하다! 나는 파이토스 님을 모시는 고위 사제, 후젤반이다."

"파이토스 님을 모시는 고위 사제라고 해도 나한테 무례하게 굴 수는 없음이다. 어디서 인간 따위가 나한테!"

요하스는 화를 냈다. 같은 신을 모시고 있는 대륙의 교단과 천사였지만, 그렇다고 다 같은 급은 아니었다. 천사들은 나름 다른 종족보다 더 신에 가깝다는 자존심이 있는 것!

그러나 후젤반은 요하스를 보며 싸늘한 비웃음을 흘렸다.

"흥. 그건 어디까지나 파이토스 님에게 인정받은 천사일 때 이야기다."

"?"

"들어라! 요하스!"

피이토스의 신탁!

파이토스 고위 사제가 갖고 온 신탁을 펼치자 눈 부신 빛과 함께 망치의 환영이 떠올랐다.

-너는 파이토스의 이름을 걸고 제대로 일을 해내지 못했다! 어

리석은 나의 자식이여. 부끄러운 줄 알아라. 부끄러운 줄 알아라!

요하스는 기겁했다. 그가 뭘 잘못했다고 파이토스가 신탁까지 내린단 말인가?

"저…… 저는 하라는 대로 했습니다!"

-변명하지 마라! 너는 내가 시킨 것을 해내지 못했다.

신탁이 말하는 사이 고위 성기사 하나가 광장 구석에 박힌 동상을 찾아냈다. 파이토스의 아주 작은 동상이었다.

"여기 있습니다! 감히 파이토스 님의 동상을 이런 곳에 숨겨놓다니. 조롱의 뜻을 가진 게 분명합니다."

"잘 찾았다! 역시 파이토스 님께서 신탁을 내려 벌하신 데에는 이유가 있다!"

"아…… 아니! 거기에는 사정이!"

요하스는 당황해서 말을 더듬었다. 그 모습이 고위 성기사들과 사제들한테는 더욱 수상하게 보였다.

-널 추방한다. 요하스! 이제부터 파이토스의 천사란 이름을 쓰는 것을 금한다.

신탁이 끝나자 고위 사제들과 성기사들이 무기를 뽑았다.

"감히 파이토스 님의 명령을 무시하고 조롱한 천사 요하스. 너를 교단의 이름으로 처형하겠다."

"이건 누명이다!"

"누명이라니. 이 동상은 뭐냐! 심지어 아키서스 동상 앞에다 숨겨놓다니. 이게 파이토스 님을 조롱하는 의도가 아니면 무엇이란 말이냐!"

요하스는 말문이 막혔다. 솔직히 할 말이 없는 상황!

"모험가들이여! 무기를 뽑아 저 반역자를 쳐라!"

고위 사제가 위엄 넘치게 말했다. 갑자기 벌어진 싸움에 플레이어들은 당황했지만 무기를 뽑았다. 그 순간 누군가 고위 사제의 어깨를 뒤에서 톡톡 건드렸다.

갈락파드가 지팡이를 들고 부들부들 떨고 있었다.

"이…… 저주받아 썩어 문드러질 사악한 놈들이……!! 감히 아키서스 님의 동상 앞에서 다른 신의 신탁을 읊어?!"

분노로 눈이 돌아간 갈락파드!

그는 당장에라도 사람 하나 죽일 기세로 외쳤다.

"여기 있는 모험가들은 전부 모여라! 저 흉악하고 사악한 놈들의 모가지 하나에 공적치 포인트 천씩 걸겠다."

그 순간 주변에서 구경하고 있던 플레이어들의 눈도 같이 돌아갔다.

"잠, 잠깐……!"

스르릉- 착착착-

사방에서 무기 뽑히는 소리가 섬뜩하게 들려왔다.

"잡아라!!"

외마디 외침과 함께 바로 싸움이 시작되었다. 광장에서 일어난 싸움이었기에 다른 사람들도 소리를 듣고 몰려왔다. 안 그래도 포위된 파이토스 교단 일행에게는 절망적인 상황!

"뭐야, 뭐야? 싸움이야? 또 악마 쳐들어왔어?"

"아니야! 이번엔 보너스인가봐!"

"뭔 보너스?"

"파이토스 교단 놈들이래!"

보너스 취급을 받는 파이토스 교단! 굴욕 그 자체였지만 지금은 그걸 신경 쓸 정신도 없었다.

"파이토스 교단? 파이토스 교단이 여기를 공격할 리 없잖아."

'헉. 정상인이 하나 있었어!'

파이토스 교단 플레이어들은 한 줄기 빛을 만난 기분으로 방금 말이 나온 곳을 쳐다보았다.

"그게 뭐가 중요해."

"하긴. 중요한 건 공적치 포인트지?"

"맞아!"

파이토스 교단 플레이어들은 서로 쳐다보았다. 그러고는 외쳤다.

"항복!"

"항복!!"

[항복합니다. 체포된 이후에는 영지의 감옥에 들어가며, 모든 능력치가 저하됩니다.]

"앗, 안 돼! 항복하지 마!"

"야! 이 비겁한 놈들아!"

광장에 모여든 플레이어들은 '우우'거리며 야유했다.

기껏 얻을 수 있는 공적치 포인트였는데! 물론 파이토스 교단 플레이어들은 귓등으로도 듣지 않았다.

'그냥 감옥에 가자.'

'사망 페널티보단 그게 낫지.'

"뭐 하는 거냐!? 싸워라! 싸우란 말이다!"

[일행이 항복한 것으로 인해 파이토스 교단 성기사들의 사기가 내려갑니다. 성기사들이 항복합니다.]

"자비를!"

성기사들도 항복하자 남은 고위 사제들도 어쩔 수 없이 항복했다. 갈락파드는 냉정하게 외쳤다.

"놈들을 끌고 가라!"

"뭐 하면 나올 수 있나요?"

교단 플레이어들은 아직 상황 파악을 하지 못하고 물었다.

보통 영지에서 체포당하면 금고형이나 벌금형이었다.

일정 시간 동안 감옥에 있거나, 벌금을 내거나!

그러나 그들은 아직 갈락파드를 파악하지 못하고 있었다.

"죽으면 나올 수 있다!"

"아, 아니. 뭐 이런 미친놈이 다 있어?"

다른 교단에서는 찾아볼 수 없는 유니크한 미친놈, 갈락파드!

그 신선함에 파이토스 교단 플레이어들은 아찔함을 느꼈다.

"항복했잖아요!"

"잘 항복했다. 그 대가로 고통 없이 보내주마!"

"아니 이런 미친……!?"

"살고 싶다면 한 가지 방법이 있다!"

"그, 그게 뭐죠?"

"개종해라!"

잡힌 플레이어들의 얼굴이 썩어 들어갔다. 이제까지 쌓은 파이토스 교단 공적치 포인트 버리고 개종하기vs사망 페널티 감수하기! 둘 다 감당하기 힘들었다.

프루드를 보내고, 태현은 일행과 함께 빠르게 움직였다.

오스턴 왕국 안에서 움직이다 보니 가끔 태현 일행을 보고 '어? 김태현인가?', '에이, 설마. 가짜겠지.', '미친놈인가 봐. 오스턴 왕국에서 김태현 흉내를 내다니.' 같은 반응을 보여주는 사람들이 있었다. 그들 입장에서는 태현이 오스턴 왕국에 온다는 걸 상상도 할 수 없었다.

쑤닝이 길드 동맹의 이름으로 배신을 때리고(물론 태현이 유도했지만), 태현의 영지 수도를 습격하고 악마까지 소환했다(물론 이것도 태현이 소환했다). 휴전은 끝나고 관계는 최악인 상황! 서로 보이기만 해도 가차 없이 공격할 상황이었다. 그런데 이럴 때 느긋하게 몇 명에서 오스턴 왕국을 오리라고는 생각지 않았다.

"그런데 김태현. 그 악마는 에스파 왕국 아니었냐? 왜 오스턴 왕국으로 가는 거야?"

"아. 에스파 왕국 가기 전에 쑤닝한테 교훈 좀 주고 가려고."

남의 길드가 시퍼렇게 칼을 갈고 있는 곳에서 깽판을 치고 간다는 말을 마치 '화장실 좀 갔다 가자'처럼 말하는 태현!

"야! 야! 무리야!"

"뭐가 무리야?"

"우리 아무것도 안 갖고 왔잖아! 골렘, 거인, 악마, 군대, 공성 장비, 기타 등등……."

말하던 케인은 새삼스럽게 참 많다는 걸 느꼈다.

이게 다 어느 사이에 생긴 거래?

"……말이야!"

"그건 쑤닝을 잡으려고 할 때 필요한 거고, 지금은 쑤닝 잡을 생각 없어."

"교훈 준다며?"

"교훈을 꼭 잡아서 줘야 하나. 그냥 적당히 분탕질만 하고 튀어도 되지."

"지금 펀온에서 가장 화려한 즉위식 이벤트가 준비되고 있습니다! 여러분! 보고 계십니까!"

길드 동맹이 잡은 즉위식 방향은 '가장 화려하고 웅장한 즉위식'이었다. 누가 '최초 즉위식' 타이틀을 날름 뺏어가 버린 덕분에 어쩔 수 없었던 것이다.

그렇지만 역시 길드 동맹. 어마어마한 금액을 투자해 즉위식을 준비하고 있었다. 덕분에 길드원뿐만 아니라 다른 왕국 플레이어들도 즉위식을 구경하러 온 상태였다.

"길마님. 앨콧이 성공적으로 영주에 취임했다고 합니다."

사디크의 화신을 레이드한 건 길드 동맹 전원이었지만, 마지막 일격을 날려 공적을 얻은 건 앨콧이었다. 많은 사람이 질투의 눈빛을 던졌지만 앨콧은 당당하게 에랑스 왕국으로 보상을 받으러 갔다.

"위대한 모험가 앨콧에게 남작 작위를 내린다!"

에랑스 왕국의 첫 영주 플레이어! 물론 에랑스 왕국이 내준 땅은 개발이 전혀 되어 있지 않은 외곽 황무지에, 작위도 남작 작위였지만 그것만으로도 충분히 대단했다.

앨콧은 뛸 듯이 기뻐했고 길드 동맹 간부들도 흥분해서 연신 계획을 세웠다.

-이 영지를 계속 키워 에랑스 왕국 안에서 우리 길드의 영향을 늘립시다!
-이렇게 된 이상 앨콧에게 좀 더 많은 권한을 줘도 될 것 같습니다. 이렇게 작위까지 받은 이상 좀 더 챙겨줘야 합니다.
-알겠다. 앨콧의 권한을 올려주고 영지 개발에 도움이 되도록 지원을 보내라.

앨콧의 뒷사정은 전혀 모른 채, 길드 동맹은 친절하게 지원을 해주고 있었다.

"방송사에서는 다 왔나?"

"네. 지금 한참 찍고 있습니다."

길드 동맹은 중국 내에서 압도적인 인기와 지지를 받고 있었다. 태현한테 깨질 때는 시청률이 좀 내려가긴 했지만, 그걸 제외하면 압도적인 시청률과 관심을 자랑했다.

길드 동맹이 오스턴 왕국에서 다른 길드들과 치열한 공성전과 영지전을 벌이며 통일해 나간 과정은 아직도 많은 사람이 명장면으로 뽑고 있었다. 쑤닝도 그걸 알고 있었고, 그걸 잘 활용했다.

쑤닝은 프로게이머 선수로 뛰지는 못하지만, 그걸 능가하는 판온의 유명인이 될 자신이 있었다. 꼭 대회에 나가야만 유명해질 수 있는 건 아니었으니까!

"보고 계십니까! 여러분들의 세금이! 저렇게 화려한 마법으로 터져 나가고 있습니다!"

"……저 진행자 누가 불렀어?"

방송국부터 시작해서 개인 방송까지 워낙 많은 사람이 즉위식을 방송하고 있었기에, 방송도 경쟁이 붙었다.

더 자극적이고, 더 사람들을 끌어모으는 멘트!

"보고 계십니까아아아! 여러분들의 세금이이이!"

쑤닝은 더 이상 참지 못하고 명령했다.

"저놈 조용히 쫓아내."

"저렇게 커다란 화염으로 타오르고 있습니다!"

쑤닝은 고개를 돌렸다. 마법으로 하늘을 장식하라고 하긴 했었는데, 저런 것도 있었나?

화르르르륵!

수도의 성벽에서 화끈하게 화염이 솟구치고 있었다.

"불이야! 불이야!!"

[수도 내에서 화재가 발생했습니다! 사디크의 화염이 수도를 휩쓸고 있습니다. 사디크의 화염을 막지 않으면 더 크게 번질 수 있습니다!]

사디크의 화염에는 길드 동맹 간부 전원이 트라우마가 있었다. 간신히 왕국을 통일하고 보물들을 모아놨더니, 사디크의 화신이 홀랑 불태우고 가지 않았던가.

그걸로 길드 동맹의 몇 년 치 예산이 그냥 날아갔다. 솔직히 다른 길드였다면 길드가 산산조각이 나도 이상하지 않았을 상황!

"꺼! 당장 꺼!"

"어떤 놈이 불장난을 한 거야?"

그 답은 곧바로 알 수 있었다. 플레이어들이 웅성거리며 하늘을 가리킨 것이다.

"김…… 김태현이다!!"

"김태현이잖아?!"

위풍당당하게 용용이를 타고 떠 있는 태현!

"여기에는 무슨 생각으로?!"

"미친 건가?!"

수천, 수만 명이 넘는 플레이어 앞에 당당히 혼자 모습을 드러낸 배짱! 그것에 감탄하는 사람들도 있을 정도였다.

"길드 동맹! 남의 영지 수도에 악마를 푼 건 잘 받았다!"

길드 간부들은 영문을 몰라 당황했다. 우리가 악마도 풀었나?

"남의 영지 수도에 악마를 풀다니. 어떻게 그렇게 잔인한 짓을 할 수가 있냐! 흑흑. 나는 괜찮지만 선량한 일반 플레이어들이 고통받은 걸 생각하니 너무 마음이 아프다."

"개소리하지 마! 개자식아! 네가 언제부터 그렇게 착했다고!"

"맞아! 판온 1 때 너한테 당한 상처가 아직도 아프다!"

길드 동맹 길드원 중 태현에게 판온 1에서 털린 적이 있던 사람들은 격렬하게 반응했다.

어디서 눈물이야!

그러거나 말거나 태현은 할 말을 했다.

"너희가 그렇게 나온 이상 나도 더 이상 참지 않겠다. 나는 일반 플레이어들이 피해를 입을까 봐 참아왔었던 건데……."

은근슬쩍 길드 동맹에게 책임을 돌리는 태현!

길드 동맹 입장에서는 그저 기가 막힐 뿐이었다.

"앞으로는 그런 자비 따위 없다! 무조건 공격이다!"

"쏴버려!!"

"탈 것 있는 놈들 뭐 하고 있냐! 당장 날아올라라!"

태현의 말을 계속 들어줄 이유가 없었다. 길드 동맹의 명령에 궁수, 마법사들이 공격을 시작하고 날아다니는 탈것을 갖고 있는 플레이어들은 탈것을 꺼냈다.

'잠깐만. 저놈 왜 혼자지? 케인은 어디 갔고?'

쑤닝은 뭔가 이상한 걸 느꼈다. 태현이 혼자 다니는 일은 많지만 그래도 그 충직한 노예 놈은 데리고 다녀야 하지 않나? 그 질문에 대한 답도 곧바로 나왔다.

콰콰쾅! 콰콰쾅!

태현이 하늘에서 시선을 끄는 사이 각자 흩어져서 충실하게 임무를 수행한 플레이어들! 각자 즉위식에 필요한 재료들이 있는 곳에 가서 알차게 훼방을 놓았다.

이런 상황에서 가장 활약하는 건 역시 이다비였다. 파워 워리어 길드의 정보망과 상인 직업의 스킬, 그리고 본인의 직감으로 털어야 할 곳을 파악!

"앗. 여기는!"

돌아다니던 이다비는 뭔가 좋아 보이는 마구간을 보고 반색했다.

-뭡니까?

"뭔가 좋아 보이네요. 열어주세요."

-그냥 마구간 같아 보이는데요…….

이다비를 돕기 위해 같이 온 흑흑이는 불평했지만 마구간의 문을 부쉈다.

[그리핀의 알을 발견했습니다.]

[그리핀의 알은 왕국 최고급 마구간에서만 사육 가능합니다. 성

체가 된 그리핀이 있으면 <왕국 그리핀 기사>를 육성 가능합니다.]

"싹 가져가죠!"

이다비는 신이 나서 알들을 챙겼다. 이게 다 얼마야!

그러는 사이 태현은 충실하게 시간을 끌고 있었다.

"으아아아악!"

태현에게 덤빈 플레이어 한 명이 그대로 역공을 받아 떨어졌다.

"우…… 우읏."

"김, 김태현! 넌 포위됐다!"

"하늘에서 그런 소리 해봤자……."

올라온 플레이어들도 섣불리 덤비지 못하고 움찔움찔!

'슬슬 시간이군.'

사디크의 권능 스킬들을 사용해 곳곳에 불을 지르고, 다른 일행들은 흩어져서 파괴 공작. 길드 동맹 길드원은 못 잡아도, 짜증날 정도의 피해는 줄 수 있고 무엇보다 체면을 구길 수 있었다.

'진짜 피해는 에슬라와 같이 주러 오마. 쑤닝.'

태현은 그렇게 생각하며 내려다보았다. 순간 태현과 눈빛이 마주친 쑤닝은 온몸에 소름이 돋았다.

"저, 저놈 잡아! 낭상 잡아!"

그러거나 말거나 태현은 재빨리 포위망을 뚫고 도망치기 시작했다. 플레이어들은 감히 쫓지 못했다. 대신 서로를 쳐다보았다.

'굳이 쫓을 필요 있나?'

'일단 김태현이 도망쳤잖아.'

"와! 김태현이 도망친다!!"

"우리가 이겼다! 우리가 이겼다!!"

"뭔 개소리야! 저기 멀쩡히 도망가잖아!! 가서 잡으라고!"

밑에서 들려오는 소리.

날아다니는 플레이어들은 말했다.

"야. 쉿쉿. 저건 못 들은 척하자."

"다 들리거든?! 당장 안 쫓아가?!"

그런다고 플레이어들이 쫓아가지는 않았다. 그러기에는 이미 떨어진 플레이어들이 눈에 밟혔던 것이다.

결국 태현은 유유히 도주! 그사이 다른 일행도 무난하게 영지를 빠져나왔다.

워낙 많은 사람이 있었기에 대충 섞여서 도망치는 건 식은 죽 먹기였다.

"쫓아! 쫓으라고!"

길드원들이 죽지도 않았고, 잃은 것도 그렇게 크지 않았지만 중요한 건 체면이었다. 이제 곧 즉위식 이벤트를 거창하게 할 예정인데, 그 체면을 태현이 제대로 먹칠을 해준 것!

'김태현……! 용서하지 않겠다!'

쑤닝은 이를 갈았다. 길드 간부들은 그 살벌한 분위기에 입도 열지 못했다.

"아. 속이 좀 풀리는군."

"그런데 김태현. 지금 이게 그렇게 큰 효과가 있냐?"

케인은 고개를 갸웃거렸다. 이제까지 태현이 했던 것과는 다르게, 좀 소소했던 것이다.

물론 태현이 했던 일과 비교해서 소소한 거지, 보통 플레이어들은 저런 짓도 못 했다. 아무리 소소하더라도 수많은 적들 앞에서 단독으로 뛰어들어서 휘젓고 나와야 하는데, 목숨 걸지 않고서는 못하는 짓!

"응? 뭔 효과?"

"어…… 뭘 노리고 한 거 아니었어?"

케인은 당황했다. 이제까지 태현이 했던 일들은 다 무모해 보여도 무언가 깊은 계획과 계략이 숨어 있을 때가 많았다.

이번도 그런 줄 알았는데?

"아닌데? 그냥 엿 먹이려고 한 건데?"

계획이고 뭐고 생각한 게 아닌, 가는 길에 들러서 받은 만큼 복수해주려고 했던 것! 다른 건 몰라도 받은 건 잘 기억해 뒀다가 꼭 챙겨주는 게 태현의 마음 씀씀이였다.

케인의 얼굴이 당혹감으로 물들었다.

'이 자식 안 되겠어……'

"뭐야. 눈빛이 기분 나쁜데?"

"아, 아니야. 와! 저기 입구네!"

케인은 재빨리 말을 돌리고 손가락으로 입구를 가리켰다. 한 파티가 옹기종기 모여 앉아서 휴식을 취하고 있었다.

조리도구까지 꺼내놓고 야영지를 만들어놓은 모습이, 이 주변에서 꽤 오랫동안 있었던 모양이었다.

"못 보던 플레이어들인데."

"적 아닐까요?"

"일단 적이라고 봐야……."

태현과 같이 다니면서 의심만 잔뜩 늘어난 태현 일행!

그러나 케인은 아니었다.

"야. 여기는 에스퍼 왕국이라구. 오스턴 왕국이랑 달리, 우리한테 호의적인 애들이 많다니까?"

"과연 그럴까요?"

"별로……."

"아닐 것 같은데……."

"나 참. 보라니까."

케인은 자신만만하게 나섰다. 최근 많은 인기를 실감하고 나니, 이런 행동에 자신감이 붙었던 것이다.

"으아악! 케인이다!"

"케인이 여기 어떻게?!"

"오, 오지 마라!"

식칼과 프라이팬을 들고 케인에게 겨누는 플레이어들!

그걸 본 일행들은 수군거렸다.

"케인 씨가 강도처럼 보였나 봐요."

"그렇게 말하니 그런 것 같기도……."

"아, 아니야! 난 강도 아니야!"

부정하던 케인은 뭔가를 깨달았다.

"그보다 저놈들 내 이름 알잖아! 저놈들이 이상한 거라고!"

"아. 쟤네 레스토랑 길드네요."

이다비는 바로 알아보았다. 요리사로 구성된 길드, 레스토랑 길드! 길드 동맹에 소속된 길드로, 길드 동맹에게 지원을 받고 각종 질 좋은 요리를 제공해 주는 길드였다.

길마 차오도 뛰어난 요리사였고 길드원들도 다들 실력이 좋았지만, 수법이 비열하고 치사한 부분이 많았다. 덕분에 경쟁 퀘스트에서 당한 요리사들의 글들이 주기적으로 올라오곤 했다.

-너희들이 그러고도 요리사냐!

-남의 요리 재료를 망치다니!

-요리 재료 독점 반대!

물론 그런 레스토랑 길드도 태현한테는 뒤통수를 거하게 맞은 적이 있었지만…….

"레스토랑? 아. 게네? 요리에 독 타던 놈들이군."

"김…… 김태현까지!"

-길마님! 길마님!

파즈와 격렬한 요리 대결을 벌이고 있던 차오는 귓속말에 의아해했다.

-왜 부르나?

-김태현이!

-김태현이? 어. 봤어. 수도에 불 지르고 튀었다면서. 이야. 김태현 성질 많이 죽었네~ 쑤닝 분해서 어떡하냐? 낄낄.

길드 동맹과 손을 잡은 건 손을 잡은 거고, 피해는 별개였다.

'나만 아니면 돼!'

게다가 이번 즉위식 준비하느라 레스토랑 길드는 정말 밤을 새워서 요리를 만들어야 했다. 그거 하나 때문에 동맹 관계를 끊진 않겠지만 악감정이 안 쌓일 수는 없었다.

-아뇨, 김태현이 여기 와 있는데.

차오는 기겁했다.

아니 왜?!

물론 길드 동맹이 태현의 영지에 가서 악마를 소환하는 못된 짓을 했다는 건 알고 있었다. 그렇지만 그건 길드 동맹한테, 쑤닝한테 직접 따져야 하지 않는가!

왜 그 같은 조무래기한테 와서 화를 낸단 말인가!

'나는 그냥 요리사일 뿐인데!'

"왜 그러나?"

차오 옆에 있던 파즈가 의아해했다. 갑자기 차오가 얼굴이 새파래지더니 만들고 있던 요리에 무지막지하게 소금을 붓기 시작한 것이다.

"아, 아니……."

'뭐지? 저 요리법은? 새로운 요리법인가?'

둘 다 에슬라한테 까였지만, 그렇다고 포기할 둘은 아니었다. 무릇 랭커는 기본적으로 끈기가 있어야 하는 법. 제작 직업 랭커라면 더더욱 그랬다.

그들은 다시 에슬라한테 도전하기 위해, 에슬라가 봉인된 문 앞에서 준비하는 중이었다.

〈에슬라의 마음을 돌려라-요리사 비전 스킬 퀘스트〉

'답은 향기에 있다.'

파즈는 이 퀘스트의 답이 냄새에 있다고 생각했다. 〈냄새 강화〉, 〈식욕의 냄새〉 같은 스킬들을 사용한다면, 에슬라도 생각을 바꿀 수밖에 없을 것이다.

그런데 차오는 이상한 짓을 하고 있었다. 소금을 다 붓더니 갑자기 요리를 하다 말고 그냥 뚜껑을 닫아버리는 것 아닌가.

'대, 대체? 진짜 새로운 요리법인가?'

파즈도 소문은 들었다. 저 멀리 아탈리 왕국 쪽 요리사들한테서 〈괴식 요리〉라는 새로운 요리 스킬 붐이 일어났다는 걸. 하지만 파즈는 그 요리는 인정하지 않았다. 처음에는 솔깃했지만 너무 단점이 컸던 것이다.

맛이 없다! 아무리 요리의 효과가 좋다고 하더라도 긍지 높은 요리사인 파즈에게 그런 요리는 모욕이었다.

'차오. 설마 이기기 위해서 괴식 요리까지……! 헉. 설마 악마라서 괴식 요리를 좋아하나?'

악마들이 들으면 화낼 소리! 악마도 괴식 요리는 걸렸다.

그러는 사이 차오는 자리에서 일어섰다. 그리고 호다닥 달려가기 시작했다.

"어디 가나?!"

"나 없다고 해!"

"그래. 너 없다."

이미 태현 일행은 레스토랑 길드원들을 데리고 던전 안으로 들어온 상태였던 것이다.

-너희 안 막고 뭐 하냐!

-저희가 어떻게 김태현을 막습니까!?

레스토랑 길드원들도 할 말이 있었다.

막았다가는 한칼에 속삭일 텐데!

태현은 웃으면서 차오를 불렀다.

"어디 가. 이리 와."

"그, 그게 말입니다. 제가 지금……."

"야. 오라고."

"……네."

차오는 쪼르르 돌아왔다. 태현은 파즈를 보고 인사했다. 파즈도 얼떨떨한 얼굴로 인사했다. 그 유명한 태현을 여기서 보게 될 줄은 몰랐던 것이다.

"안녕하세요? 또 뵙게 되네요."

파즈는 고개를 갸웃거렸다.

"김태현 선수와…… 만난 적이 있었습니까?"

'아차.'

태현이 예전에 귀족 심사위원으로 변장해서 파즈와 차오를 떨어뜨린 적이 있었다. 그래서 파즈를 본 기억이 있었던 건데, 생각해 보니 파즈는 그게 태현이라는 걸 알 수 없었을 것이다.

"하하. 파즈 님이 유명해서 제가 착각했네요. 요리사로 활동하시는 거 잘 보고 있습니다."

파즈는 순간 감동받은 표정을 지었다. 파즈도 요리사들 사이에서는 유명한 랭커였지만 태현과 비교할 수는 없었다.

전 세계에서 가장 유명한 판온 플레이어 중 하나인 태현이 아는 척을 해주자, 파즈는 감격했다.

"정말입니까!"

"물론이죠. 저도 요리에 관심이 많습니다."

뒤에 있던 일행은 기묘한 표정을 지었다. 특히 케인이.

'넌 인마…… 괴식 요리사잖아…….'

그 요리의 가장 큰 희생자가 케인! 태현이 요리를 못하는 거라면 이해나 갔다. 사실 태현은 요리를 꽤 잘했다. 숙소에서 다른 놈들을 깨워서 밥 차리고 먹으라고 구박하는 건 보통 태현!

이다비 동생도 '오빠가 언니보다 요리 더 잘하는 거 같아요. 앗. 이건 언니한테 말하지 마세요. 신경 많이 쓰는 거 같더라고요. 저번에는 연습을……'이라고 말할 정도!

"그런데 여기는 무슨 일로?"

"아. 무슨 일이냐면은……."

파즈는 설명을 시작하려고 했다. 그러자 뒤에 있던 차오가 기겁해서 고개를 흔들었다.

하지 마 자식아! 하지 마!

김태현이 그들이 뭘 하는지 알았다가는 대번에 깽판을 놓을 것이다.

"뭐냐? 왜 고개를 흔들어?"

물론 파즈가 그걸 알아들을 정도의 눈치가 있지는 않았다. 태현은 돌아서서 입을 열었다.

"우리 차오. 비밀 메시지를 보내고 있었구나?"

"아…… 아니. 그게 아니라."

"뭐라고 했니? 나 방해하라고 했지?"

"그…… 그게 아니라……."

"저기 가서 너희 길드원하고 손 들고 있어."

레스토랑 길드원들과 차오는 얌전히 손을 들고 구석에 서 있었다. 딱히 잘못한 건 없었지만 어쩌겠는가. 길드 동맹은 멀고 태현은 가까운데.

파즈는 무슨 퀘스트를 깨고 있었는지 말했다. 그걸 들은 태현은 의아해했다.

"요리로 악마 만족시키는 게 어렵나요?"

"네. 엄청나게 어렵습니다. 종족 중 가장 까다로운…… 아, 천사도 있긴 한데 아직 천사는 못 봤으니."

사실 태현은 천사도 봤지만 못 들은 척 넘어갔다.

"파즈 님."

"?"

"제가 악마를 만족시키게 해드릴까요?"

파즈는 이해가 안 간다는 듯이 태현을 쳐다보았다. 그러고는 단호하게 말했다.

"김태현 선수가 얼마나 대단한지는 알고 있지만 이건 요리사의 영역입니다. 그리고 저도 자존심이 있지, 남이 해준 요리로 퀘스트를 깰 수는 없습니다."

멀리서 듣고 있던 차오는 고개를 절레절레 저었다. 뭔 놈의 자존심!

태현은 속으로 생각했다.

'내가 요리를 해준다는 게 아니라 에슬라한테 잘 말해준다는 뜻이었는데…….'

이제 곧 에슬라를 풀어주는데, 에슬라가 그런 부탁 하나 안 들어주겠는가.

"그리고 아무리 김태현 선수라도! 그건 절대 불가능한 일입니다!"

꿈틀-

불가능하다는 말을 들으면 꿈틀거리는 게 태현의 성격!

"만약 하면요?"

"하! 만약 하시면, 김태현 선수 밑에서 일하겠습니다!"

태현 일행은 '너 뭔 소리를 하는 거야', '너 인마 큰일 났어'란 표정으로 파즈를 쳐다보았다.

태현 앞에서 저게 무슨 망발이란 말인가!

입 다물고 있던 차오도 놀라서 외쳤다.

"너 미쳤냐!?"

"어허. 저놈 조용히 시켜라."

"읍! 읍읍읍!(야! 내가 너희들 길마잖아!)"

태현은 웃으면서 말했다.

"케인."

"?"

"나가서 토끼 하나 잡아 와라."

30분 후.

파즈는 하늘이 무너진 얼굴로 앉아서 중얼거리고 있었다. 현실에서도 천재 요리사로 칭송받으며 승승장구해 왔던 파즈! 판온에서도 크게 다르지 않았었다. 그런데 이렇게 태현한테 깨지다니.

"내 인생은…… 헛된 인생이었단 말인가! 크흐흑!"

'살짝 미안해지는데.'

카르바노그의 힘으로 이긴 것이나 다름없었으니…….

태현은 파즈를 위로하기 위해 어깨를 두드렸다.

"기운 내시죠. 저는 토끼만 요리해서 토끼 관련 요리 스킬에 어마어마한 버프가 붙어 있습니다."

"하지만, 하지만 요리인데…….'

"여기는 요리이기 전에 게임이잖습니까. 전 게임을 잘해요."

"크흑. 감사합니다. 패자한테 이런 위로까지…….'

태현의 상냥한 말이 가슴에 와닿아 울렸다.

"근데 언제부터 나와서 일하실 거죠?"

"……네?"

파즈는 퍼뜩 정신이 들었다.

'그러고 보니 내가 뭐라고 했더라?'

아까 뭔가 되게 중요한 말을 했던 것 같은데?

"파즈 님 같은 인재를 구하게 되다니. 정말 기쁘군요. 저희 영지에는 파즈 님 같은 사람이 필요했습니다."

"아, 저기, 김태현 선수, 그게 있잖습니까, 제가 해야 할 퀘스트도 있고…….'

"퀘스트도 있는데 제 영지에 와서 일해주신다니!"

능숙하게 도망칠 곳을 막는 태현! 파즈는 태현 일행한테 도와달라는 눈빛을 보냈다. 물론 태현 일행은 도와주지 않았다.

"앗. 이게 파즈가 하는 방송인가 봐."

"와, 요리 잘하네요."

"맛있어 보입니다. 이거 저희도 먹어볼 수 있는 거죠?"

"실제로 레스토랑 운영한다는데 이거 구경갈 수 있나?"

파즈는 고개를 푹 숙였다. 다른 도시에서 기껏 일군 기반이 날아가게 생긴 것이다.

새 도시에서 새 NPC들과 친해지고 할 일이 까마득했다.

"열심히 해보겠습니다……."

"하하. 잘 부탁드려요."

-그 요리는 네가 한 거였나?

태현이 들어서자 에슬라는 놀란 눈으로 태현을 쳐다보았다.

"그래."

-대단하군. 그런 능력에 요리까지 잘하다니. 정말 대단한 토끼 요리였어. 대륙 제일의 토끼 요리 아닌가 싶을 정도로…… 그런 요리는 카르바노그만이 만들 수 있지.

뜨끔.

에슬라가 카르바노그의 이야기를 꺼내자 태현은 움찔했다.

"카르바노그를 아나?"

-카르바노그? 모를 리가 있나.

[카르바노그가 우쭐합니다.]

"그렇게 유명한 신이었나?"

-인간들 사이에서는 유명하지 않을 수 있겠군. 악마들 사이에서는 나름 유명한 신이었다.

"뭐로 유명한 거지? 토끼 요리?"

-아니. 신과 악마들이 싸울 때 혼자 도망친 거로.

[카르바노그가 당황해합니다.]

[오해가 있다고 말합⋯⋯]

-혼자 대륙으로 내려가 숨었으니, 다른 신들이 다 대륙을 떠날 때도 남아 있을 수 있었겠지.

'카르바노그⋯⋯'

남들 다 싸울 때 혼자 쪼르르 내려와 숨어 있었다니.

"거 참 황당한 신이군."

-뭐, 싸움 붙인 아키서스보단 낫지 않나? 악마들이나 신들도 아키서스는 증오하지만 카르바노그는 증오하지 않는다.

[카르바노그가 그것 보라며 우쭐해합니다.]

'시꺼.'

-그래서 아키서스의 전승자. 여기는 무슨 일로 왔나? 요리를 맛보여주러 온 건가? 아니면 역병 폭탄을 다시 받아가러 왔나? 뭐든 좋지만 내 봉인을 빨리 풀어줬으면 좋겠군.

타타탁-

태현은 말 대신 갖고 온 장비들을 꺼내 앞에 내려놓았다.

그걸 본 에슬라가 경악했다.

-설마!

"그 설마다."

[에슬라가 고위 악마의 무구를 가지고 온 당신의 업적에 경악합니다!]

[명성, 악명이 크게 오릅니다!]

-어서…… 어서 풀어다오!

"잠깐."

-……?

"일단 계산부터 하자고. 이거 모으느라 내가 얼마나 고생을 했는지 알아?"

에슬라의 얼굴이 기묘하게 변했다.

-역시 아키서스의…….

"뭐라고?"

-아무것도 아니다. 아키서스의 전승자…… 그래, 뭘 원하나?

"넌 뭘 줄 수 있지?"

-힘!

에슬라는 짧고 강하게 말했다.

-무엇을 원하나, 아키서스의 전승자? 악마들의 위협으로부터 스스로를 지키길 원하나? 내가 풀려 나면 널 보호해 줄 수

있다. 어떤 악마도 나와 척을 지고 싶지 않다면 너한테 쉽게 덤비지 못할 거다. 아니면 무구는 어떠냐? 내 보고에는 뛰어난 악마 대장장이들이 만들어낸 걸작들이 쌓여 있다. 악마 대장장이, 사루온을 보았겠지? 나는 악마 중에서도 가장 뛰어난 대장장이다. 무구뿐만 아니라 다른 것도 줄 수 있다.

필사적으로 어필하는 에슬라!

[에슬라가 대가를 제안합니다.]
[스킬 <에슬라의 가호>, 에슬라의 보고에 있는 악마 대장장이들의 무구, 스킬 <악마의 대장장이 기술 비전>……]

우르르 보상들을 나열하는 에슬라!
퀘스트의 난이도가 난이도라 그런지 하나하나가 정말 대단했다.

"군대는 없나?"

-뭐라?

"그, 악마 군대……."

에슬라는 어이가 없다는 듯이 태현을 쳐다보았다.

악마 군대를 달라고 하다니, 너 최신 맞나?

-신의 계승자가 악마 군대를 부린…… 아, 넌 아키서스의 화신이었지.

바로 납득이 끝난 에슬라!

'군대가 더 필요해.'

모스락 퀘스트를 깨면서 모스락에게서 악마 전사들을 정말 많이 뜯어낸 태현이었다. 그렇지만 여전히 부족했다.

현재 수도에 있는 건 〈악마 근위대 1군단〉, 〈악마 근위대 2군단〉이 전부! 〈왕국 수도 경비대〉도 있긴 했지만 이건 말 그대로 수도를 관리할 정도였다.

다행히 수도에 있는 플레이어들이 많고 충성도도 높아 만약 의 상황에는 공성전에 참가시킬 수 있겠지만…… 부족하게 느껴지는 게 사실이었다.

'절망과 슬픔의 골짜기는 워낙 잘 만들어진 데다가 뚫기 힘든 곳에 있어서 괜찮을 거고…….'

절망과 슬픔의 골짜기는 요새 중의 요새로 바뀐 데다가, 거기 대기하고 있는 전력을 생각해 보면 지금 당장은 걱정이 가지 않았다. 지금 가장 걱정이 가는 건 수도!

길드 동맹이 즉위식 끝나면 뭘 할지는 짐작이 갔다.

'나 같아도 군대 일으켜서 수도 치러 들어온다.'

다른 곳에 비해 점령할 만하고, 만약 점령을 하게 될 경우에는 대박. 게다가 아탈리 왕국은 현재 분열된 상태였다.

태현의 수도가 공격당한다고 하더라도 지방의 귀족들이 기사단을 이끌고 달려올지는 의문이었다. 쑤닝도 그 정도는 알고 있을 것이다.

에슬라는 고민하다가 말했다.

-내 군세를 불러줄 수는 있지만, 아예 줄 수는 없다. 내 군세들은 일이 끝나면 돌아가야 한다.

"어디로?"

-마계로! 봉인이 풀린 내가 뭘 할 것 같으냐. 마계로 가서 빼앗긴 내 위치를 되찾을 것이다.

에슬라를 봉인한 건 다른 악마들. 그 때문에 에슬라는 이를 갈고 있었다. 당장에라도 마계에 가서 전쟁을 일으킬 생각이었다.

[에슬라의 군세는 영원히 부릴 수 없습니다. 그들은 목표가 달성되는 순간 대륙을 떠나 돌아갈 것입니다. 주의해서 그들을 부리십시오. 에슬라의 군세를 이끄는 악마 지휘관은 자긍심 높은 악마 전사 알렉세오입니다.]

'으으음……'

태현은 고민했다. 에슬라의 군세는 일단 기본으로 고르고, 다른 보상들 중 뭘 골라야 할까?

'일단 〈에슬라의 가호〉 고르고, 〈악마의 대장장이 기술 비전〉도……'

〈에슬라의 가호〉는 아주 쓸 만한 패시브 스킬이었다. 물리 방어력, 마법 방어력, 악마 상대 보너스는 기본에, 악마들한테 '날 건드리면 에슬라가 이놈 한다!'라고 협박도 할 수 있었다. 〈악마의 대장장이 기술 비전〉은 각종 아이템 제작법 모음집이었다.

<악마의 기계공학 비전>

오랜 시간 동안 악마 대장장이들한테서 내려온, 각종 아이템 제작법을 모은 비전 스킬이다. 스킬 레벨이 올라갈수록 다양한 제작법들이 해금된다.

요리사들이 요리 레시피 하나에 목숨을 걸듯이, 대장장이들은 제작법 하나에 목숨을 걸었다. 남들이 모르는 제작법 하나만 잘 독점해도 판온에서는 평생 먹고 살 수 있었던 것!

악마 대장장이나 천사 대장장이의 제작법은 판온에 거의 풀리지 않은 상황. 그런 면에서 저런 제작법 모음은 꼭 필요했다.

"좋아. 에슬라. 풀어주도록 하지!"

-고맙다, 아키서스의 화신이여!

[봉인된 악마, 에슬라의 봉인을 풀어주었습니다!]

[악명이 크게 오릅니다!]

[레벨 업 하셨습니다.]

[<에슬라의 가호>를······.]

[<에다오르의 뜨겁게 끓어오르는 진홍빛 대검>이 녹아 사라집니다.]

[<갈그랄의 저주가 서린······.]

'으. 더럽게 아깝군.'

하나하나가 경매장에 올라오면 수많은 사람이 달려들 아이템인데 봉인을 푸느라 써야 한다니.

[<악마의 기계공학 비전>을 얻었습니다.]

[첫 번째 제작법은 <악마의 영혼이 갇혀 있는 사슬갑옷>입니다. 스킬 레벨이 올라가면 추가 제작법을 얻습니다.]

악마의 영혼이 갇혀 있는 사슬갑옷:

내구력 1/1, 물리 방어력 0, 마법 방어력 0.

레벨 1만 착용 가능.

착용 시 레벨 업 불가.

착용 시 '영혼 공양' 스킬 사용 가능.

악마의 영혼이 갇혀 있는 사슬갑옷이다. 이 갑옷을 착용하면 갇혀 있는 악마에게 영혼을 바쳐 커다란 힘을 얻을 수 있다.

이건 뭔 쓰레기 아이템? 태현은 당황하지 않고 <영혼 공양>이 어떤 스킬인지 확인했다.

<영혼 공양>

일시적으로 무적 상태가 됩니다. 이동 속도, 공격 속도가 매우 크게 증가합니다. 스킬이 끝나면 사망합니다.

태현은 머리를 감싸 쥐었다. 하필 나와도 뭐 이런 게 나오냐??

에슬라를 풀어준 태현은 에슬라의 힘을 빌려 바로 전쟁을 일으키…… 지 않았다. 왜냐하면 길드 동맹이 바쁜 것처럼 태현도 할 일이 많았던 것이다. 미뤄뒀던 권능 퀘스트도 다시 시작해야 했고, 무엇보다 던전 공략 대회의 다음 경기가 잡혀 있었다.

-팀 KL! 압도적인 경기력입니다! 상대 팀이 전혀 따라오지 못하고 있어요!

-아, 저렇게 하면 안 되죠! 급할수록 침착하게 해야 하는데, 오히려 잔실수가 너무 많아요!

-차이가 벌써 절반 넘게 벌어졌습니다. 이건 역전이 힘들다고 봐야지요!

물론 그렇다고 태현이 대회에 시간을 많이 쏟지는 않았다.

대회가 가장 쉬웠어요!

태현은 평소에 팀원들에게 언제나 강조했다.

"얘들아. 벼락치기는 평소에 공부 안 한 애들이 하는 거야. 난 너희들을 믿는다. 미리미리 준비해 놔. 나중에 이상한 짓 하지 말고."

미리 말해놓은 결과가 아주 잘 나오고 있었다.

"뛰어! 뛰라고! 케인! 너 이 자식 제대로 안 맞추냐? 방금 공격 한 대 빗나간 거 봤다! 너 그걸 검이라고 휘두르는 거냐!?"

'그만 갈궈 자식아……!'

던전 공략의 핵심은 태현이었고, 그만큼 맡은 역할이 많았다. 그럼에도 불구하고 동시에 케인에게 잔소리를 할 수 있는 능력! 계속해서 쏟아지는 잔소리에 팀원들은 절대 방심하거나 실수하지 않았다.

서로 얼마나 빠르게 던전을 공략하고 있는지 알 수 없는 상황에서, 태현은 확실하게 팀원들의 멘탈을 유지시키는 리더였다. 그에 비해 상대 팀은 팀 KL의 명성에 짓눌려 무리수를 두다가 스스로 자멸했다.

싱거울 정도의 압승!

-팀 KL! 2연승, 2연승입니다! 사실 경기 전부터 팀 KL의 승리는 많은 분이 예상했었죠. 예선 성적부터 너무 압도적이지 않았습니까?

-그렇죠! 팀 KL의 약점으로 꼽히던 것들은 아직도 나오지 않고 있어요. 코치가 없고 감독도 없는, 선수들로만 구성된 게임단이라고 해서 다들 걱정을 한 부분이 있었거든요.

-아무래도 역할 분담이 되는 게임단하고 안 되는 게임단은 차이가 있죠. 다른 게임단들이 괜히 코치 두고 감독 두는 게 아니에요.

-그러고 보니 주 감독님께서 팀 KL을 혹평하셨었죠?

-하하. 혹평까지는 아니었죠. 걱정 정도?

해설자들은 팀 KL의 승리를 축하하며 떠들어댔다.

선수들로만 구성된 소규모 게임단의 선전! 원래 태현의 인기도 인기인 데다가, 계속 압도적인 승리를 거두자 팀 KL은 선풍적으로 인기를 끌고 있었다.

물론 모두가 팀 KL을 좋아하는 건 아니었다. 빛이 있으면 그림자가 있는 법. 팀 KL을 질투하는 팀, 팀 KL을 저격하는 팀 등등이 튀어나오기 시작한 것이다.

이런 게임 외적의 언론 플레이도 프로 세계의 일부!

-'팀 KL은 모래알 같은 팀…… 이런 팀은 오래갈 수 없다'고 혹평. LK 라이온즈의 주 감독 발언 파문…….

-'팀 KL 상대할 비책 있다', '다음 경기 기대해도 좋다' 주 감독 자신감의 비결은?

기사를 본 태현 일행은 숙소에서 고개를 갸웃거렸다.

"이 양반 누구더라?"

"글쎄?"

"그때 너 스카우트하러 왔다가 까인 곳 아니야?"

"아뇨. 거긴 뉴욕 라이온즈입니다."

같은 라이온즈지만 하나는 국내, 하나는 해외 팀이었다. 두 팀 팬들은 '내가 진짜다', '아니다, 너는 가짜다' 같은 식으로 투닥거렸지만 태현과 케인은 관심이 없어서 모르고 있었다. 태현은 그냥 관심이 없었고, 케인은 보통 자기 이름만 검색했던 것!

"케인 씨. 검색어 기록에 '케인 명대사', '케인 명경기', '이상형이 케인인데'이라고 쓰여 있는데 지워도 됩니까?"

"야, 야! 그걸 크게 말하면 어떡해!"

케인은 고개를 갸웃거렸다.

"뉴욕 라이온즈 아니면 왜 우리를 물고 늘어져? 딱히 원수 진 거 없잖아?"

"언론 플레이죠."

"아, 깜짝이야!"

갑자기 이다비가 나타나자 케인은 기겁했다.

"너 요즘 너무 자주 오는 거 아니야?"

"오면 안 되나요?"

"왜 오면 안 돼? 케인. 너 너무한 거 아니냐?"

"맞습니다. 케인 씨."

"아, 아니. 그냥 놀라서 물은 건데……."

케인이 쭈그러든 사이 이다비가 설명을 시작했다.

"LK 라이온즈는 나름 대형 게임단 중 하나잖아요? 미국이나 중국 쪽 게임단에 비하면 규모는 좀 작지만."

대형 게임단. 어마어마한 자본과 대기업의 후원을 받으며 운영되는 게임단을 의미했다.

LK 라이온즈는 대표적인 국내의 대형 게임단 중 하나였다. ST 파이브나 KG 위자드와 같이, 한국의 손꼽히는 유명 게임단! 그리고 이 게임단들의 공통점이 있다면…….

현 KL 선수들에게 전화를 걸었다가 쥐도 새도 모르게 무시당한 적이 있다는 점이었다.

"그런데 이번에 LK 라이온즈가 생각보다 주목을 못 받았잖아요."

다른 쟁쟁한 팀들도 적응에 실패해서 예선에 탈락하거나 본선 1경기에서 탈락하는데, 4강에 진출한 LK 라이온즈 정도면 대단한 편이었다. 물론 LK 라이온즈 입장에서는 전혀 만족할 수 없는 결과였다.

왜 4강에 진출한 팀 중에서 우리가 가장 주목을 못 받는 거냐!

현재 4강에 진출한 게임단은 유성 게임단, 팀 KL, LK 라이온즈, 베이징 파이터즈였다. 이 중 압도적인 성적으로 압승을 거두는 건 유성 게임단과 팀 KL.

그리고 베이징 파이터즈는 워낙 팬이 많았다. 그에 비해 LK 라이온즈는…… 많이 밀렸다. 한국 팀이라는 부분에서는 유성 게임단과 팀 KL에 밀리고. 대형 게임단인 부분에서는 유성 게임단에 밀리고 베이징 파이터즈에 밀리고…….

대형 게임단은 탄탄한 지원을 받는 대신 그만큼의 결과를 내놓아야 했다.

과거 유성 게임단이 왜 해체되었겠는가? 그런데 아무 지원도 안 받고 선수들끼리 굴러가는 팀 KL은 주목을 엄청나게 받지, 갑자기 튀어나온 유성 게임단은 과거의 망령을 떨쳐내고 맹활약을 하고 있지…….

"유성 그룹은 원래 E스포츠 투자에 인색한 곳 아니었나? 거기 대체 무슨 일이야?"

거기에 해외 대형 게임단들한테까지 치이니 LK 라이온즈 입장에서는 초조할 수밖에 없었다. 위로는 스폰서들과 투자자들이 쪼아대고 아래로는 팬들이 닦달하는 것이다.

"그래서 주목받으려고 언플하는 거 아닐까요? LK 라이온즈 감독이 원래 그런 거로 유명했잖아요."

LK 라이온즈 감독, 주 감독의 별명은 능구렁이였다. 판온 이전부터 E스포츠 계에서 각종 언플과 치사한 수작으로 악명이 높은 인물!

"아니, 너무한 거 아니야! 우리가 뭘 잘못했다고!"

케인은 분해서 씩씩거렸다. 그에 비해 태현은 무덤덤했다.

"뭐 그럴 수도 있지. 관심 좀 받고 싶으시다는데. 그보다 LK 라이온즈는 어떤 전략을 쓰고 있지?"

"클래식해요. 기본적으로 폭탄 베이스에, 균형 잡힌 조합으로 가고 있어요."

태현 팀이나 유성 게임단처럼 그들만이 할 수 있는 독특한 전략이 아닌, 일반적인 전략. 거기에서 최대한의 효율을 뽑아내는 게 LK 라이온즈의 전략이었다.

"인기 없는 이유가 있는 것 같은데…… 앗. 이거 좋다."

"네?"

"우리도 언플하자."

"……."

"왜? 상대도 하는데 난 하면 안 돼?"

"아니…… 선배님. 남이 진흙탕에서 논다고 같이 놀 필요는 없지 않습니까?"

정수혁은 어이가 없다는 듯이 물었다. 그렇지만 최상윤과 케인은 달랐다.

'음. 잘 어울릴지도.'

'생각해 보니 저놈 판온 1 때는 정말 엄청 주목 끌었었지……?'

"근데 우리 어디에 언플해요?"

"흠. 파워 워리어 길드 방송 있지? 거기서 할까?"

이다비의 얼굴에 화색이 돌았다.

"아니, 그러니까 전 LK 라이온즈란 이름을 처음 들어봤습니다."

"정말입니까?!"

"그렇죠. 애초에 관심이 없었으니까. 제가 판온 1 할 때만 해도 LK 라이온즈는 별 상관이 없는 팀이었거든요."

파워 워리어 길드의 진행자, 최민수는 두근거리는 가슴을 진정시키기 위해 최선을 다하고 있었다.

'진정해라, 나. 진정해라, 나. 표정 관리해야 한다……!'

지금 태현이 그의 방송에 나와 있었다! 정확히 말하자면 파워 워리어 길드 방송이었지만…….

-뭐임?? 왜 김태현이 나옴?

-그것도 게임 내가 아니라 진짜잖아?

〈김태현 특별 출연-각 게임단을 평하다〉라는 거창한 이름을 달고 방송을 하자, 사람들이 구름 떼처럼 몰려왔다. 파워 워리어 길드도 온갖 활약과 홍보로 꽤 충성 시청자층이 늘어난 것이다. 예전을 생각하면 눈물 나는 변화!

"LK 라이온즈가 팀 KL을 혹평했는데 어떻게 생각하세요?"

"뭐라고 했었죠?"

"모래알 같다, 상대할 비책 있다, 오래 못 간다……."

"에이. 모래알 같은 건 그쪽 팀이죠. 저희 팀이 만들어지고 선수 이탈이 있었나요? 없었죠. 그렇지만 LK 라이온즈는…… 제가 거기 선수를 잘 몰라서. 누구 있었었죠? 사실 제가 까려고 나왔는데 아는 게 없어서 까기가 힘드네요."

'타고났어, 타고났어.'

태현 일행은 구경하면서 감탄했다. 아주 남 공격하는 데에는 천부적인 재능을 타고난 것 같은 태현! 프로게이머가 되지 않았다면 악플을 다는 사람이 되지 않았을까?

"그래서 제가 찾아봤습니다. 여기 선수 명단……."

"여기 선수들은 왜 지워져 있어요?"

"아, 원래 발표 났었는데 다른 팀으로 간 선수들입니다."

"그게 무슨 소리쇼?"

"이게 아직 입단 확정 나기 전에 다른 팀 제안을 받고 간 선수들이라……."

냉정한 E스포츠의 세계! 대회 시작을 앞두고 뛰어난 선수들을 확보하기 위해, 전 세계 게임단들이 돈다발을 휘두르고 다녔었다.

LK 라이온즈라고 해서 다를 건 없었다. 해외 게임단 자본이 워낙 막강했고, 거기에 당해 몇몇 선수를 뺏긴 것이다.

"이야~ 모래알은 따로 있었네요. 그렇지 않나요?"

"하하하. 그러네요."

최민수는 리플을 힐끗 쳐다보았다. LK 라이온즈 팬들이 난리 치는 건 아니겠지? 다행히 대부분이 태현과 파워 워리어의 팬이어서 반응은 환호밖에 없었다.

자신감이 생긴 최민수는 좀 더 당당하게 나가기 시작했다.

"LK 라이온즈는 사실 팀 KL에 비하면 별거 아니죠!"

"음?"

"LK 라이온즈 감독은 완전 퇴물이죠!"

"흠. 전 그렇게까지는 생각 안 했는데 재밌는 의견이네요."

"김태현 선수 만세! LK 라이온즈는 죽어라!"

"이거 생방송 아닌가? 이래도 괜찮아요?"

"괜찮아요, 괜찮아!"

최민수는 반응에 취해 호기를 부렸다. 태현마저 살짝 걱정할 정도였다.

'이 인간, 이래도 되나?'

태현이야 겁 없이 산다지만……

"그래서 김태현 선수. LK 라이온즈의 비책이 뭐인 것 같습니까?"

"흠. 보니까 엄청 참신한 무언가를 들고 오기보다는 기존 전략에 뭐 하나 추가시키지 않을까 싶은데요."

태현은 손가락을 꼽아가며 하나씩 나열하기 시작했다.

"지금 던전 대회 방식이 대충 얼마나 빠르고 효율적으로 몬스터를 몰아서 폭탄으로 잡느냐……의 승부잖습니까?"

일명 기계공학 메타. 천덕꾸러기 취급을 받던 폭탄 붐이 대회에서 온 것이다.

"거기에 또 얼마나 폭탄을 안전하게 다루느냐도 들어가고."

상인 직업의 무게 제한을 활용해서 아이템을 최대로 들고 들어가고, 거기에 본인 대장장이 기술 스킬과 기계공학 스킬로 극한의 효율을 노린 태현. 본인의 유니크한 네크로맨서 스킬로 안전하게 폭발을 일으킨 이세연.

그에 비해 LK 라이온즈는 눈에 띄는 스킬들이 없었다. 그렇다고 구성 선수들의 직업이 엄청나게 유니크한 것도 아니었다. 그렇다면 개개인의 능력을 향상시키는 것 정도?

"비책, 비책 하는데 사실 판온에서 아무도 모르는 비밀 스킬들은 의외로 적어요. 그게 또 효과가 있느냐는 다른 이야기고…… 그래서 뭐가 비책일지 좀 궁금하긴 한데, 설마 뭐 괴식 요리나 이상한 연금술 포션 레시피 찾은 다음 비책이라고 하진 않겠죠"

태현은 어깨를 으쓱거리며 마무리 지었다.

"물론 이건 어디까지나 제 생각이고, LK 라이온즈가 저도 모르는 비책을 찾아냈을 수도 있다고는 생각해요. 뭐든 간에 질 생각은 없습니다."

'정보가 샜나?!'

'뭐 어떻게 된 거야?'

그리고 LK 라이온즈 선수들도 그 방송을 보고 있었다.

그들 입장에서는 충격과 공포! 어찌나 놀랐는지 그들이 까이고 있다는 것도 눈치 못 챌 정도였다.

"감…… 감독님. 어떻게 된 거죠, 이게?"

"……당황하지 마라. 넘겨짚은 거다."

"아니, 넘겨짚은 거 치고는 너무 정확하지 않습니까?!"

"맞습니다. 이대로라면……."

"내가 뭐라고 했냐? 지레 겁먹고 지는 놈들에게는 프로 자격이 없다고 했지?"

주 감독은 냉철하게 말했다. 지금 전력은 그들이 팀 KL보다 한 수 아래! 여러 대책을 준비했지만, 그들한테 가장 유리한 상황이 와도 팀 KL을 이기기는 힘들어 보였다.

그래서 주 감독은 흔들기를 시도했다. 팀 KL의 약점은 코치진이 없다는 것. 이런 식으로 흔들어서 자기 페이스를 잃게 만들면 이길 가능성이 생긴다!

그런데 오히려 역으로 자기 팀 선수들이 흔들리고 있었다. 다른 건 몰라도 태현이 저렇게 말한 건 충격적이었다.

완전 핀포인트로 그들의 전략을 직격하다니!

'대체 어떻게 알아낸 거지? 설마 다른 게임단 놈들이 말해줬나?'

팀 KL 같은 게임단이 무슨 스파이를 운영하지는 않을 테고, 업계의 다른 감독들이 의심됐다. 그를 질투하는 감독들!

"선배, 아주 훌륭한 경기였습니다."

짝, 짝, 짝-

"그, 그래. 고맙다."

태현은 '뭐지 이 미친놈은' 하는 눈빛으로 유제건을 쳐다보았다.

"제건아. 내가 할 소리는 아니긴 한데…… 너 친구 없냐? 왜 자꾸 날 쫓아다녀?"

'생각해 보니 이놈 친구 없을 거 같은데.'

태현은 미묘한 눈빛으로 후배를 쳐다보았다. 보자마자 '제가 집에 돈이 좀 많습니다'이러는 놈이 친구가 많을 것 같지는 않았던 것이다. 태현과 다른 타입의 아싸!

"친구요?"

유제건이 의아하다는 듯이 묻자 태현은 자기가 잘못 생각했나 싶었다.

'어라? 내가 잘못 짚었나?'

"친구는 필요 없습니다!"

"……그, 그래."

"저처럼 제왕의 길을 걸을 사람에게 필요한 건 부하 아니면…… 선배, 어디 가십니까? 선배!"

태현은 고개를 절레절레 저으며 걸어갔다. 학교에 한 번 나오는데도 저런 미친놈을 만나다니.

'대학교는 무서운 곳이야.'

태현은 끼리끼리 논다는 속담이 떠오르는 걸 느꼈지만 애써 무시했다.

"선배, 선배라면 절 이해해 주실 줄 알았는데요!"

"내가 왜 널 이해해야 하나?"

태현은 순간 움찔했다. 설마 이 자식 같이 부잣집 아들이라고 친근함을 느끼는 거라면……. 그건 굴욕 그 자체일 것 같았다.

"선배도 게임계에서 제왕의 길을 걷고 계시잖습니까?"

"……네가 말하는 제왕의 길이 뭔지는 모르겠는데, 뭔가 좀 많이 틀린 것 같다."

그렇게 말하는 태현 앞에 유지수가 보였다. 케인의 여동생 김예리와 같이 걸어가고 있었다.

'제왕의 길은 쟤가 걸어가는 거 아닌가?'

태현은 갑자기 궁금해져서 물었다.

"너 혹시 쟤 아니?"

유제건이 그렇게 잘사는 집 아들이면, 유지수의 얼굴도 알지 않을까? 게다가 성도 같았다.

"네? 쟤가 누굽니까? 제가 알아야 할 필요가 있는 사람입니까?"

'이놈 정말 듣보잡이었네…….'

태현은 유제건을 안쓰럽게 쳐다보았다. 유지수도 모르는 거 보니 그냥 별거 아닌 놈 같아 보였다.

"너 혹시 유성그룹은 아니? 유성전자나……."

"하하. 모를 리가 있겠습니까. 저희 아버지가 유성전자 사장님……."

"어?"

"……과 동문입니다."

"……그거 그냥 남 아니냐?"

태현도 동문인 사람이 많았지만 딱히 친근감을 느끼진 않았다.

"요즘 시대에 동문이라는 게 얼마나 대단한 건데요, 선배!"

"아. 그래. 뭐 네가 그렇다면야……."

태현은 유제건이 슬슬 안쓰러워지고 있었다.

"앗! 선배!"

유지수가 태현을 알아보고 반색하며 달려왔다. 태현 앞에 달려온 유지수는 유제건을 쳐다보더니 '얘는 누구지?'란 표정을 지었다. 그사이 김예리는 태현에게 인사했다.

"안녕하세요. 오빠는 잘 지내죠?"

"응. 너희 오빠는 한결같지."

"하하……."

"하하하!"

서로 눈빛만 봐도 무슨 소리를 하는지 안다! 케인에 관해서 둘은 말없이 눈빛만으로도 이야기가 통했다.

유지수는 유제건을 잠깐 쳐다보더니 태현을 보고 말했다.

"선배. 혹시 그 이야기 들었어요?"

"?"

"선배가 학교에 나오지 않아도 되는 방법이 있어요. 계속 집에만 있어도 돼요!"

"어. 뭔가 어감이 이상한데?"

김예리가 옆에서 고개를 갸웃거렸다. 누가 들으면 태현을 공격하는 것 같은 느낌이었다. 유제건도 그렇게 생각했는지 입을 열었다.

"선배. 제 생각에 쟤는 좀 이상한 사람 같습니다."

"내 생각에 너는 좀 몸조심을 해야 할 거 같은데."

유제건은 태현의 말을 이해하지 못하고 어리둥절했다. 유지수가 노려보았지만, 유제건은 기본적으로 눈치가 없는 사람이었다.

"그래서 지수야. 학교에 나오지 않아도 되는 방법이 뭔데? 교수님을 매수하는 건가? 아니면 교수님을 납치하는 거?"

'평소에 많이 생각하신 모양인데?'

김예리는 속으로 생각했다. 바로 튀어나오는 게 평소에 많이 생각해 본 솜씨였다.

"그, 그런 방법이 아니라…… 이거예요."

유지수가 서류 하나를 내밀었다.

'창업 동아리 대체 학점 인정 제도'라고 크게 쓰여 있는 서류였다. 온갖 복잡한 글들을 따서 읽어보니, 창업 관련 동아리를 세워 활동을 하면 그에 준한 학점을 준다는 뜻!

"오…… 좋긴 한데, 창업 관련 동아리를 세우면 본말전도 아닌가? 그거 하나 학교 나가나 별 차이가 없을 것 같은데."

오히려 동아리가 더 귀찮을 수 있었다. 만들고 관리하고 이 것저것 실적을 내야 하지 않겠는가.

"아니에요. 충분히 가능해요!"

"?"

"이미 게임단을 운영하시고 있잖아요. 그걸로 꾸미는 거예요!"

"그게…… 되나?"

"맡겨만 주세요. 제가 다 알아봤어요!"

유지수는 단호하게 외쳤다. 이미 사전 조사를 끝낸 그녀였다. 태현의 게임단도 충분히 수익을 올리는, 서류에서 제시한 조건에 들어맞는 사업체였다. 거기에 부족한 게 있으면 유지수가 얼마든 손을 쓸 수 있었다.

'선배와 같은 동아리!'

유지수는 주먹을 불끈 쥐었다. 태현한테 도움이 되면서 그녀도 원하는 걸 얻는 책략!

"재밌네요! 저도 들어가죠."

유지수와 김예리가 유제건을 빤히 쳐다보았다. 특히 유지수의 눈빛은 살벌했다.

'내가 입찰한 선배에 상위입찰하지 마라'라고 눈빛으로 말하고 있었다.

물론 유제건은 눈치 못 채고 신나서 말했다.

"선배. 제가 있으면 많은 노움이 될 겁니다. 알다시피 저는 제왕학을 배웠으니 이런 동아리 정도야 손쉽게 이끌 수 있지요. 선배의 제갈공명이 되어드리겠습니다."

"어, 그래. 그래."

태현은 무시하면서 대충 대답했다. 유지수가 태현한테 와서 작게 물었다.

"저 사람 이름이 뭐죠?"

"유제건이라는데."

"판온도 하나요?"

"판온도 할걸?"

"그렇군요……."

넌 뒤졌어!

확실한 의지가 단호하게 느껴졌다. 태현은 고개를 저으며
말했다.

"제왕학이고 뭐고, 넌 진짜 한동안 몸조심하는 게 좋겠다."

CHAPTER 5

그나마 일주일에 한 번 나가는 걸 또 줄일 수 있다는 말에 태현은 싱글벙글이었다. 그 기쁨을 깬 건 케인이었다.

"김태현. 그 있잖아, 저번에 같이 하자고 한 연예인들…… 대회도 축하할 겸 시간 잡혔는데. 그, 수도 모라 시 앞으로 오겠다고…… 괜찮지? 응? 괜찮지? 야. 이 정도는 괜찮은 거 아닐까?"

케인의 애처로운 대화를 듣던 정수혁과 최상윤은 고개를 저었다.

"그냥 도망치시는 게 좋을 것 같습니다."

"케인. 도망쳐라."

휙!

한창 기분 좋던 태현의 고개가 돌아갔다. 그 눈빛은 아까 유지수의 눈빛과 닮아 있었다.

넌 뒤졌어!

"아니! 진짜! 어쩔 수 없었어!"

"넌 거절을 못 하냐? 응? 응?"

태현한테 머리통을 잡힌 케인은 필사적으로 변명했다.

"그게 다들 연예인이다 보니까 내가 거절할 수가…… 나는 그런 사람들만 보면 말을 더듬게 된다구."

듣고 있던 사람들의 마음을 울리는 변명!

"그리고…… 하연이도 부탁했단 말이야! 내가 이걸 어떻게 거절해!"

"……네가 이겼다. 케인."

"?!"

"그래. 이걸 어떻게 거절해."

"맞습니다. 이번 기회를 놓치면 언제 사귈 수 있을지 모르는데."

정수혁과 최상윤까지 와서 케인을 격려해 줬다. 케인은 왠지 모르게 기분이 나빠지는 걸 느꼈다.

"아니. 이번 기회를 놓친다고 내가 언제 사귈 수 있을지 모르는 건 좀 아니지 않냐?"

"쟤는 진짜 평생 독신으로 살 수도 있으니까 우리가 이해해 주자."

"저는 이해가 갑니다. 선배님."

"야!"

케인이 연예인 일동을 불러오는 사이, 태현은 〈악마의 기계 공학 비전〉 스킬을 탐구하기 시작했다.

첫 번째 제작법, 〈악마의 영혼이 갇혀 있는 사슬갑옷〉!

이걸 어떻게 써먹어야 하나? 다른 사람들이었다면 대충 포기하고 넘어갔을지 몰랐지만, 태현은 아니었다. 태현의 게임 인생은 괴상하고 이상한 스킬들을 어떻게 써먹느냐로 점철된 인생!

"이다비. 혹시 주변에…… 레벨 1에, 더 이상 레벨 업 할 생각은 없고, 믿을 수는 있는 사람 좀 알고 있어?"

태현은 말하면서도 좀 심했다 싶었다. 이런 희박한 조건을 만족시키는 사람들이 있을 리가…….

"앗. 그 변태들 이야긴가요?"

있어?!

태현은 당황했다. 그보다 이다비가 변태라고 하다니. 파워 워리어 길마가 변태라고 한다면 대체 뭐 하는 놈들이야?

이다비는 고개를 갸웃거리며 물었다.

"저희 길드에 있는 사람들 말하는 거 아니었어요? 그, 레벨 1을 유지하는 사람들."

파워 워리어 길드에는 여러 가지 소모임들이 있었다. 워낙 숫자가 많으니 당연한 일이었다.

파워 워리어 최고 전통을 가진 광고단! 짭짤한 수입 보장!

가장 불쌍하게 보일 자신이 있는 당신, 어서 오라! 구걸단!

김태현에게 선택 받은 용감한 사람만이 올 수 있다! 단검단!

쉿. 너한테만 알려주는 거니까 남한테 말하지 말고 조용히 와라. 우리는 폭탄…… 앗. 당신들 누구야?!

각자 관심사에 따라 모인 소모임! 그중 '레벨 1 모임'이 있었다.

고통을 받는 데에는 다 이유가 있다. 그건 레벨이 있어서다. 소유는 곧 집착을 부르니, 레벨을 버리면 고통도 없어진다!

레벨 1은 이론상 아무 사망 페널티를 받지 않는 레벨. 그 레벨 1을 유지하면서 판온 온갖 곳을 당당하게 구경하는 길드원들이 있었다.

"여긴 못 들어옵니다. 아니, 못 들어온다니까? 죽고 싶어?"
"동네 사람들! 여기 길드원이 깡패예요! 사람 치네 사람 쳐! 야! 쳐봐! 네 악명만 오른다!"

'잃을 거 없이 즐겁게 산다'가 그들의 모토였다.
"이다비. 혹시 개네들한테, 이런 아이템을 주면 좋아하려나?"
"엄청 좋아할걸요? 아니, 그보다 이런 쓰레기 아이템이 대체……?"
상인인 이다비도 놀랄 정도로 독특한 쓰레기 장비!
"개네들을 전부 다 모아줘. 그리고 단검단 애들 중에서도 더 지원자를 받아주고!"
레벨 1 단검단! 훗날 랭커들을 공포에 떨게 만드는, 사악한 죽창 부대의 탄생이었다.

"빨리 가서 만들어야……."

태현은 수도에 잠깐 들러 상황만 확인하고, 절망과 슬픔의 골짜기로 다시 갈 생각이었다. 연예인들과 같이 사냥? 그건 케인이 알아서 잘 하겠지!

그런데 수도에 오자 멀리서 울며 달려오는 놈이 있었다.

"으헝헝헝! 으헝헝헝!"

"??"

"폐하, 폐하! 저는…… 잘못이 없는데! 크흐헝!"

눈물범벅이 된 요하스였다. 요하스는 태현을 붙잡고 질질 짜기 시작했다.

"얘 왜 이래?"

"파이토스 같은 잡신을 모셨으니 당연한 거 아니겠습니까!"

갈락파드가 옆에서 호통을 쳤다. 원래라면 '파이토스를 모욕하다니!'라고 화를 냈을 요하스였는데 저러는 걸 보니 많이 약해진 모양이었다.

"폐하! 파이토스 님께 다시 말해주십시오! 오해가 있었던 것 같습니다!"

"응? 내가 어떻게…… 아."

태현은 그제야 자기가 했던 거짓말을 떠올렸다.

내가 어! 파이토스에게 인정받은 사람이야!

[카르바노그가 너무하다고 질책합니다.]

'자기도 그때 같이 좋아해 놓고 뭘……'

물론 태현한테는 파이토스한테 다시 잘 말해줄 능력 같은 건 없었다. 애초에 파이토스한테 말을 걸면 저주부터 내려오지 않을까? 남의 교단 스킬을 훔쳐서 쓰고 있었으니…….

"요하스!"

"예?"

"파이토스 님은 분명 언젠가 화를 푸실 거야. 그때까지 아키서스 교단에 있는 게 어때?"

카르바노그가 '와 사람이 어떻게 그러냐' 하는 시선을 보냈지만 태현은 무시했다.

"아키서스 교단에…… 말입니까?"

"그래. 그래. 파이토스 님이 화가 풀리면 받아주시겠지."

물론 아키서스를 믿게 됐다는 걸 알면 풀리려던 화도 다시 치솟겠지만!

"하지만……."

"하지만이고 뭐고가 어딨어. 요하스. 잘 생각해 봐!"

[최고급 화술을……]

악마의 혓바닥으로 이간질을 시작하는 태현! 파이토스를 은근히 욕하고, 아키서스 교단을 은근히 칭찬하고, '너 같은 인재를 버리다니 정말 파이토스가 눈이 없다니까~' 하면서 은근슬쩍 끌어들이는 태현!

　[카르바노그가 요하스를 정말 불쌍하게 여깁니다. 자기 천사였다면 저렇게 안 됐을 텐데! 라고 생각합니다.]

　한 시간 후.
　"그러면 한번……."
　"좋아! 도장 찍어!"

　[추락한 파이토스의 천사, 요하스가 아키서스 교단에 들어옵니다! 위대한 천사 종족을 교단에 넣는 데 성공합니다. 아키서스 교단의 명성이 크게 퍼집니다!]
　[파이토스 교단이 이 명백한 도발에 경악합니다!]

　'하하. 지들이 쫓아내 놓고 뭐라는 거야?'
　태현은 눈 하나 깜박하지 않았다. 자기들이 버린 거 주워서 쓰겠다는데 왜 시비?

　[아키서스 교단의 신앙이 점점 더 퍼져 나갑니다. 희박한 확률

로 새로운 천사가 아키서스를 믿기 시작할 수 있습니다.]

"요하스. 너한테도 직위를 주지."

"파이토스 교단에서 쫓겨난 제게 직위를 주시는 건…… 조금 그렇지 않겠습니까?"

요하스는 쓸데없는 걱정을 했다. 아키서스 교단은 그런 견제와 질투랑은 거리가 먼 교단이었으니까!

"하하. 걱정 마라. 일단 네가 해줄 일은…… 네 스킬이 뭐가 있었지? 음. 일단 천사의 대장간 관리, 마굿간 관리, 재봉사 길드 관리……."

"제가 가능한 걸 이 중에서 고르면 됩니까?"

"응? 아니. 네가 맡을 일들인데?"

요하스는 순간 귀를 의심했다.

"하, 하하. 폐하. 농담이시죠?"

"농담이라니. 요하스. 난 널 믿고 이렇게 직위를 다 맡기려고 하는데……."

태현은 슬픈 표정을 지었다. 파이토스 교단에서 넘어온 지 얼마나 됐다고, 수도의 관리 직위를 열 몇 개 이상 넘기려고 하는 태현! 정말 당황스러울 정도의 믿음이었다.

"네게는 내 믿음이 별 가치가 없었나 보군."

"아, 아닙니다! 하겠습니다! 하겠습니다!"

[한 NPC한테 너무 많은 직위를 맡기고 있습니다! 계속 진행될

경우 NPC의 불만도가 올라갈 수 있습니다. 계속 진행될 경우 전체 능력이 하락할 수……]

과로 경고 메시지! 태현은 못 본 척했다.
'요하스가 정말 힘들면 말하겠지.'

[요하스가 맡은 <천사의 대장간>의 효율이 크게 오릅니다. 앞으로 플레이어들은 <천사의 대장간>에서 새로운 스킬들을 사용할 수 있습니다……]
[요하스가 맡은 마구간 건물을 업그레이드 가능합니다.]

"요하스. 마구간도 좀 업그레이드해 줄래?"
"네? 네??"
"응? 좋다고? 그래. 고마워."
옆에서 보고 있던 갈락파드는 감탄했다.
"파이토스를 믿던 놈이라고 해서 못 미더웠는데, 지금 보니 소처럼 일을 잘하는 놈입니다. 폐하."
"하하. 내가 요하스를 예전부터 잘 봐뒀었지."
흐뭇하게 미소 짓는 둘!
"폐하. 전승에 따르면 이런 일화가 있습니다. 아키서스 님이 길을 가다가 일하는 두 천사를 봤는데, 한 천사는 검은 머리의 천사였고 다른 천사는 노란 머리의 천사였다고 합니다."
어라? 이거 어디서 많이 들어본 것 같은데?

[카르바노그가 이 이야기 좋아한다고 깔깔댑니다.]

"아키서스 님은 두 천사에게 다가가 이렇게 물었답니다. 너희 둘 중 누가 더 일을 잘하냐? 그러자 두 천사는 자기가 더 일을 잘한다며 다투기 시작했고, 아키서스 님은 그 틈을 타 자기가 원하는 것을 가져갔다고 하죠."

사기잖아?!

"이 이야기의 교훈이 무엇인지 아시겠습니까, 폐하?"

"뭔가 훔치려면 안 들키게 훔치자?"

"아닙니다, 폐하. 무릇 천사들은 여럿 붙여놓으면 일하는 게 보기 좋다는 게 이 이야기의 교훈입니다."

"……천사가 무슨 펫도 아니고, 그렇게 쉽게 구해올 수는 없다고."

"폐하라면 가능합니다. 기왕이면 같은 파이토스 교단의 천사면 더 설득하기 좋을 것입니다. 무지한 천사한테 진정한 신앙을 가르쳐 주는 것입니다!"

"다 좋은데…… 일단 천사를 어디서 찾는데?"

"그건 저 밑에 갇힌 놈들한테 물어보면 되지 않겠습니까?"

"응?"

[현재 파이토스 교단의 고위 성기사들과 고위 사제들이 잡혀 있는 상태입니다. 지속적으로 파이토스 교단과의 친밀도가 떨어

집니다. 더 이상 떨어질 친밀도가 없습니다.]

'이런 건 참 편하단 말이지.'
더 이상 나빠질 관계가 없다!
"폐하! 어떻게 이러실 수가 있습니까!"
"아니~ 너희들이 요하스를 죽이려 했잖아."
"저희 교단의 문제입니다."
"아니야. 요하스는 이제 아키서스 교단으로 들어왔어."

[파이토스 교단 고위 사제가 커다란 충격을……]
[파이토스가 이 사실을 듣고 극노합니다!]
[아키서스 개자식!]

"응?"
마지막 메시지창은 뭐지?

[……라고 할 거라고 카르바노그가 생각합니다.]

'야…….'
태현은 카르바노그와 떠드는 걸 멈추고 시선을 돌렸다.
"어쨌든 너희들을 풀어주려고 하는데……."
파이토스 일행은 안도했다. 그래도 김태현이 그렇게까지 무
도한 폭군은 아니구나!

"갈락파드가 너희 개종 안 하면 풀어주지 말래서……."

"폐하!! 어떻게 그런 말씀을!"

"아니, 난 사실 권한이 없어. 다 갈락파드가 하는 일이라구."

은근슬쩍 책임을 회피하는 태현! 파이토스 사제들은 환장할 판이었다.

"그래서 말인데, 개종하기 싫으면 다른 걸로도 성의를 받을 수 있어."

"뭡니까?"

다들 태현을 안 믿는 눈치였다.

"음. 뭐가 있냐면……."

태현은 목록을 하나씩 말하기 시작했다.

"일단 여기 영지 성벽에 파이토스의 이름으로 축복을……."

"안 됩니다!"

교단이 통째로 쫓겨났는데 그런 짓을 할 수는 없었다.

"뭐야. 그러면 다음 거, 파이토스의 힘이 담긴 무구 장비들을……."

"절대 안 됩니다!"

"이것도 안 된다, 저것도 안 된다. 뭐야? 난 너희들을 도와주려고 이러는데. 흥. 기분 상했어."

태현은 홱 돌아섰다. 그러자 사제들이 당황해서 태현을 불렀다.

"아, 아닙니다! 저희가 그러려고 그런 게 아니라…… 다들 받아들일 수 없는 일들이라……."

"쯧. 알겠어. 내가 넘어가 준다. 그러면 음…… 파이토스를 믿는 천사의 위치를 아는 거 있나?"

"……천사의 위치는 왜 물으십니까?"

"요하스가 쓸쓸해서 친구라도 좀 찾아주려고 하는데."

엄밀히 따지면 거짓말은 아니었다. 태현의 말에 파이토스 사제들과 싱기사들은 수군거리며 떠들기 시작했다.

'다른 것보단 낫지 않나?'

'그러게……'

'천사 위치를 알려준다고 뭘 하겠어?'

"폐하. 그러면 그렇게 하겠습니다."

"훌륭한 결정이야."

태현은 고개를 끄덕였다.

[지도를 얻었습니다.]

〈천사를 찾아서-아키서스 교단 퀘스트〉

대륙에서 신의 믿음을 간직하고 있는 고귀한 종족, 천사는 교단의 강력한 동맹자다. 아키서스 교단은 오랜 시간 단절로 인해 천사가 모두 사라진 상황. 그렇다고 포기할 필요는 없다. 없으면 뺏으면 되니까!

보상: ?, ??

이제는 본색을 숨기지도 않는 퀘스트창이었다.

'이제 절망과 슬픔의 골짜기로 가서 갑옷을…… 아니다. 일단 아키서스 권능 퀘스트부터 먼저 깨야겠다.'

모스락을 처치하고 에슬라를 풀어주느라 정작 아키서스 권능 퀘스트는 아직 깨지 못하고 있었다. 갑옷은 퀘스트 깨면서 만들어도 되니까!

갖고 있는 각종 스킬들은 꼭 대장간 건물에 의존하지 않아도 갑옷을 만들 수 있게 만들었다. 그때 태현을 부르는 익숙한 목소리가 있었다.

"야! 김태현!"

케인은 해맑게 태현을 불렀다. 뒤에는 어디서 본 듯한 얼굴들이 우르르 있었다. 태현은 한숨을 푹 쉬었다.

'1분만 더 빨리 튀었으면 귓속말을 차단했을 텐데……'

"김태현 선수!!"

"와! 이렇게 만나게 될 줄이야!"

한 번씩 만나보거나 이야기를 나눴던 연예인들과 PD들이 각자 장비를 맞춰 입고 서 있었다.

'과연 김태현과 같이하는 퀘스트는 어떤 퀘스트일까!?'

'분명 방송에 나왔던 것처럼 박진감 넘치고 멋있는 퀘스트일 게 분명해!'

초롱초롱 빛나는 눈빛들이 부담이 될 정도였다.

태현은 한숨을 쉬다가 입을 열었다. 일단 정리는 해야 했으니까.

'케인 저놈 저거 입이 귀에 걸렸네.'

태현은 연예인들하고 떠들어야 하는데, 케인은 세상에서 가장 행복한 얼굴로 하연과 놀고 있었다.

'에이. 냅두자.'

태현은 뭐라고 하려다가 말았다. 케인 인생에 저렇게 행복한 순간이 또 언제 오겠는가!

태현은 자신도 모르는 사이 케인이 차일 거라는 걸 전제로 두고 있었다.

"근데 제가 지금 가는 퀘스트가 난이도가 좀 있을 텐데, 괜찮습니까?"

"네!!"

"더 환영이죠!"

일행들은 환호했다. 난이도가 높은 퀘스트라니! 너무 좋아!

"흠…… 그러면 가볼까요?"

[천사의 마구간이 완성됩니다.]

[그리핀의 알을 맡기겠습니까?]

이번 퀘스트에는 이다비가 참가하지 않았다. 그녀는 다른 일을 맡았던 것이다. 훔쳐 온 그리핀의 알을 부화시키는 일!

'무럭무럭 자라렴……'

잘 자라면, 하나하나가 실제 자가용만 한 가격으로 팔릴 것이다. 그걸 생각하니 행복한 미소가 절로 나왔다.

[그리핀은 부화시키고 기르기 매우 어려운 영웅 탈것입니다. 현재 실패할 확률이 높습니다.]

[천사, 요하스가 마구간을 관리합니다. 그리핀의 부화에 추가 보너스를 받습니다.]

[천사, 요하스가 그리핀의 알들을 와서 직접 축복을 걸어줍니다. 그리핀의 부화에 추가 보너스를……]

[요하스가 힘들어합니다.]

"저기. 이것도 마구간에 놔도 됩니까?"

"공간 많으니까 마음대로 놓으…… 잠깐, 그건 살아 있는 탈것이 아닌 것 같은데요?"

이다비는 당황스러운 눈빛으로 다니엘을 쳐다보았다.

저건 살아 있는 게 아니라, 기계공학 탈것이잖아?!

조잡하게 만들어진 자전거:

내구력 25/25.

스킬……

"폭탄이 아니네요?!"

"네……."

"아니, 무슨 일 있어요? 폭탄을 안 만들다니!"

기계공학 대장장이들이 폭탄을 안 만드는 건, 해가 서쪽에서 뜨고 태현이 속임수를 쓰지 않는 것과 동급이었다.

"그, 저는 기계공학으로 폭탄 말고 다른 걸 만들어보려고 하거든요. 그런데 알다시피 폭탄이 아니면 잘 안 팔려서……."

다니엘은 시무룩해져서 말했다. 사실 그랬다. 매번 '폭탄만 만드냐 미친놈들아!' 하고 욕을 먹어도, 기계공학에서 제일 잘 팔리는 건 폭탄이었다.

다른 기계공학 아이템들은 크게 매력이 없는 것!

이다비는 그 말을 듣고 고민했다. 평범한 상인은 잘 팔리는 물건만 팔 수 있지만, 뛰어난 상인은 안 팔리는 물건도 팔 수 있어야 한다!

"이거 말고는 뭐 없어요?"

"앗. 보여 드리겠습니다!"

이다비가 관심을 가져주자 다니엘은 기뻐서 짐을 통째로 가져왔다. 〈주먹으로 때리는 태엽 알람시계〉, 〈타고 다니는 콩콩이〉, 〈돌멩이 발사 장치〉 같은 초보적 수준의 기계공학 아이템들! 실로 미묘한 효과들이었다.

"으음…… 한번 이걸 팔아볼까요?"

"정, 정말입니까?"

"네. 폭탄만 만드는 것보다는 이런 것도 지원을 해줘야죠."

안 그러면 매번 영지 지하를 파고 비밀 폭탄 창고를 만드니까! 이다비는 뒷말을 삼켰다.

"여기가 블랙 드래곤 학카리아스의 레어가 맞나?"

"예!"

꿀꺽-

길드 동맹 길드원들은 침을 삼켰다. 랭커가 있는데도 긴장됐다.

그 이유는 하나. 여기 레어의 주인 때문이었다.

블랙 드래곤 학카리아스! 추정 레벨이 600~700은 그냥 넘어가는, 아직 플레이어 수준으로는 잡을 수 없다는 강력한 보스 몬스터였다. 게다가 드래곤은 단순히 레벨만 높은 보스 몬스터가 아니었다. 온갖 강력한 마법과 각종 함정을 사용하는 상위 종족인 것이다. 이제까지 드래곤을 만나 말 몇 번 붙여본 플레이어는 있어도, 드래곤을 잡은 플레이어는 없었다.

길드 동맹도 마찬가지였다. 그들은 지금 드래곤을 잡으러 가는 게 아니었다.

"위대한 드래곤, 학카리아스여…… 저희가 당신을 뵈러 왔습니다."

[중급 화술 스킬을 갖고 있습니다. 학카리아스를 상대하는데 페널티를 받습니다. 악명이 높습니다. 학카리아스를 상대하는 데 보너스를……]

사자로 선택된 플레이어는, 학카리아스의 취향을 면밀하게 조사해서 딱 맞춘 플레이어! 그럼에도 불구하고 각종 페널티를 먹고 들어가야 했다.

-무어냐……?

[학카리아스의 목소리를 들었습니다.]
[극심한 공포에 빠집니다!]

"저…… 희는 이번에 새로이 오스턴 왕국을 통일한 국왕의 사자입니다."

-오스턴 왕국의 주인이 바뀌었나? 저런, 저런…….

"예. 여기 학카리아스 님에게 드릴 선물을 갖고 왔습니다."

드워프 대장장이들이 재빨리 묵직한 보물상자를 들고 옮겼다. 안에는 각종 보석 목걸이가 잔뜩 담겨 있었다. 추정 가격만 해도 십억은 그냥 넘길 액수였다.

[학카리아스가 보물을 보고 만족스러워합니다.]

'휴…….'

모두가 안도의 한숨을 내쉬었다.

-그래서? 무엇을 원하지?

"저…… 저희는 오스턴 왕국의 지배자인 학카리아스 님께 저희를 소개하고 싶었을 뿐입니다."

-거짓말하지 마라. 원하는 게 있을 텐데…….

학카리아스의 말이 위협하듯이 진동했다. 넓은 레어였지만 옆에 있는 것처럼 생생하게 들렸다.

[학카리아스의 기분이 안 좋아집니다.]
[주의하십시오!]

"저…… 저희는 적이 많습니다. 새로운 왕국을 세운 저희를 질투하는 적들이요."

-그래. 그렇겠지.

"그런 적들이 올 경우 학카리아스 님께서 따끔한 교훈을 내려주실 수 있으십니까? 오스턴 왕국의 주인인 학카리아스 님을 못 알아보고 하는 그런 건방진 짓은……."

-이걸로는 부족하다.

"!"

-이것의 두 배. 두 배는 더 갖고 와야 한다. 그러면 생각해 보도록 하지.

"허억, 허억. 안 죽었다."

"와, 드래곤 새끼. 진짜 욕심 많네."

"쉿. 들릴라."

밖으로 나온 길드원들은 안도의 한숨을 내쉬었다. 추가 비용을 더럽게 요구하기는 했지만, 블랙 드래곤 학카리아스는 결국 그들의 제안을 받아들인 것이다.

[오스턴 왕국 북동쪽 검은 묘비 산맥의 지배자, 블랙 드래곤 학카리아스를 만나고 살아나왔습니다!]
[명성이 크게 오릅니다!]
[공포 스탯이……]
[위대한 마법의 지배자를 만난 것으로 흑마법 스킬이 오릅니다.]

태현이 아탈리 왕국의 국왕이 되고 여러 권한이 생긴 것처럼, 쑤닝도 오스턴 왕국의 국왕 자리에 즉위하고 나서 여러 권한이 생겼다. 그중 하나는 <블랙 드래곤 학카리아스에게 조공 바치기>였다. 처음에는 당황했지만, 왕국의 책과 정보를 뒤져서 확인할 수 있었다.

탐욕스러운 폭군 학카리아스! 한 번 부릴 때마다 기둥이 뽑혀나갈 비용이 들었지만 그만한 가치가 있었다.

"근데 오스턴 국왕은 왜 저 드래곤을 안 부린 거지?"

"글쎄? 내전이라?"

"그런가?"

-주인님. 왠지 모르게 귀가 간지럽습니다.

-더럽다. 블랙 드래곤.

-아니, 더러워서 그런 건 아닌데……!

-역시 사디크의 드래곤이군.

용용이와 골골이가 합심해서 흑흑이를 공격했다.

-흑흑…… 진짜 아닌데…….

"모두 조용히 해라."

지금 일행은 빠르게 이동하고 있었다. 한 가지 다행인 점은, 일행들이 전부 부자라 그런지 탈것 하나는 다 비싼 걸 갖고 있다는 점이었다.

페가수스부터 시작해서 황금 불사조까지! 물론 그 와중에서도 태현의 탈것이 가장 눈에 띄었다.

골드 드래곤, 블랙 드래곤, 거기에 오토바이까지!

'목적지는 에랑스 왕국과 에스파 왕국의 국경지대인데…… 여기 뭐가 있더라?'

목적지 근처에 도착하자 멀리서 움직이는 거대한 덩치들이 보였다. 거인들이었다.

"어? 원래 여기 거인들이 있었나?"

-여기 우리 땅이다, 우리 땅이다!

-꺼져라, 꺼져라!

쾅! 쾅!

"으아악! 갑자기 어디서 나타난 거야?!"

플레이어들이 비명을 지르며 도망가는 게 보였다. 모습을 보아하니 원래 이 주변은 거인이 나오는 곳이 아닌 모양이었다.

"김태현 씨! 저걸 잡는 건가요?!"

"엥? 아뇨."

PD가 뭔가 기대하는 눈빛이 날아왔지만 태현은 단칼에 거절했다. 보인다고 바로 잡으면 쓰나! 상대가 누군지 파악하고 어떻게 써먹을지 면밀히 조사한 다음 잡아야 했다.

"근데 거인이잖아요! 몬스터 아닌가요?"

"몬스터하고도 친하게 지낼 수 있습니다."

"?!"

"케인. 내려가서 말 좀 걸어봐라."

위에서 밑을 보니 거인들이 한 곳을 빙글빙글 돌며 지키고 있었다.

"왜 내가?"

"멋있는 모습 보여주고 싶지 않냐?"

케인은 깨달은 표정을 지었다.

"갔다 올게!"

케인이 나타나자 거인들은 다시 반응했다.

-인간! 오지 마라! 오지 마라!

-여긴 우리 땅이다! 우리 땅이다!

"잠깐 이야기 좀 하자."

케인은 멋있게 착지하며 말했다. 뒤의 누군가를 신경 쓰는 게 확실하게 느껴지는 대사였다.

퍽!

[막대한 힘이 실린 공격을 받았습니다. 날아갑니다!]

성-

케인은 야구 방망이로 때려낸 공처럼 멀리 날아갔다.

-가라고 했다, 가라고 했다!

-인간! 꺼져라!

케인은 얼굴이 붉어져서 일어섰다. HP는 10%도 안 깎였지만, 자존심이 깎였다.

"죽…… 죽일 거야! 죽일 거야!"

"저놈 거인들 말투가 옮았나……."

태현은 떨떠름한 표정으로 중얼거렸다.

"어이! 거인들!"

-?

"갈 때 가더라도 이유 정도는 말해줄 수 있지 않나? 왜 가라는 거지?"

[최고급 화술 스킬을 갖고 있습니다.]

거인족은 지능이 낮은 종족. 최고급 화술 스킬을 가진 태현에게 거인들을 속이는 건 너무 쉬운 일이었다.

-말해주기 싫다! 말해주기 싫다!

-오크 주술사가 우리한테 말했다! 다른 사람한테 말하지 말라고 말했다!

말 안 한다면서 다 말하는 거인들! 이래서 거인들이 좋았다.

뒤에서 보고 있던 일행들이 수군거렸다.

"김태현 씨 말은 듣네?"

"케인 씨는 그냥 때리던데……."

"관록의 차이 아닐까?"

'화술 스킬 차이거든?!'

밑에 있던 케인은 속으로 투덜거렸다. 그사이 태현은 다시 말했다.

"오크 주술사가 시킨 건 나도 알아. 나도 오크 주술사가 시켜서 왔거든."

-앗. 그런가? 그런가?

"물론. 너희들이 힘들까 봐 도와주러 왔지."

-오크 주술사 착하다! 인간도 착하다! 때려서 미안하다!

-쪼그만 놈! 미안하다!

태현은 은근슬쩍 거인들 사이에 착지했다.

"내가 너희들 주려고 음식도 갖고 왔다. 자."

-이건 뭐…… 오오옷! 이건 뭐냐!

"아아. 이건 괴식 요리라는 거다."

생전 처음 먹는 강렬한 요리에 감동한 거인들!

-너무너무 맛있다!

[<황야 녹 거인> 부족의 친밀도가 오릅니다.]

[<황야 녹 거인> 사이에서 명성이 오릅니다!]

"그런데 오크 주술사가 뭐라고 했나?"

-쩝쩝. 저 입구 지키라고 했다. 쩝쩝.

-아무도 오지 못하게 하라고 했다.

태현은 〈신의 예지〉 스킬을 사용했다. 거인들이 지키고 있는 던전 입구로 바로 길이 만들어졌다.

'저기 맞군. 그런데 왜 오크 주술사가?'

김태산과 오크 아저씨들은 에스파 왕국을 떠나 우르크로 간 지 오래였다. 아마 저 오크 주술사는 NPC일 것!

'카르바노그. 뭐 짐작 가는 거 있니?'

[카르바노그는 아키서스를 싫어하는 오크 주술사일 거라고 생각합니다.]

'그런 추측은 나도 하겠다.'

[카르바노그는 화냅니다!]

"음. 그러면 나도 잠깐 들어가 볼까."

-잘 갔다 와라! 갔다 와라!

-우리가 문 열어준다!

친절하게 문까지 열어주는 거인들! 뒤에서 구경하고 있던 사람들은 감탄했다. 이게 바로 김태현식 퀘스트 해결법!

"무조건 싸우는 게 아니라 이렇게 설득을 하는 거구나!"

"교양있어!"

'수틀리면 다 죽이거든??'

케인은 속으로 투덜거렸다. 저 사람들은 아직 태현의 본성을 몰라서 저런 소리를 할 수 있는 거였다.

"여러분. 그런데 던전 밖에 계시는 게 낫지 않을까 싶습니다만."

태현은 마지막으로 친절하게 말해줬다.

"던전 안에 들어가면 제가 책임지기 힘들어요."

"괜찮습니다!"

"자기 목숨은 자기가 챙겨야죠!"

"죽어도 원망 안 할게요!"

"진짜죠?"

"네!"

태현은 고개를 끄덕였다. 저런 각오라면 같이 가도 괜찮겠지!

[잊혀진 신의 유적지에 입장합니다.]

[명성, 신성이……]

"내가 꼭 지켜줄게."

"앗. 정말?"

"응!"

태현은 정수혁과 유지수를 쳐다보았다. 둘 다 케인과 하연의 대화에 질린 표정이었다.

"수혁아."

"저 둘을 앞으로 보내는 겁니까, 선배님?"

"아니. 그런 말은 안 했는데. 그냥 마법 준비하라고."

"앗. 네."

순간 본심을 들킨 정수혁은 얼굴을 붉히며 앞으로 나섰다. 통로 앞에서 몬스터가 걸어오고 있었다.

[<특수 제작된 슬라임>이 나타났습니다.]

-카흘라단의…….

콰지지직!

바로 공격을 퍼붓는 정수혁! 화려한 효과에 뒤에서 감탄사가 나왔다.

[<특수 제작된 슬라임>이 마법 공격을 흡수합니다. 대미지가 거의 들어가지 않습니다.]

"뒤로 물러서!"

태현은 정수혁을 붙잡고 뒤로 당겼다. 방금까지 정수혁이 있던 곳에 슬라임의 채찍 공격이 작렬했다.

쿵!

'생각보다 위험한 놈이잖아?'

던전 처음에 나와서 방심했는데, 신의 예지를 켜고 보니 보통 놈이 아니었다. 준 보스 몬스터!

태현은 대만불강검을 뽑고 나서려 했다. 그때 김 PD가 손을 들고 자원했다.

"같이 싸웁시다! 도와드리겠습니다, 김태현 선수!"

태현은 물끄러미 김 PD를 쳐다보았다. 그러고는 물었다.

"혹시 제가 버프 좀 걸어드릴까요?"

"앗. 물론입니다!"

"근데 이게 좀 위험한 버프라 죽을 수도 있는데 괜찮습니까?"

"헉. 효과가 엄청 좋은가 봐요?"

"네."

태현은 김 PD의 손을 잡았다. 그리고 스킬을 사용했다.

-살아 움직이는 폭탄!

"어때요?"

"어? 이거……."

"자. 갑시다!"

"어? 어?"

김 PD는 영문도 모른 채 태현에게 등을 떠밀려 슬라임을 향해 돌격했다. 그리고 폭발했다.

콰콰콰콰콰콰콰쾅!

[<특수 제작된 슬라임>이 쓰러졌습니다!]

[명성이 오릅니다.]

[아이템을 얻었습니다.]

[던전의 주인이 자신의 소환물이 파괴된 것에 분노합니다.]

태현은 만족했다.

일석이조! 귀찮은 사람도 한 명 보내 버리고, 몬스터도 잡아 버리고!

'이렇게 하면 다들 질려서 안 쫓아오겠지.'

태현은 기대하며 돌아섰다. 그러나 돌아온 건 예상 밖의 반응이었다.

"우⋯⋯ 우와아아아아!"

"저도! 저도 하고 싶어요!"

"저도 폭탄으로 해주세요!"

생각지도 못한 대인기!

태현은 순간 귀를 의심했다. 케인도 어이가 없어서 말했다.

"아니, 저게 좋아요??"

"당연히 좋죠! 케인 씨! 저게 얼마나 인기인데!"

"방송에서만 봤었는데, 꼭 한 번 해보고 싶었어요!"

'이 자식들 미친 거 아냐?'

케인은 기겁했다. 이 인간들 약간 이상해!

그러나 옆에 있는 하연도 작게 말했다.

"나도 사실 저건 좀 해보고 싶은데⋯⋯."

케인은 아찔해지는 감각을 느꼈다. 누군가에게는 케인의 고생이 일종의 관광상품이었던 것!

'세상이 미쳐 돌아간다!'

"가위바위보! 가위바위보!"

태현과 유지수, 정수혁과 케인이 앞으로 나아가는 사이 일행들은 뒤에서 가위바위보를 했다.

다음에 폭탄이 될 사람이 누군지!

"아아아! 졌어! 졌어!"

"아싸! 나다! 다음 폭탄은 나다!"

여기 이다비가 있었다면 이 희한한 상황에 깊은 감명을 받았을 것이다.

'앞으로 이걸 상품으로 만들어보죠!'

발상의 전환! 누군가를 억지로 폭탄을 만드는 건데도, 왠지 모르게 유행인 것 같고 한정되어 있으니 몰리는 것이 사람 마음!

'이번 기회를 놓치면 언제 같이 다시 할지 몰라!'

'꼭 폭탄 체험을 해보고 말겠어!'

그때 통로에서 다음 슬라임이 나타났다.

"슬라임이다! 슬라임이 나타났어!"

터져 나오는 환호성! 그러나 정수혁이 먼저 움직였다.

-카흘라단의 번개!

[<특수 제작된 슬라임>이 마법 공격에 치명적인 대미지를 입습니다! 추가 대미지가 들어갑니다!]

이번에 나타난 슬라임은 마법 내성이 거의 없는 슬라임 같았다. 덕분에 추가 대미지가 들어가고, 정수혁이 계속 난타하자 비틀거리며 두들겨 맞기만 했다.

[<특수 제작된 슬라임>이 쓰러집니다.]

"아아아아아……."
"아니…… 정수혁 씨……!"
"우리는…… 어떡하라고……."
정수혁은 당황했다. 아니, 폭탄으로 자폭할 거 구해줬는데 왜 반응이?!
"안, 안 터지면 좋은 거 아닙니까?"
"아. 터지고 싶다고요! 터지게 해줘요!"
태현은 슬슬 이 현상을 보고 감을 잡고 있었다.
'앞으로는 억지로 시키지 말고, 선착순으로 사람을 잡아볼까?'
오히려 더 그게 반응이 좋을지도 몰랐다.
-침입자다, 침입자!

[융합 슬라임 골렘을 발견했습니다!]
[매우 뛰어난 소환수 강화 마법의 걸작을 보았습니다.]
[현재 소환수 강화 마법 스킬이 낮습니다. 배우지 못합니다.]

-꾸르륵 꾸륵!

[슬라임 전사를……]

'여기 던전에 자리 잡은 오크 주술사 놈은 슬라임 취향인가?'

혼히들 초보자는 자기들이 만난 슬라임 몬스터 때문에 슬라임을 약하다고 생각하기 쉬웠지만……. 사실 아니었다.

토끼도 약한 토끼, 강한 토끼가 있듯이 슬라임도 약한 슬라임, 강한 슬라임이 있는 것! 여기 던전의 슬라임은 강한 편이었다. 게다가 까다로운 점은 슬라임마다 특성이 제각각 다르다는 점이었다.

소환 마법이 거의 없는 정수혁한테는 마법 공격 내성이 있는 슬라임이 쥐약이었고, 케인한테는 물리 공격 내성, 탄성이 있는 슬라임이 상대하기 힘들었다.

"하연 씨! 보고 계십니까! 제가 갑니다!"

케인은 우렁차게 외치며 슬라임에게 덤벼들었다. 그리고 튕겨 나갔다.

[적 몬스터가 <물리 탄성> 스킬을 갖고 있습니다. 일정 확률로 튕겨 나갑니다!]

"용용아. 흑흑아. 쟤 좀 도와주고…… 골골이는 가서 수혁이나 도와줘라."

자기가 활약할 차례가 온 것 같자 유지수가 기대 가득한 눈길로 쳐다보았다.

"쏠까요?"

"아냐, 화살 아끼자."

태현은 자애로운 눈길로 뒤의 방송계 일행들을 쳐다보았다. 처음에는 '뭐 이런 놈들을 데리고 왔냐, 케인 죽인다' 이렇게 생각했었지만 지금은 아니었다.

'음. 생각해 보니 팬들과의 만남도 좋은 거 같아. 이래서 스타들이 팬들과 만나는 자리를 열고 그러나?'

약간 이유가 달랐지만 아무도 지적할 사람이 없었다.

"3번 손님!"

"저요!! 저요오오오!!"

어느새 번호표까지 뽑은 이들! 태현은 악수를 해주고 살아 움직이는 폭탄 스킬을 사용했다.

"가세요!"

"야호! 신난다!"

정수혁과 케인은 세상에서 가장 못 볼 꼴을 본 눈빛으로 그 광경을 쳐다보았다.

오크 주술사, 고르수크는 위풍당당하게 로브를 휘날리며 돌아왔다.

-오크 주술사 왔다! 우리 일 잘하고 있었다!

"잘했다."

고르수크는 고개를 끄덕였다. 다른 건 몰라도 거인족의 육체 능력은 정말 쓸 만했다. 다른 침입자들이 얼씬도 하지 못하고 있지 않은가! 황야 녹 거인 부족들을 섭외한 건 정말 탁월한 생각이었다.

'난 정말 머리가 좋아. 암. 암. 다른 오크 놈들은 비교할 수도 없지.'

-오크 주술사 착하다! 우리 위해서 요리사도 보내줬다!

-그 요리사 요리 정말 잘한다! 정말 잘한다!

고르수크는 고개를 갸웃거렸다.

"뭐?"

고르수크는 기겁해서 던전 문을 박차고 안으로 들어갔다.

[던전의 최심부에 도착했습니다.]

[<오크 주술사가 만든 추출의 방>을 목격했습니다.]

[명성이 오릅니다.]

[기계공학, 마법 스킬이 오릅니다.]

태현 일행의 던전 돌파 속도는 무시무시했다. 말 그대로 막힐 때마다 사람을 갈아 넣어 뚫어버리는 속도!

광기 그 자체였다.

'이래도 될까? 이래도 되는 걸까?!'

케인은 빠르게 달려가면서 혼자 고민했다. 상식이 붕괴되는 기분! 그 결과가 이 던전의 최심부였다.

"오……?"

거대한 방 가운데에 놓여 있는 양피지. 〈아키서스의 화신〉 직업을 가진 태현은 바로 알 수 있었다.

[강력한 신성력이 느껴집니다!]

[아키서스의 성물을 발견했습니다. 성물을 무언가가 방해하고 있습니다. 주의하십시오!]

'저건 뭐지?'

양피지 근처로 투명한 막 같은 게 펼쳐져 있었고, 그 근처에는 거대한 수정 기둥들이 솟구쳐 있었다.

'매우 불길한데…….'

태현은 케인에게 가보라고 말하려고 했다. 언제나 이럴 때 가장 든든한 건 케인! 그러나 다른 사람이 손을 들었다.

이제 한 다섯 명 남은 방송계 일행!

"혹시 저거 만져봐도 되나요?"

"하하. 물론이죠."

싱긋 웃는 태현!

그걸 본 케인이 당황해서 말리려 들었다.

"아니, 저거 위험한……."

"네가 할래?"

판온 골수 플레이어들과는 전혀 다른 상식을 가진 해맑은 일행들! 뭔가 특이하고 위험해 보이는 게 나오면 일단 다가가서 만져본다!

'정말 보면 볼수록…….'

태현은 이 편함에 중독되어가는 것 같은 스스로를 자제하기 위해 애썼다. 이런 것에 익숙해지면 안 돼!

띵-

[수정 기둥의 마나 결계가 작동합니다!]

[마력의 폭포가 침입자를 불태웁니다! 정교한 마법 함정을 발견했습니다. 마법 스킬이 오릅니다.]

"으아아아아아아!?"

[HP가 0이 되어…….]

"이제 네 명…… 아껴야겠군."

"너 혹시 하연 씨도 그렇게 생각하는 건 아니지?"

"하하. 알겠어. 세 명이네."

"야!"

귀중한 카운트! 태현은 숫자를 세고서 주변을 확인했다. 보아하니 저런 식의 함정인 것 같았다.

[함정이 발동된 것으로 슬라임 골렘들이 나타납니다.]

꾸르륵!

꾸륵대는 소리와 함께 벽에 난 구멍에서 슬라임들이 튀어나오기 시작했다.

'슬라임을 얼마나 좋아하는 거야?'

"일행분들은 다들 가운데로! 수혁아. 넌 일단 쓰지 말고 가만히 있어라. 나머지는 전투 준비! 용용이, 흑흑이 너희가 광역기를 써줘야겠다."

지금 가운데에 아키서스의 성물이 있는데 정수혁에게 마법 난사를 시킬 수는 없었다. 그러다 재수 없이 지진이라도 난다면……

'생각만 해도 끔찍하군.'

-알겠다. 주인이여.

-알겠습니다!

용용이나 흑흑이도 레벨이 300을 넘긴 신수들이었다. 물론 플레이어와 NPC를 같은 선에서 비교할 수는 없겠지만, 둘 다 뛰어난 마법사라는 건 변하지 않았다.

원래 용은 종족 특성상 마법의 달인!

콰르르르룽!

용용이는 번개 마법으로, 흑흑이는 화염과 독성 마법으로 주변을 불태우기 시작했다.

[사디크의 화염이 슬라임 골렘에게 치명적인 대미지를 줍니다!]

[사디크의 화염이……]

'사디크의 화염이 약점이었나?'

태현은 의아해하며 사디크의 화염을 준비했다.

"지수야. 화살에 걸어줄 테니까 쏴라."

"네!"

기다리고 기다리다가 드디어 활약할 기회가 온 것에 유지수는 반색했다. 화살을 쏘게 해줘!

'대활약을 하겠어! 대활약을 하고 말 거야!'

'얘 눈빛이 약간 좀 무서운데?'

태현은 유지수의 눈빛에서, 영지에 있던 플레이어들의 눈빛을 떠올렸다.

'한 번만 돌리게 해줘! 이번에는 뜰 거야!'

쉬익!

픽! 픽! 퍼픽!

손이 보이지 않을 정도로 빠른 속사! 유지수는 미친 듯이 화살을 쏘아대기 시작했다.

"죽어! 죽어! 죽어!"

"……요즘 지수가 안 좋은 일이 있었나?"

용용이와 흑흑이가 골렘들을 밀어붙이고, 태현, 케인, 유지수가 하나씩 쓰러뜨리는 사이, 오크 주술사 고르수크가 돌아왔다.

[이 던전의 설계자, 오크 주술사 고르수크가 돌아왔습니다! 고르수크는 이 상황을 보고 충격을 받습니다!]

'왔나?!'

태현은 몸을 돌렸다. 이 보스 몬스터를 잡으면…….

"이…… 이게 대체 무슨 짓이냐! 이 나쁜 놈들! 이 침입자 놈들! 인간 놈들이란 이래서! 으흑흑!"

"?!"

"어떻게…… 어떻게 내 연구를 이렇게……!"

어쩐지 그들이 나쁜 사람이 된 것 같은 기분!

케인은 태현을 쳐다보았다.

'공, 공격해야 하나?'

"저주한다! 인간! 너희를 저주한다!"

엉엉 울면서 노려보는 오크 주술사 고르수크!

그 모습에 태현은 당황해서 변명이 먼저 나왔다.

"아니, 잠깐만. 저기 있는 물건은 내 물건이라고. 난 내 물건을 찾으러 왔을 뿐이야."

"남의 던전에 들어와서 소환수들을 닥치는 대로 잡고 부수다니!"

"그건 네가 입구를 막아서잖아. 주변 사람들을 아예 접근 못 하게 해놓고 뭘."

"흥! 너희 같은 침입자를 막기 위해서는 당연한 일이었다!

그리고 네 물건이라니! 어디서 뻔뻔한 거짓말을!"

오크 주술사는 콧방귀를 크게 뀌더니 말했다.

"변명도 인간답게 비겁하게 하는구나! 어디 어떤 물건인지 말해봐라. 만약 그게 네 물건이면 내가 사과하고 돌려주마!"

"저 양피지인데."

"……?"

오크 주술사는 고개를 돌렸다. 그러고는 분노했다.

"이 인간 놈이 진짜 끝까지 비열하구나! 저게 왜 네 물건이냐?"

"내가 아키서스의 화신이니까 내 물건이지. 그러면 저게 네 물건이냐?"

태현은 무기에 손을 뻗었다. 보아하니 대화로 안 될 것 같았다.

"뭘 개소리냐! 네가 아키서스의 화신인 게 이 시이바 교단 성물의 주인이라는 것과 무슨 상관이냐!"

[카르바노그가 말합니다. 시이바는 슬라임과 느림의 신입니다. 시이바는 믿는 사람이 거의 없는 잊혀진 신이라고 카르바노그가 설명해 줍니다.]

'고맙다. 카르바노그.'

[뭘 이런 걸 가지고!]

"그게 시이바 교단의 성물이라고?"

"그래!"

"······아키서스 교단의 성물인데?"

[최고급 화술 스킬을 갖고 있습니다.]

[상대가 바로 부정하지 못합니다.]

최고급 화술 스킬은 믿지 못할 말도 한 번은 고민하게 만드는 힘이 있었다.

"······거짓말하지 마라!"

"아니. 진짜 아키서스 교단 성물이라고. 역으로 물어보자. 넌 저게 왜 시이바 교단의 성물이라고 생각한 건데?"

"그게······ 어······ '이 신은 천사와 악마를 묶어서 움직이지 못하게 만들었으니 그야말로 위대하다'라고 쓰여 있었으니까······?"

"······그거 아키서스야."

"웃기지 마라!"

"이렇게 하자. 넌 저 시이바 교단 성물의 힘을 제대로 쓰고 있냐?"

"아, 아니······ 하지만······."

고르수크는 말을 더듬었다. 그가 시이바를 믿고 있긴 했지만, 저 성물은 힘을 빌려주지 않았다. 그래서 오크 주술의 힘으로 힘을 강제로라도 추출하려고 하고 있었는데······!

"저게 아키서스의 성물이라면 내게 힘을 주겠지. 아니라면 가만히 있을 거고."

"하지만…… 하지만……."

"왜. 설마 자신 없냐?"

"오냐! 어디 한번 해봐라!"

발끈하는 고르수크!

'흥! 그 문구의 어딜 봐서 아키서스라는 거냐! 그건 시이바님의 힘이다!'

남을 묶어서 움직이지 못하게 하는 것. 그야말로 슬라임의 신 시이바의 힘 아닌가!

[함정이 해제되었습니다.]

태현은 가운데로 다가갔다. 그리고 양피지에 손을 뻗었다.

[아키서스의 성물을 손에 얻었습니다.]

[아키서스의 권능을 새로 얻었습니다.]

[명성, 신성이 크게 오릅니다.]

[교단의 영향력과 명성이 크게 퍼집니다. 퍼져 나가는 영향력으로 인해 에랑스 왕국, 잘츠 왕국, 오스턴 왕국에서 당신을 초청할 수 있습니다.]

'오스턴 왕국에서 날 초대하지는 않을 것 같은데.'

길드 동맹이 점령하고 쑤닝이 국왕 자리에 올랐는데 초대할 리는 없었다. 만약 초대한다면 '죽여줄 테니까 어서 와라!'라는 뜻!

그보다는 에랑스 왕국과 잘츠 왕국에 교단 영향력이 퍼졌다는 게 긍정적이었다. 잘하면 국왕을 직접 대면하고 부탁을 할 수도 있을 테니까!

'국왕을 만나면 뭘 해야 좋나…… 음. 괴식 요리는 안 되겠지?'

〈괴식 요리〉는 국왕 암살죄로 체포당할 수도 있었다.

〈아키서스의 선물〉
아키서스의 사악한 의도가 담긴 선물을 제작할 수 있습니다. 이 선물의 숨겨진 스탯은 아키서스의 화신만이 볼 수 있습니다. 결과물의 속성은 랜덤으로 정해집니다.

'역시 이거군.'

모스락이 차고 있던, 저주받은 목걸이! 그 목걸이를 만든 스킬이었다.

[대장장이 기술 스킬이 높습니다. 〈아키서스의 선물〉 사용 시 추가 보너스를 받습니다. 기계공학 스킬이 높습니다. 〈아키서스의 선물〉 사용 시 추가 보너스를 받습니다.]

게다가 이 스킬은 대장장이 기술 스킬과 연동이 됐다.

태현은 눈을 감았다. 이걸 어떻게 써먹어야 잘 써먹었다고 소문이 날까?

'저놈 또 사악한 생각을 하는군.'

케인은 속으로 생각했다. 태현이 저렇게 눈을 감을 때마다 온갖 사악한 아이디어가 튀어나왔다. 이번엔 또 누가 당할 것인가!

"말…… 말…… 도 안 돼……! 이건 속임수야!"

뒤늦게 충격을 받은 오크 주술사 고르수크가 털썩 주저앉았다.

"저건 시이바 님의 성물인데! 시이바 님의 성물이란 말이다!"

"자꾸 시이바, 시이바 하니까 좀 어감이 그렇다."

"쉿. 조용히 합시다."

태현은 고르수크에게 다가가 상냥하게 어깨를 두드려 주었다. 원하는 것도 다 얻었겠다, 한껏 관대해진 것이다.

"그럴 수도 있지. 뭐 살다 보면 착각도 하고 실수도 하고 그러는 거 아니겠어?"

"크흑…… 인간……."

"그럼 난 이만. 잘 지내라. 시바의 성물도 잘 찾아보면 좋겠네."

"시이바에요. 시이바."

태현은 쿨하게 떠나려고 했다. 그 순간 고르수크가 어깨를 붙잡았다.

"도와다오!"

"응?"

태현은 멈칫했다.

"그래. 빨리 떠나는 게 도와주는 거지. 알아."

"아, 아니! 그런 의미가 아니라!"

슥슥-

빠르게 고르수크의 팔을 쳐내는 태현!

"내가 야박한 사람은 아닌데, 할 일이 좀 많아서 말이야. 다음 퀘스트가 쌓여 있다고. 다음에 만나면 그때 생각해 보자."

거절의 프로! 얼마나 많은 거절을 했는지 관록이 느껴지는 거절이었다. 케인은 새삼스레 감탄했다. 거절은 저렇게 하는 거구나!

"알겠냐? 케인? 거절은 '언제 밥 한번 같이 먹자' 같은 말투로 해야 해."

태현의 말이 무슨 뜻이었는지 새삼스럽게 느껴졌다.

"오크 놈들은 오크의 신 모고크만 믿는다! 나처럼 시이바를 믿는 오크는 발 디딜 곳이 없다!"

"그건 네가 알아서 하셔야죠. 나는 무슨 교단이 있었는 줄 아냐? 난 내가 다 모으고 권능 찾아서 교단 새로 만들었어! 있는 놈들은 다 나사 하나씩 빠진 놈들이었다고!"

말하다 보니 자기도 울컥해지는 태현이었다. 뭐 이런 교단이 있냐?

"그, 그런⋯⋯."

"알겠냐? 교단이란 게 다 원래 이런 법이야! 마이너한 신을 믿으면 개고생이라고!"

[고르수크가 당신의 말에 커다란 감동을 받습니다.]

"아니, 감동을 받으라고 한 말이 아니라……."

"따라가서 배우고 싶다! 나를 받아다오!"

〈떠돌이 교단 받아주기-시이바 교단 퀘스트〉

오크 주술사, 고르수크는 오크 중에서 슬라임의 신 시이바를 믿는 이단다. 언제나 부족 내에서 천대받고 핍박받은 그는 성공적으로 교단을 부활시킨 당신을 보고 존경해 따라가려고 한다.

오크 주술사 고르수크를 받아들이고 영지에 시이바의 교단을 받아주십시오.

보상: ?, ??

"거절한다!"

[시이바 교단과의 친밀도가 하락합니다. 시이바 교단은 존재하지 않습니다. 친밀도가 하락하지 않습니다.]

[카르바노그가 안쓰러워합니다.]

"어째서?!"

"뭘 어째서야 임마. 아키서스 교단을 이끄는 사람한테 새 교단을 받아달라고 하다니. 그게 말이……."

말하던 태현은 멈칫했다. 생각해 보니 사디크 교단도 받아주고 카르바노그도 받아주고…….

"······아예 안 되는 건 아니지만!"

"?!"

"어쨌든 시이바 교단을 받아서 내게 좋을 게 없다고. 그냥 지금이라도 모고크로 개종하는 게 어때? 그러면 내가 받아 줄 수 있다."

메이저한 오크들의 신, 모고크를 탐내는 태현!

모고크는 좋았다. 수많은 오크가 믿고 있기도 했고, 오크들 특성상 정식 교단은 없었지만 그만큼 효과도 괜찮았다.

오크와 투쟁의 신인만큼 효과는 보장되어 있는 것이다.

'게다가 우르크 지역에서는 오크들이 지금 흘러넘치고 있으니 나중에 받을 수도 있고 말이야.'

영지민 숫자가 바로 국력! 그런 면에서 슬라임의 신 시이바는 확 와닿지 않는 신이었다. 슬라임의 신이 있어서 뭐가 좋지? 영지에 슬라임이 늘어나나?

차라리 카르바노그는 영지의 토끼 피해가 줄고 토끼 고기가 맛있어진다는 효과라도 있지······.

"어, 어떻게 신앙을 버릴 수 있나!"

"왜? 잘 버리던데. 최근에 내가 아는 천사 중 한 명이 신앙을 버렸지."

"거짓말하지 마라!"

"이놈은 지 마음에 안 들면 다 거짓말이래. 됐어. 나 간다."

"잠······ 잠깐! 오크의 보물을 주마!"

태현은 멈칫했다.

"무슨 보물인지 아주 자세하게 말해보도록. 어떤 성능이고 어떻게 생겼고 어디서 구할 수 있는지."

고르수크는 순간 고민했다. 이 인간 놈을 믿어도 되는 걸까?

"브래들리. 그러고 보니 그리핀 알은 잘 있나?"

"물…… 물론입니다. 아주 잘 진행되고 있습니다. 이제 무럭무럭 익어서 부화하기만 기다리면 됩니다!"

"위에서 그리핀 기사단을 꼭 만들고 싶어 하셔. 잘해야 해."

"물, 물론입니다!"

길드원의 말에 브래들리는 고개를 푹 숙였다. 그보다 지위가 높은 길드원은 상사나 마찬가지였다.

'으아아…… 어쩌지?'

즉위식 이벤트가 끝나고(도중에 사고가 있었지만), 즐겁게 구경을 한 브래들리는 충격적인 사실을 깨달았다. 그리핀의 알들이 모두 사라졌다!

'말도 안 돼! 이건 말도 안 된다고! 대체 어떤 놈들이 그 소란을 틈타서…… 어떤 간 큰 놈들이!'

이 주변은 경비병부터 시작해서 어중간한 도둑은 다 쫓겨날 정도로 보안이 강한 곳이었다. 무슨 사건이라도 일어나서 경비병들이 모두 몰려가지 않았다면 여기 들어올 수는 없었을 터!

그리고 브래들리는 이 마굿간의 책임자였다. 〈에랑스 왕국 몬스터 테이머>란 영웅 직업 덕분에 쾌속승진한 브래들리! 이고오급 마굿간까지 받고 '난 이제 완전히 출세했다!'라고 기뻐했었는데……

'난 망했다…… 난 망했다고!'

이제까지는 어떻게 말로 넘겼지만 위태위태했다. 한 번만 직접 보러 오면 들통나는 것이다.

'여기 왜 그리핀은 없고 달걀밖에 없냐? 브래들리! 미쳤냐!!'

브래들리는 고민하다가 아는 길드 친구한테 귓속말을 보냈다.

-오우! 장샨! 여기 너무 힘들어!

-??

-흑흑. 중국인들은 너무 짜증 나!

-나도 중국인인데……?

-장샨은 착한 중국인! 내 윗대가리는 나쁜 중국인!

-그래. 그래. 뭔 소린지 알겠다.

수비대장으로 일하던 장샨은 연락을 받고 고개를 끄덕였다. 그 마음 나도 안다!

능력 없는 상사 밑에서 일하다가 태현 측 스파이로 탈출한 장샨. 덕분에 이제는 마음이 편했지만…….

'녀석. 마음고생이 심한가 보군. 요즘 출세 좀 했다고 해서 잘 된 줄 알았는데…….'

장샨은 브래들리가 안쓰러웠다. 그래도 나름 같이 들어온 길드 동기였다.

-난 이제 망했어!
-무슨 일이 있었는데?
-그게 있잖아…… 흑흑!

브래들리는 있었던 일을 다 털어놓았다. 갑자기 그리핀 알이 사라졌다는 상황! 그걸 듣고 장산은 경악했다.

-야. 그건 어떻게 수습이 안 된다. 말하면…….
-잘리나? 잘리겠지??
-잘리는 건 물론이고 배상해 내라고 할 것 같은데. 길드 동맹이잖아.
-노우! 안 돼!

브래들리는 절규하더니 물었다.

-장산! 장산은 똑똑하잖아! 방법이 없을까?

요즘 길드 동맹 내에서 장산은 '본받아야 할 신입 길드원', '신입 길드원이라면 장산처럼' 같은 예시로 쓰이는 길드원이었다. 수많은 첩자와 암살자들이 태현 앞에서 박살 났지만, 장산은 보란 듯이 수도에 잠입해서 심지어 자리까지 얻지 않았는가.

-넌 왜 장샨처럼 하지 못하니?

-장샨은 김태현 놈 앞에도 잠입했다. 넌 고작 이게 무섭냐! 장샨 반쯤 닮아라!

이런 말들이 돌아다닐 정도!

물론 장샨 본인은 이런 말이 돌아다니는 걸 몰랐다.

-내가 똑똑하기는 무슨⋯⋯ 음. 그냥 네가 네 돈으로 그리핀 알 사서 메꾸면 안 되냐?

-그리핀 알이 얼마나 비싼데! 그리고 희귀해서 경매장에 없어!

'이미 찾아봤구나⋯⋯.'

당황해서 발음까지 뭉개지는 브래들리를 보며 장샨은 더욱 더 측은해졌다. 길드 동맹 놈들. 실수는 좀 봐줘야지, 그게 뭐라고 이렇게 애를 잡아대냐!

-음⋯⋯ 크게 기대하지 말고. 내가 아는 곳에 한번 물어나 볼게.

-뭐!? 정말?! 장샨밖에 없어!

"일이 이렇게 됐는데요. 정말 죄송한 말씀이지만, 혹시 그리핀의 알을 구할 방법이 없을까요?"

'그걸 왜 나한테……'

이다비는 떨떠름한 눈빛으로 장샨을 쳐다보았다. 눈치를 보니 알고 온 건 아닌 것 같았다.

"왜 저한테 물으시죠?"

"그야 이다비 님은 그 파워 워리어 길드의 길마잖습니까? 세상에 모르는 게 없고 못 구하는 게 없고 못 하는 게 없다는……."

길마인 이다비도 처음 듣는 거창한 수식어!

'모르는 거 많고 못 구하는 거 많고 못 하는 것도 더럽게 많은데?!'

언제 이렇게 이상한 소문이 퍼진 거야!?

이다비는 당황했지만 표정을 유지했다.

"그, 얘는 나름 친한 친구여서 도와주고 싶습니다. 제가 모아놓은 골드도 좀 낼 테니까……. 어떻게 구해주실 수 없으십니까?"

"으음. 그래요…… 알겠어요. 몇 개 정도 구해볼게요."

장샨은 깜짝 놀랐다. 정말 구해준다니!

'역시 파워 워리어의 길마야! 대단해!'

"감사합니다! 감사합니다!"

알 몇 개 정도만 있으면 어떻게든 넘어갈 수 있을 것이다. 나머지는 부화 도중에 실패했다고 하면 되니까. 그만큼 그리핀의 알은 섬세했다.

장샨이 물러서자 이다비는 고개를 절레절레 흔들었다. 상황이 이렇게 흘러갈 줄은 정말 생각지도 못했던 것이다.

"그리핀의 알 몇 개만 갖고 와주겠어?"

"네! 길마님!"

"그런데 우리 길드 소문이 왜 저렇게 났지?"

"네? 강해 보이고 좋지 않나요?"

이다비는 범인을 찾은 것 같은 기분이었다.

-그래서 주기로 했는데, 괜찮나요?

-상관없지. 근데 왜?

-이거 받으면 그 사람도 첩자나 마찬가지니까요!

이렇게 싹을 심어두면 언젠가는 쓸 곳이 온다!

태현한테 많이 배운 이다비였다.

-역시 이다비야! 파워 워리어 길마답게 사람을 함정에 빠뜨리는 데에 능숙하군!

-헤헤헤⋯⋯. 그렇게까지 칭찬해 주실 필요는 없는데요⋯⋯. 그나저나 방송사 사람들하고 같이 가셨다고 들었는데, 일은 잘 되어가고 있나요?

이다비는 걱정스러웠다. 아무리 생각해도 태현과 방송 쪽 사람들은 잘 어울리는 조합이 아니었다. 한쪽은 하드코어 게

이며, 한쪽은 태현한테 업혀 갈 생각으로 가볍게 온 사람들!

'설마 화나서 다 PK해 버린 건 아니겠지?'

-응. 잘 되어가고 있어!

-진, 진짜요?

-어. 나도 몰랐는데, 난 의외로 팬들하고 이런 걸 하는 게 적성에 맞았는지도 모르겠어.

-……??

이다비는 순간 태현이 누군가한테 협박받고 있나 생각했다.

'아니. 그럴 사람이 아니지!'

이다비는 케인에게 귓속말을 보냈다.

-어떻게 된 거예요?! 무슨 일이 있었길래!?

-김태현이…… 사람들을…… 그러니까……. 다들 미쳐서…….

-??

-광기의 시간이었어……. 앗. 김태현이 부른다. 우리 다음 퀘스트 하러 가야 해. 오크 애들 보물 뺏으러 가야 하거든.

케인의 귓속말이 끝나고 태현이 다시 말했다.

-이다비. 일 마무리되면 에스파 왕국 쪽으로 와줘.

-앗. 네. 그런데 대체 거기서 무슨 일이……?

-난 새로운 시장을 발견한 걸지도 몰라!

-?!

"흠. 오크 놈들이 그런 걸 갖고 있다?"

"그렇다……."

"뭐 더 다른 건 없나? 보석, 광석, 아티팩트, 기타 등등 다 받는다."

고르수크는 짜게 식은 눈으로 태현을 쳐다보았다. 아무리 생각해도 이 인간을 고른 건 실수 같았다.

"부족장의 창고에는 그런 게 있을지도 모르겠지만……."

"오옷."

"……중요한 건 그게 아니다. 부족장의 지팡이! 그 지팡이가 시이바 님의 성물이란 말이다!"

태현은 그 말을 듣고 감탄하기보다는 의심하는 눈빛을 보냈다.

"……왜 그렇게 쳐다보지?"

"그거 정말 시이바의 성물 맞냐?"

"이건 확실하다!!"

고르수크는 가슴을 탕탕 두드리며 외쳤다. 그가 아키서스와 시이바를 착각하는 멍청한 짓을 저지르긴 했지만 이런 인간 놈한테 무시당하다니!

"그래…… 뭐. 네가 그렇다면 그런 거겠지."

[최고급 화술 스킬로 상대를 은근하게 무시하는 것을 더 완벽하게 보여줍니다.]

[상대가 매우 억울해합니다!]

"그래서 부족장의 창고가 어디 있는데? 네가 시간을 끄는 사이 내가 갖고 나오마."

말한 지 얼마나 됐다고 벌써 도둑질할 계획을 짜는 태현!

'저놈 정말 아키서스의 화신 맞나?'

고르수크는 고개를 갸웃거렸다.

그가 알기로 아키서스는 일단 선한 신에 들어갔다. 악한 신인 사디크나 살라비안의 화신이면 모를까, 선신 아키서스의 화신인데 왜 저렇게 사악해 보이는 걸까?

"좀…… 고민하거나 망설여야 하지 않나?"

"넌 오크면서 뭘 주저하는 거야? 시끄럽고 안내나 해라."

"그래……."

"이건 이야기했던 것과 다르잖아!"

"아, 아니. 난 거짓말한 적 없다."

고르수크는 억울하다는 듯이 대답했다. 정말이었다. 그는 거짓말하지 않았다.

[현재 에스파 왕국의 황야 오크 부족들과 덩글랜드 왕국의 붉은 엘프 부족들이 공성전을 벌이고 있습니다. 지역에 진입할 경우 양쪽 세력에게 공격받을 수 있습니다. 주의하십시오.]

에스파 왕국의 오크 부족들은 우르크 지역과 달리, 떠돌아 다니는 유랑 부족이었다. 당연히 보물도, 짐도 다 챙겨서 돌아다녔다. 거기까진 괜찮았다. 쫓아가서 훔치면 됐으니까.

문제는 그들이 지금 전쟁을 벌이고 있다는 것!

"덩글랜드 엘프 놈들! 아주 건방진 놈들이다. 자기 섬에서 지낼 것이지 자꾸 여기로 온다!"

고르수크는 오크답게 엘프를 혐오하는 표정을 지었다. 덩글랜드 왕국은 중앙 대륙의 북쪽에 있는 섬나라로, 엘프 플레이어들이 주로 선택하는 곳이었다. 중앙 대륙만큼 굵직굵직한 이벤트가 없는 대신, 비교적 평화롭고 조용한 왕국!

랭커를 노리는 플레이어보다는 그냥 가상현실 자체를 즐기는 플레이어들이 주로 고르는 곳이 덩글랜드 왕국이었다.

아름다운 산과 숲이 가득했으니 그것만으로도 고를 만한 가치가 있었다. 그에 비해 태현이 고른, 타이럼 시가 있는 잘츠 왕국은 산과 숲이 가득했지만 아무도 좋아하지 않았다.

못생긴 산과 숲으로 차 있는 데다가 주변에는 온갖 험악한 몬스터들이 우글거리고 심지어 NPC마저 험악한 곳!

'갑자기 생각하니 슬퍼지는데……'

똑같이 산과 숲에, 궁수들이 많은 나라인데 왜 이런 차이가 나온 걸까? 아무리 생각해도 판온 제작진들이 잘츠 왕국을 좀 싫어하는 것 같았다.

"엘프들이 왜 여기까지 배 타고 건너오지?"

"모른다! 자기네 땅이 좁은 모양이지."

태현은 용용이를 타고 높이 올라가 주변을 확인했다. 해안가에는 벌써 꽤 튼튼한 엘프식 요새들이 만들어져 있었다. 건너온 엘프들이 만든 요새였다.

그러나 그들이 상대하는 건 오크였다. 지평선을 꽉꽉 채운 오크 부족들! 여러 부족이 연합해서 몰려왔는지 숫자가 어마어마했다.

'오크들 숫자는 볼 때마다 놀랍군.'

양쪽 사이를 보니 플레이어들도 꽤 있었다. 보상을 노리고 이 영지전에 참가한 모양이었다. 덩글랜드 왕국 쪽 엘프 플레이어는 엘프 측에, 에스파 왕국 쪽 오크 플레이어들은 오크 측에!

"취익! 취익! 전투 준비! 전투 준비다! 저 귀쟁이놈들을 전부 바다에 쓸어 넣자!"

"더러운 냄새 나는 오크 놈들이 밀려온다! 활을 들어라!"

〈오크 부족에 참전해라-에스파 왕국 영지전 퀘스트〉

오크 부족들에⋯⋯.

〈엘프 부족에 참전해라-에스파 왕국 영지전 퀘스트〉

엘프 부족들에…….

지역에 들어서니 뜨는 퀘스트창! 태현은 그걸 무시하고 오크 부족들을 찾아보았다.

'저 사이를 뚫고, 보물 찾아서, 들고 나오면…… 음. 아무리 봐도 무리 같은데.'

숫자가 너무 많았다. 저렇게 많으면 은신이고 뭐고 실패할 가능성이 높았다. 길 만들다가 부딪히겠다!

고르수크가 조심스럽게 말을 꺼냈다.

"평화롭게 해결하는 게 어떻겠나?"

"뭐? 들어가서 훔치는 것보다 평화로운 방법이 어디 있어?"

고르수크는 잠시 할 말을 잃었다가 다시 말했다.

"그, 그런 방법 말고…… 지금 오크 부족들은 싸우느라 눈이 벌게져 있다. 뛰어난 모험가들이 도와준다면 냉큼 받아줄 거다. 보아하니 너희들은 내 던전을 다 박살 낼 정도로 뛰어난 모험가잖나."

"하하. 뭘 그런 걸 칭찬하고 그래. 쑥스럽게."

"칭찬한 거 아니다!!"

"들어가서 도둑질하는 것보단 그게 훨씬 더 나은 방법 같다. 부족장의 지팡이는 부족장이 언제나 들고 있으니까 훔치기도 힘들고."

"흠……."

태현은 생각에 잠겼다. 고르수크의 말은 결국 퀘스트에 참가해서 공적치 포인트를 쌓은 다음 그걸로 지팡이를 챙기라는 것이었다. 무난한 방법이긴 했지만 언제나 날로 먹어왔던 태현에게는 조금 아쉬운 방법!

'지금 상황은 어쩔 수 없으려나?'

태현은 일단 받아들이기로 했다. 들어가서 본 다음 결정해도 됐으니까! 일단 공적치 포인트를 쌓아서 부족 내에서 신뢰를 받는다면, 뭐가 있는지 찾아보고 훔치기 더 좋아질 것이다.

"좋아. 그렇게 할까?"

"오. 역시 받아들일 줄 알았다. 아키서스는 선신이니 평화로운 방법을 더 선호하겠지."

"음…… 음? 그래. 뭐."

"취익! 고르수크! 꺼져라!"

"칙! 고르수크! 네가 여기는 왜 왔냐!"

"취익! 이 슬라임이나 좋아하는 놈!"

"취이익! 이 슬라임처럼 물렁한 놈!"

들어오자마자 쏟아지는 화끈한 환영! 태현은 고르수크를 빤히 쳐다보았다.

'그냥 나 혼자 오는 게 더 낫지 않았을까?'

고르수크가 잘 소개시켜 주면 공적치 포인트에 보너스가 들어갈 테니, 그걸 믿고 같이 온 것이었는데……. 아무래도 고르수크는 별로 환영받는 존재는 아닌 것 같았다.

"족장님. 뛰어난 모험가를 데리고 왔습니다."

"췩, 네가? 또 이상한 슬라임이나 쓰는 놈을 데리고 온 거라면 용서하지 않겠다. 고르수크!"

족장은 그렇게 말하고 태현을 쳐다보았다.

[칭호: 오크의 입맛을 아는 요리사를 갖고 있습니다.]
[명성, 악명이 매우 높……]

눈이 마주친 순간 우르르 뜨는 메시지창들!

오크 부족장은 아주 흡족하다는 듯이 웃었다.

"취익…… 아주 대단한 모험가를 데리고 왔군! 오랜만에 쓸만한 짓을 했구나! 고르수크!"

이제까지 해온 게 너무 많아서, 눈만 마주쳐도 태현을 고평가하는 오크 부족장이었다.

[오크 부족장이 당신을 매우 마음에 들어 합니다. 고르수크가 소개시킨 페널티가 사라집니다.]

설마하니 진짜로 페널티가 들어갔다니.

[공적치 포인트에 추가 보너스가 들어갑니다.]

"췩! 대단한 모험가. 넌 뭐가 자신이 있나? 검? 마법?"

"음……."

태현은 잠깐 고민했다. 뭐가 공적치 포인트 벌기에 좋을까?

"저 요새 때문에 고민이 많으실 것 같은데, 공성 병기는 어떻습니까?"

"췩. 공성 병기? 그건 고블린들이나 다룰 줄 아는 건데?"

"취익. 고블린들의 공성 병기는 불안하다. 너무 조잡하고 잘 부서진다!"

"제가 만든 건 다를 겁니다."

태현은 자신만만하게 말했다. 그 한마디에 오크들은 껌뻑 넘어갔다.

"취익! 믿어봅시다! 족장!"

"취이익! 왠지 모르게 믿음이 간다!"

"췩! 저 인간, 오크답다!"

마지막 말은 뭔가 좀 이상했지만 태현은 넘어갔다. 그 순간 부족장이 들고 있는 지팡이가 눈에 들어왔다.

[카르바노그가 시이바의 성물이 맞다고 말합니다.]

'쫏.'

태현은 살짝 아쉬워했다. 아키서스의 성물이면 좋았을 텐데…….

[카르바노그가 그건 너무 요행을 바라는 거라고 말합니다.]

'알아. 알아.'
"그래. 뭐부터 만들어볼까?"

"하하. 저 오크 놈들이 도망친다!"
"엘프식 요새를 하찮은 오크 놈들이 뚫을 수 있을 리가 있나!"
엘프들은 요새 성벽 위에서 신이 나 외쳤다. 처음에는 오크들의 숫자가 많아서 겁을 먹었지만, 그것도 이제 사라진 상태였다. 대부분의 오크들은 여기 오기도 전에 화살 세례에 반쯤 쓰러졌고, 나머지는 성벽을 기어오르다가 쓰러졌으니까.
오크 주술사들이 성벽을 마법으로 때려보려고 했지만, 엘프 측도 마법사가 있었고 무엇보다 궁수들이 주술사를 족족 저격했다. 엘프 궁수들의 사거리는 장난이 아니었던 것이다.
"저건 뭐지?"
궁수 엘프들은 대부분 스킬 덕분에 시야가 넓었다. 그래서 멀리서 다가오는 거대한 공성 병기들을 바로 알아볼 수 있었다.
"??"
쉬이익-

[<장인이 만든 거대한 급조 대형 투석기>가 돌을 발사합니다!]

[<장인이 만든 거대한 급조 대형 투석기>가 즉석 시한폭탄을 발사……]

슈슈슝- 쾅! 콰쾅!
묵직한 소리와 함께 요새 벽을 두들기는 공격! 엘프들은 생각지도 못한 공격에 기겁해서 엎드렸다.
콰직! 콰지직!

[요새 벽이 16% 파괴되었습니다!]
[요새 벽이 23% 파괴되었습니다!]

"뭐야?!"
엘프 플레이어들은 깜짝 놀라 밖을 쳐다보았다. 오크들이 어마어마한 공성 병기들을 끌고 와서 요새를 때려 부수고 있었다. 벽에 의지하고 있던 그들로서 요새 벽이 무너지면 치명타!
"저걸 부숴야 해!"
"가자!"
공성 병기를 부수라는 퀘스트가 뜨자 플레이어들은 다급히 모여서 출발 준비를 했다.
'근데 오크 놈들 저거 어디서 난 거지? 고블린들이 도와줬나?'
'고블린들이 만든 건 저렇게 좋아 보이지 않던데? 엄청 대단한 고블린인가?'

CHAPTER 6

"음. 문제군."

"뭐가?"

태현이 중얼거리자 케인이 의아해했다. 지금 일은 너무 잘 풀려서 당황스러울 정도였다. 오크 쪽이 일방적으로 밀리던 상황에 태현이 합류하자 순식간에 상황이 뒤집힌 것이다.

한 명이 전장 상황을 바꿀 수 있다니! 잘 키운 제작 직업의 힘을 새삼 느낄 수 있었다.

"이대로 가면 너무 빨리 끝날 것 같아서 말이지……."

[공적치 포인트가 오릅니다.]

[공적치 포인트가 오릅니다.]

공성 병기를 만들어주고, 그게 활약한 덕분에 공적치 포인트가 쌓이고는 있었다. 그렇지만 이렇게 된 이상 태현은 더 욕심이 생겼다.

'기왕이면 이 영지전을 더 끌어서 공적치 포인트를 많이 쌓아야겠다.'

영지전이 길어지면 태현이 만들 공성 병기도 늘어나고 그사이에 챙길 보상도 많아질 것 아닌가.

"네가 잘 만든 걸 어떡해? 부술 수도 없고."

"맞아요. 선배가 너무 잘 만들어서 그래요!"

"그것도 맞는 말이긴 해. 다른 방식으로 개입해야겠다."

"?"

"엘프들 좀 도와주고 와야겠어."

케인과 정수혁, 그리고 몇 명 남은 연예인 일행까지 뜨뜻미지근한 눈길로 쳐다보았다. 유지수만 선망의 눈길로 쳐다볼 뿐!

"선배는 천재예요!"

"하하. 뭘 그렇게까지."

[퀘스트가 실패했습니다.]

[요새 내 사기가 하락합니다.]

[사기 하락에 따라 요새 내 스킬 실패율이 높아집니다.]

요새의 플레이어들은 초조해하고 있었다. 공성 병기를 부수러

나간 엘프 플레이어들이 역으로 당해 후퇴한 것이다. 요새 벽에 있을 때는 몰랐지만, 평지에서 오크 대부대와 붙는 건 장난이 아니었다. 수십 마리 잡는 거로는 절대 이길 수 없는 맹렬한 공격!

"마법으로 부수면 안 되나?"

"사거리가 안 돼. 주술사부터 시작해서 오크 정예 전사들이 빽빽하게 지키고 있더라."

"공성 병기를 사면?"

"여기 어디서 사? 엘프 대장장이 NPC들은 공성 병기 만들 줄 몰라."

"후후. 공성 병기를 원하십니까?"

엘프들은 깜짝 놀랐다. 처음 보는 상인 플레이어가 있었던 것이다.

"뭐야? 어떻게 들어왔어?"

"엘프도 아닌데?"

여기 공성전에 참가하려면 엘프 종족이나 오크 종족 중 하나여야 했다. 물론 다른 종족도 참가할 수는 있었지만, 두 종족보다 훨씬 더 많은 노력이 필요했다. 종족끼리 벌이는 싸움이다 보니 다른 종족들은 잘 안 받아주는 것!

"경비병을 설득해서 들어왔는데요?"

"와. 진짜?"

"엘프 상인도 아닌데 설득했다고? 화술 스킬이 대체 얼마나 높길래? 화술만 찍고 다녔나?"

"상인 직업이 화술 스킬이 높다던데……."

플레이어들은 수군거리면서 놀라워했다. 상인 직업은 저런 것도 되나 봐!

"근데 상인이 여기 와봤자 할 것도 없을 텐데?"

"맞아. 여기 이미 엘프 상인 NPC 있다고."

요새 안에는 엘프 대장장이, 엘프 재봉사, 엘프 상인 등등 NPC들이 있었다. 품질로는 어디 가서 밀릴 일 없는 NPC들!

"아. 잡템 사 가려고 온 모양이다."

"그렇군. 오크 잡템을⋯⋯."

"아닙니다. 전 공성 병기를 팔러 왔습니다."

"공성 병기를?!"

"어떻게? 아니. 그보다 믿을 만한 아이템이긴 해?"

플레이어들은 일단 의심부터 하고 봤다. 왜냐하면 공성 병기는 아무나 만들 수 있는 게 아니었으니까. 막말로 그들도 지금 공성 병기는 만들 수 있었다. 〈급조한 투석기〉나 〈이걸 누가 만들었는지는 안 밝히는 게 좋을 창 발사기〉 같은 것들! 대장장이 기술 스킬이 있다면 이런 걸 만들 수는 있었지만⋯⋯. 문제는 그 뒤였다.

'저, 저거 왜 앞으로 발사했는데 뒤로 날아오냐!?'

'창 발사대가 폭발했어!'

기계공학 스킬이 부족한 상태로 만들 만큼 공성 병기는 만만한 게 아닌 것! 잘못 건드렸다가는 오히려 팀킬만 하고 욕을 먹을 수 있었다.

"걱정 마십시오. 제가 팔 공성 병기는 무려⋯⋯."

"무려?"

"김태현 님이 만드신 겁니다."

대장장이 랭커들은 검이면 검, 창이면 창, 갑옷이면 갑옷. 이렇게 자기 전문 분야에서는 이름만으로 장인 취급을 받았다. 태현은 기계공학에서 장인 취급!

"진, 진짜로? 우리 제작자 확인 가능하다? 만약에 김태현이랑 같은 이름 가진 놈이 만든 거로 사기 치면……."

"하하. 성능이 다른데 그게 먹히겠습니까?"

"하, 하긴 그렇지."

"잠깐만! 내가 엘프 사령관한테 말하고 올게!"

엘프 플레이어들은 호다닥 움직였다. 공성 병기를 갖고 와서 바치면 그 자체로 엄청난 공적치 포인트! 그사이 케인과 골골이는 낑낑대며 공성 병기를 안으로 끌고 왔다.

"으윽…… 왜 내가……."

"너하고 골골이가 그나마 힘이 제일 높거든. 이다비도 높긴 한데 걔는 지금 아직 안 와서."

"크흑! 이다비! 빨리 와줘!"

"하연이도 널 응원하고 있을 거야."

"그…… 그래. 열심히 해야지."

'이 자식 더 써먹기 편해진 기분인데……'

태현은 케인을 신기하다는 듯이 쳐다보았다. 어떻게 거기서 더 써먹기 편해질 수 있지?

"췍! 저 엘프 놈들이 대체?!"

"취익. 취익. 이건 말도 안 된다."

오크들은 혼란에 빠진 얼굴로 웅성거렸다. 엘프 축성술로 만든 요새 벽을 때려 부술 때만 해도 좋았다.

그런데 갑자기 엘프 쪽에서 공성 병기가 등장한 것이다. 사거리가 똑같으니, 요새 안에서 쏘아대는 엘프 쪽이 유리할 수밖에 없었다. 게다가 엘프 쪽은 궁수 숫자가 압도적! 위치 확인부터 발사까지 오크들이 밀렸다. 덕분에 오크들이 갖고 있던 공성 병기들은 공격을 받고 반쯤 부서져 버렸다.

"취익! 인간 모험가! 네 도움이 필요하다!"

"췍! 네가 없으면 안 된다!"

어느새 태현에게 의지하고 있는 오크들! 다른 부족의 오크들도 찾아와서 '췍 너희 공성 병기 더 없냐', '더 내놔'라고 말하고 있는 상황이었다.

[오크들이 매우 간절히 공성 병기를 원하고 있습니다! 추가 공적치 포인트를 얻습니다!]

'녀석들······.'

태현은 흐뭇하게 웃었다.

"물론 고치고 새로 만들어주지!"

어느새 존댓말에서 반말로! 그러나 아무 오크도 따지지 않았다. 그만큼 태현의 위치가 올라간 것이다.

[오크 부족 내 평판이 매우 상승합니다.]
[원할 경우 오크 부족 내 자리를 받을 수 있습니다.]
[현재 받을 수 있는 자리는 다음과 같습니다.]
[오크 명예 투사 지휘관: 오크 전사들 중 특출난 투사들을 이끄는 자리입니다.]
[오크 공성전 전문가: 공성전이 있을 때 가장 최전선에 서서……]

'이런 건 필요 없는데.'
태현은 그냥 여기서 지팡이만 받은 다음 고르수크만 데리고 도망칠 생각이었다. 이상하게 점점 높아지는 평판!
"췩. 네가 있으니 든든하다. 모험가."
"쥐익. 너만큼 일 잘하는 인간은 없다."
지나갈 때마다 친근하게 말을 걸어대는 오크들까지!
'지팡이나 챙겨야지.'
태현은 부족장에게 찾아갔다. 사이에 끼어서 문제를 일으킨 덕분에 공적치 포인트는 꽉꽉 늘어난 상태였다.
"부족장. 보상을 받고 싶은데."
"췩. 뛰어난 인간 모험가! 무엇이든 말해라!"
부족장은 친절했다. 태현이 이제까지 보여준 능력 때문!
"그 지팡이를 갖고 싶습니다."

"칙, 이걸 말이냐?"

부족장은 의아해했다. 태현은 살짝 긴장했다.

'안 되나?'

공적치 포인트가 높다고 무엇이든 받을 수 있는 건 아니었다. 설마 저게 뭐라도…….

"취익. 이런 걸 왜 원하는지 모르겠군. 원한다면 주겠다. 가져가라!"

태현은 저 태도를 보자 살짝 불길해졌다.

저 지팡이 정말 쓸 만한 거 맞아?

[<시이바의 파편이 박혀 있는 낡은 지팡이>를 얻었습니다.]

시이바의 파편이 박혀 있는 낡은 지팡이:

내구력 30/30, 마법 공격력 5

<반짝반짝> 사용 가능. 시이바의 파편이 박혀 있는 낡은 지팡이다. 시이바는 마법과 관련 있지 않기에 딱히 마법적인 능력을 올려주지는 않는다. 하지만 지팡이 끝이 위엄차게 빛나니, 이걸 좋아하는 사람도 조금은 있을 것이다.

뭔 이런 쓰레기 같은…….

순간 태현은 고르수크를 욕하는 오크 부족들을 이해했다. 멀쩡한 지네 신 냅두고 슬라임 신을 믿으니 미친놈 취급을 받지!

'앗. 이건 약간 아키서스 같기도…….'

[<권능 포식> 스킬을 사용할 수 있습니다. 사용하시겠습니까?]

'그래…… 사용해야지. 뭐 하겠냐.'
태현은 한숨을 쉬며 사용했다. 이 지팡이를 그냥 둬서 어디
에 쓰겠는가. 어두울 때 조명으로?

[<권능 포식> 스킬을 사용했습니다.]
[시이바의 권능, <슬라임 분신 소환> 스킬을 얻었습니다!]
[시이바의 권능을 얻었습니다. 슬라임들에게 엄청난 호감을 얻
습니다.]
[시이바는 슬라임을 공격하는 것을 좋아하지 않습니다. 슬라임
을 공격할 경우 시이바의 저주가 내릴 수 있습니다.]

태현은 고개를 갸웃거렸다. 아니, 생각해 보니 슬라임의 신
이 슬라임을 챙기는 건 맞긴 한데, 그의 옆에는…….

[카르바노그가 왜 그러냐며 천진난만하게 묻습니다.]

'……아냐. 됐다.'
깊게 파고들면 자기만 이상해질 것 같았다. 태현은 그냥 넘
어가기로 했다.
'근데 슬라임 분신 소환은 꽤 괜찮아 보이는데?'

분신 관련 스킬은 언제나 고급 스킬이었다. 마법사들이 분신 관련 스킬 하나 얻으려고 얼마나 고생을……

〈슬라임 분신 소환〉
슬라임으로 이루어진 분신을 소환합니다. 분신은 느리게 움직이며, 공격을 받을 경우 분신이 풀립니다.
분신의 레벨은 시전자의 레벨과 같습니다.
분신은 다른 스킬을 사용할 수 없습니다.

'음. 안 괜찮군.'
태현은 이 스킬의 문제점을 바로 알아차렸다.
일단 이동 속도 느리고, 스킬도 다 금지고…… 그러면 평타로만 승부해야 하는데, 하필이면 태현의 약점은 비교적 낮은 레벨이었다. 이제 고렙 플레이어들 중에서 레벨 150을 넘기는 놈들이 수두룩하고, 예전에는 까마득한 레벨 200을 넘긴 랭커들이 속속히 나오고 있는 지금.
태현의 레벨은 아직도 124였다.
'전투용으로는 못 쓰겠군……'

-슬라임 분신 소환!

파앗!
'엄청 똑같긴 하네. 리얼하고.'

분신 만드는 스킬들 중에서 이렇게 똑같이 만드는 스킬은 드물었다. 보통 자세히 보면 티가 나서, 태현처럼 눈치 빠르고 감이 좋은 사람은 바로 알아차릴 수 있었다.

그런데 이 슬라임 분신은 정말 감쪽같았다.

'나중에 페이크 칠 용도로 써야겠다.'

태현은 입맛을 다시며 분신을 해제시켰다. 그래도 못 쓸 정도는 아니었으니까.

그때 고르수크가 다가왔다.

"지팡이를 얻었나?"

"그래. 지팡이가 날 선택하고 시이바의 권능을 빌려주던데."

[카르바노그가 정확히 말하자면 권능을 뺏은 것에 가깝다고 합니다.]

"뭐…… 뭐라고?! 그게 정말인가? 역시…… 시이바 님이 교단을 세우라고 말하는 게 분명해!"

"……그건 아닌 것 같지만."

"잘 됐군, 잘 됐어! 이제 이 부족을 떠나면 되겠군."

"하하. 잠깐 좀 기다려 봐."

고르수크는 고개를 갸웃거렸다. 여기 더 있을 이유가 있나?

"칙! 인간 모험가! 여기 와라! 내가 갑옷을 닦아주겠다!"

"취익. 인간 모험가! 여기 엘프들한테서 뺏은 엘프 활이 있다. 이거 너 가져라!"

어떻게 된 게 부족 출신인 고르수크보다 더 친해 보이는 태현!

고르수크는 안달을 내며 말했다.

"빨리 가서 교단을 짓자!"

"아니. 난 가려고 하는데 얘네들이 자꾸 뭘 챙겨주네."

가만히만 있어도 아이템이 굴러 들어오는 상황.

어마어마하게 높은 평판과 친밀도 덕분이었다.

이다비는 아직 에스파 왕국으로 출발하지 못하고 있었다.

못 끝낸 일이 있었기 때문이었다.

"이걸 어떻게 팔 수 있을까?"

"이걸 누가 사죠?"

"그러게 말입니다."

이다비와 파워 워리어 길드 간부들의 고민!

다니엘의 기계공학 잡템들을 어떻게 팔아치워야 하는가!

"그냥 알아서 사라고 하면 안 됩니까?"

"안 돼. 폭탄 말고 다른 거 만드는 기계공학 대장장이가 얼마나 귀중한데! 키워야 해!"

이다비는 단호하게 외쳤다. 영지 대장장이들이 폭탄만 만드는 지금, 다니엘 같은 인재는 어떻게든 키워야 하는 인재였다. 제작 직업 같은 경우는 자기가 만든 아이템이 팔려서 사용되면 추가 경험치가 들어왔다. 어떻게든 팔아야 한다!

"좋은 생각이 있습니다."

"뭐지?"

"상자를 준비합니다. 그리고 여기에 넣어서 파는 겁니다. 안에 뭐가 들었는지는 말 안 하고요."

"?"

"그걸 누가 사?"

"맞아. 어떤 미친놈이 그걸……."

"몇 명은 사더라도 잘 안 팔릴걸."

길드 간부들은 대번에 부정했다. 그러나 의견을 꺼낸 간부는 자신만만했다.

"미끼가 필요하죠."

"미끼?"

"상자 하나에는 태현 님이 만든 아주 쌈박한 기계공학 아이템을 넣는 겁니다. 그리고 홍보하는 거죠! 아주 희박한 확률로 그게 나올 수 있다고!"

"이…… 이…… 이런 똑똑한 놈!"

"그런 좋은 아이디어가! 넌 천재냐!"

간부들은 대번에 무릎을 쳤다.

이건 먹힌다! 먹힐 수밖에 없다!

"당장 상자 만들자! 하나씩 담으러 가자!"

"그런데 태현 님이 만든 건 어디서 구해?"

"길마님…… 혹시 오토바이를……."

이다비는 단호하게 거절했다. 그게 어떤 건데 감히!

"싫어!"

"역시 그렇죠. 그러면 새로 만들어달라고 하는 수밖에 없겠는데요."

"지금 퀘스트에 대회에 바쁘신데 그건 좀……."

"길마님! 길마님밖에 없어요!"

"이건 태현 님한테도 좋은 일이잖아요!"

"맞아요!"

길드 간부들은 납죽 엎드려서 매달렸다. 여기서 그나마 태현한테 말이라도 붙일 수 있는 사람은 이다비밖에 없었다. 다른 사람들은 이미 쓰라린 경험을 한 적이 있었던 것이다.

-태현 님. 좋은 아이디어가 있습니다.

-뭔 아이디어?

-태현 님의 캐릭터 장비를 만들어서 파는 겁니다. 캐릭터 상품인 거죠.

-너 미쳤냐?

'그건 아이디어가 문제였던 것 같은데……'

"알겠어. 말해볼게."

"길마님 만세! 파워 워리어 만세!"

"다들 시끄러우니 좀 그만해……."

남들이 들으면 부끄러울 구호를 거침없이 외치는 그들!

'일단 일 마무리됐으니까 바로 출발해야지.'

이다비는 그렇게 생각하며 에스파 왕국으로 향했다.

상황은 태현의 예상을 완전히 벗어났다.

"아니…… 이런 미친."

태현은 정신을 차리기 위해 노력했다. 이 상황에서 어떻게 해야 하는가?

"인간 모험가! 너밖에 없다. 네가 우리 부족을 이끌어야 한다!"

한 시간 전. 태현은 가만히 있어도 굴러들어오는 보상을 착 착 챙기고 느긋하게 있었다.

공적치 포인트를 뭐로 소비할까?

세상에서 가장 즐거운 시간이 이런 보상 고르는 시간 아닌 가. 태현은 느긋하게 보상을 고르고 있었는데…….

[황야 무쇠 부족의 부족장이 쓰러졌습니다!]

[엘프 부족의 공성 병기가 그를 저격했습니다!]

[명성, 악명이 오릅니다.]

[기계공학 스킬……]

갑자기 떠버린 뜬금없는 메시지창!

"아니 뭔 미친?!"

방금까지 이야기 나눴던 부족장이 한 방에 갔다는 메시지창에 태현은 어처구니가 없었다. 태현만 놀란 게 아니었다. 쏜 엘프 플레이어들도 놀랐다.

"야. 너 저걸 맞춘 거야!? 저 거리에서!?"
"아, 아니. 나는 그냥 대충 위협하려고 쐈거든? 근데 이게 그냥 맞춰버리네……."
"너 진짜 운 대단하다!"
"아니야. 이건…… 실력이야! 내 실력이야!"
"뭐라는 거야 미친놈이."

태현은 예상 밖의 상황에 당황했다. 너무 공성 병기를 잘 만든 탓에 일어난 상황!
'아니…… 침착하자. 일단 공적치 포인트는 받았고, 지팡이도 받은 상태잖아. 계획에 차질은 없어.'
태현은 빠르게 상황을 정리했다. 다행히 부족장한테서 미리 지팡이를 받아놓은 상태였다. 안 그랬으면 일이 대번에 꼬일 뻔했다.
'남은 공적치 포인트 한 번에 쓰고 그냥 빠져야겠다. 부족장 죽었으니 오크들이 뭘 할지 모르니까.'
태현의 예측은 정확하게 맞아떨어졌다. 오크들은 정말 뭘 할지 모른다!
우르르-
갑자기 황야 무쇠 부족의 오크들이 태현을 향해오더니 빙 둘러쌌다. 태현은 움찔했다.

'들켰나?'

일단 의심부터 하고 보는 인생!

[카르바노그가 좀 착하게 살라고 합니다.]

"취익. 인간 모험가. 부족장님이 쓰러지셨다."

"취익. 너무 슬프다. 하지만 우리는 계속 싸워야 한다."

"그래. 맞는 말이야. 열심히 해."

태현은 일어섰다. 슬슬 빠져나가야겠다!

"칙. 우리를 이끌어줄 사람이 필요하다."

응?

"취익. 우리끼리 이야기를 나눠봤다. 그러자 한 가지 결론이 나왔다."

"잠깐……."

이건 설마…….

"너밖에 없다! 인간 모험가! 새로운 족장이 되어 우리를 이끌어다오!"

"아니…… 이런 미친."

[황야 무쇠 부족 내 평판이 매우 높습니다!]

[황야 무쇠 부족과 친밀도가 매우 높습니다!]

[명성이 매우…….]

[악명이 매우…….]

이제까지 했던 것들이 모조리 압도적인 보너스로 바뀌는 상황! 태현이 해왔던 게 너무 대단해서, 오크 부족 사이 모든 경쟁자를 제치고 바로 부족장 자리로 추대가 되었다.

오크 전사 하나가 나와 말했다.

"췍. 원래 내가 부족장이 되고 싶었지만……."

"네가 해도 괜찮아! 널 보니 아주 훌륭한 부족장이 될 것 같은데?"

"췍. 아니다. 널 보면서 깨달았다. 이런 상황에서 부족장은 너 같은 사람이 해야 한다. 췍."

코밑을 쓱 훔치며 엄지를 치켜드는 오크 전사!

"아니, 난 인간인데……."

"취익! 인간인 게 뭐 어떠냐! 넌 누구보다도 오크 같은 인간이다!"

"췍! 맞다! 종족으로 차별하는 건 옳지 않다!"

태현은 슬슬 상황이 꼬였다는 게 피부로 느껴졌다.

"거절을……."

[평판이 너무 높……]
[명성이……]
[거절할 수 없습니다!]
[황야 무쇠 부족의 부족장이 되었습니다!]

"취익! 취익!"
"새 부족장이다! 새 부족장!"

[황야 무쇠 부족의 새 부족장이 되었습니다.]
[황야 무쇠 부족에 명령을 내릴 수 있습니다.]
[황야 오크 부족들이 현재 연합해서 공성전을 벌이고 있는 중입니다. 부족장 회의가 열리면 참석해야 합니다.]
[현재 공성전 중입니다. 공성전 지역을 벗어날 경우 페널티가 붙습니다. 공성전에서 너무 심한 실수로 패배할 경우 다른 부족들이 당신을 공격할 수 있습니다.]

"이…… 이것도 노린 거야?"
케인은 얼이 빠진 얼굴로 물었다. 갑자기 부족장 천막으로 이동되더니 주변에 오크들이 쫙 깔려서 '와! 새 부족장! 만세!' 이러기 시작한 것이다. 도저히 따라갈 수 없는 급전개!
"후…… 미친."
"아닌 것 같은데요?"
"아닌 것 같지?"
"아니에요! 선배는 다 계획한 게 분명해요!"
유지수는 단호하게 외쳤다. 태현은 고개를 저었다.
"아니에요?"
"응."
"네……."

태현은 한숨을 한 번 쉬고서 말했다.

"원래 공적치 포인트 쓰고 빠져나갈 생각이었는데 큰일인데."

"왜? 그냥 튀면 안 돼?"

"응. 저놈들이 부족장이라고 쫓아온대."

오싹!

케인은 순간 소름이 돋는 걸 느꼈다.

"공성전 도중에 탈주하면 그거 관련으로 왜 탈주했냐고 쫓아와서 따질 것이고…… 납득이 안 가면 내 영지를 공격하겠군."

한 번 원한을 만들면 절대 잊지 않고 찾아오는 오크들! 태현은 이미 한 번 대족장과 관련된 악연이 있었다. 새로운 악연까지 추가하고 싶지는 않았다.

"설, 설마 그렇게까지 갈까?"

"얘네만 있는 거면 모를까 다른 부족들과 연합된 상태인데, 괜히 목표를 만들어주지 말자. 적당히 마무리 짓고 가야겠어."

"어떻게 하려고?"

"일단 이 공성전을 성공적으로 끝낸 다음, '이제 내가 할 일은 다 했으니 너희들이 알아서 해라!'고 하면 되겠지. 그 정도면 공성전 탈주했다고 난리 치지도 않을 거고."

태현은 깔끔하게 정리 내렸다. 태현의 능력이라면 저런 요새 하나 공략하는 건 문제도 아니었다.

"저 왔어요."

"이다비!"

"대체 무슨 일이 있었던 거죠?"

"그게 이야기하면 긴데……."

태현은 연예인 일행들을 사용해서 던전을 돌파했던 것부터 시작했다. 예상대로 이다비는 깜짝 놀랐다.

"그런 좋은 방법이!"

"그치? 그치?"

"파워 워리어 게시판에 지원자를 모아볼까요?"

"그것도 나쁘지 않겠네."

"아 참. 태현 님. 길드 내에서 이런 의견이 나왔는데……."

이번에는 태현이 깜짝 놀랐다.

"그런 좋은 방법이!"

"앗. 그런가요?"

"아주 좋은 방법 같아! 재고 처리하기 딱 좋겠는데?"

둘의 대화를 다른 사람들은 짜게 식은 눈빛으로 지켜보고 있었다.

"일단 상품으로 쓸 건 나중에 만들고…… 지금은 저기 요새부터 공략할 거야."

"저기 요새요? 지금 랭커들 오고 있는데 괜찮나요?"

"응?"

태현은 의아해했다. 뭔 랭커?

이다비는 게시판의 영상을 켜서 보여주었다. 덩글랜드 왕국의 랭커 플레이어들이 요새에 오고 있었던 것이다.

"아니 왜 갑자기?"

"여기 공작이 엄청나게 보상을 걸었나 봐요. 그래서 참가 안 하던 플레이어들도 다들 오고 있다고."

"끙……."

태현은 혀를 찼다. 계획의 변수가 점점 늘어나고 있는 상황!

'다 처리할 수 있으려나?'

-주인님.

골골이한테서 연락이 왔다. 태현은 골골이를 엘프 요새에 남겨두고 왔던 것이다.

언제나 만약을 대비하는 치밀한 준비!

-여기 엘프 지휘관이 주인님을 보고 싶다고 합니다.

-뭐? 분위기가 어떤데. 죽이려고 부르는 거 같냐, 살리려고 부르는 거 같냐?

-……일, 일단 죽이려고 부르는 건 아닌 것 같습니다.

-혹시 거기도 지휘관 죽어서 나한테 지휘관을 시키려는 건 아니겠지…….

-네? 그게 무슨 말도 안 되는 소리이십니까?

-알아. 인마. 나도 알아.

태현은 투덜거렸다. 오크 부족이 이상한 거였지…….

"일단 요새 가서 정탐 좀 하고 와야겠다."

"어? 부족장인데 가도 돼?"

"물론 안 되지. 너한테 대리를 맡긴다."

태현은 케인에게 〈황야 무쇠 부족장의 망치〉를 건넸다.

[임시로 부족장의 지휘권을 넘깁니다. 자격이 압도적으로 부족합니다. 오크들이 불만을 가질 가능성이 높아집니다. 실수할 경우 오크들이 들고일어날 수 있습니다.]

"잠, 잠깐. 이거 내가 해도 되는 거 맞아?!"

"잠시만 하고 있어. 별다른 짓 안 해도 돼. 쟤 앞에서 멋진 모습을 보여주고 싶잖아."

케인은 태현을 보고, 하연을 본 다음, 다시 태현을 보았다.

그리고 각오한 얼굴로 고개를 끄덕였다.

"할게!"

"너 정말……."

"뭐?"

"아냐. 아무것도."

엘프 요새로 들어온 태현은 주변을 두리번거렸다.

철저하게 기계공학적인 시선으로!

'어디에 폭탄을 몰래 설치하고 가야 할까?'

랭커들이 늘어났다고 해서 태현의 생각이 바뀌지는 않았다. 어차피 정면 승부할 생각도 없었으니까!

'요새만 박살 내면 숫자 때문에 오래 버티진 못할 거야.'

랭커들이라고 해서 무적은 아니었다. 평지에서 계속 덤비는 오크들을 잡을 순 없었다.

"여기로 오십시오."

[엘프 공작, 겔렌델이 당신의 업적을 듣고 당신을 직접 만나려고 합니다. 고귀한 엘프 공작을 직접 만나는 건 명예로운 일입니다!]

'내가 뭘 했더라? 아…… 오크 부족장 저격했지…….'

그제야 왜 엘프 지휘관이 직접 만나려고 했는지 깨달았다. 태현이 만든 공성 병기가 너무 활약을 한 것!

-이다비. 덩글랜드 왕국의 엘프 공작 겔렌델에 대해 나온 정보 좀 있어?

-별로 없어요. 오크를 매우 싫어하나 봐요.

-오크 안 싫어하는 엘프가 어디 있어?

확실히 오크를 안 싫어하는 엘프는 드물었다. 기본적으로 종족 특성인 것!

-좀 많이 싫어하는 것 같던데요.

-으음…….

태현은 머리를 굴렸다. 겔렌델에게 뭘 해야 강한 인상을 남길 수 있을까?

'이용해 먹기 위해서는 먼저 친해져야지.'

[카르바노그가 아키서스 교단의 신조냐며 감탄합니다.]

'〈오크 선조들의 해골 목걸이〉는…… 아니다. 이건 좀 그렇지.'

김태산이 들었다면 가슴이 철렁 내려앉았을 소리!

'이건 좀 아까우니까. 음, 뭘 바쳐야 하나.'

태현만큼 오크 관련 희귀 아이템들을 많이 갖고 있는 사람도 드물었다. 대족장부터 시작해서 오크를 지겨울 정도로 많이 털어온 태현! 하도 많으니 뭘 줘야 할지도 고민이었다. 너무 적당한 걸 주면 효과가 별로 없을 것 같고, 너무 좋은 걸 주기도 그랬고…….

'아. 이걸 꺼낼까?'

태현은 〈오크 두개골 분쇄기〉를 꺼냈다. 잘츠 왕국에서 토끼를 쓸어버리고 백작에게 직접 받은 보상!

오크 상대로 각종 버프가 들어가는 무기인 데다가, 무기 자체가 백작이 직접 오크를 쓰러뜨릴 때 썼던 무기니만큼 선물로는 충분했다. 태현은 그보다 더 강한 장비들을 얻었거나, 만들 수 있어서 한동안 쓰지 않았으니…….

"그, 그 무기는 뭡니까?"

태현이 갑자기 커다란 무기를 꺼내자 엘프 시종이 기겁했다.

"아. 공작님께 바칠 선물입니다."

"그런 걸…… 좋아하실 것 같지는 않습니다만…… 어쨌든 들어오십시오. 공작님 앞에서는 예의를 지켜주셔야 합니다.

이번 수성전에서 공을 세우긴 했지만 공작님은 무례한 사람을 싫어하시니 말입니다."

'엘프들은 까다로워서 귀찮아……'

유난히 깐깐하고 성격 꼬인 놈들이 많은 게 엘프 NPC들!

오크들만 상대하다가 엘프들을 상대하게 되니 기분이 묘했다.

"공작님. 공을 세운 모험가를 데려왔습니다."

"들어오라고 해라. 이건 뭐냐?"

"모험가가 바치려고 한 무기인데…… 보기 흉하면 치우겠습니다."

"아니. 잠깐…… 이건 오크 피잖아! 오크 피로 물든 무기라니!"

"치, 치우겠……."

"이런 귀한 걸!"

[엘프 공작 겔렌델이 당신의 선물에 매우 감동합니다! 친밀도가 크게 오릅니다!]

"공을 세운 인간 모험가라고 들었는데, 이런 감동적인 마음 씀씀이라니…… 자네에게는 엘프의 마음이 조금 있을지도 모르겠어."

오크한테는 오크 같은 인간이라고 듣고, 엘프한테는 엘프 같은 인간이라고 듣고, 고블린한테는 고블린 같은 인간이라고 듣고……. 가는 종족마다 '넌 우리 종족 같은 놈이야!'라고 듣는 태현이었다.

어쨌든 선물은 제대로 고른 셈이었다. 덕분에 일이 몇 배로 쉬워지게 되었다.

"공작님. 오크들을 용감무쌍하게 쓸어버리시던 공작님을 평소에 존경하고 있었습니다! 저 또한 오크들과 평생 싸워온 사람으로 공작님을 한번 뵙고 싶었던……."

[칭호: <오크 대군세를 막아낸 영웅>……]
[칭호: <오크 사냥꾼>……]

확실히 태현은 거짓말은 하지 않았다. 태현만큼 오크 네임드 보스를 많이 쓰러뜨린 플레이어도 드물었던 것!

[엘프 공작 겔렌델의 친밀도가……]
[친밀도가 더 오릅……]
[친밀도가 최대치에 도달합니다. 더 이상 친밀도가 오르지 않습니다.]

태현도 놀랄 정도의 효과! 무슨 첫눈에 반한 것처럼 겔렌델은 태현을 마음에 들어 했다.

"자네 아주 마음에 들어! 우리 같이 오크의 머리통을 부수러 나가지 않겠나?"

호리호리한 엘프 공작이 도끼를 빙빙 휘두르며 저런 소리를 하니 그것만큼 언밸런스한 것도 없었다. 태현은 일단 이야기를 돌렸다. 환심을 샀으니 중요한 건 정보를 얻는 것이었다.

"공작님. 여기 에스파 왕국에 온 것은 여기 땅을 점령하기 위해서라고 알고 있습니다. 그렇지만 이 에스파 왕국의 땅은 척박해서……."

"아닌데?"

공작은 자기 말을 부정했다.

태현은 당황했다. 아니야?

'그러면 엘프 기사들 데리고서 플레이어들까지 부를 이유가 없지 않나?'

"그냥 오크들 머리통을 쪼개고 싶어서 온 건데?"

이게 오크야 엘프야?

오크도 이렇게 욕망에 충실하게 사는 오크는 드물었다.

[카르바노그도 감탄합니다. 보기 드문 엘프입니다!]

그러거나 말거나 공작은 자기 할 말을 이었다.

"잘 보라고. 여기 요새를 설치하면 여기부터 여기까지 다 공격이 가능하지."

"공격해서 점령을……?"

"응? 아니. 그냥 오크 놈들 머리통을 쪼갤 거니까."

태현은 이제야 확신이 섰다. 반반한 얼굴 때문에 처음에는 오해를 했지만…….

'이 공작은 미친 공작이었군!'

엘프 공작 겔렌델은 그냥 맛이 간 것! 그렇게 보면 이해가 쉬워졌다.

'그래. 그러면……'

미친 사람에게는 미친 대화를 해줘야 격이 맞았다. 태현은 맞장구를 쳤다.

"아주 좋은 생각입니다. 오크들의 머리통을 더 많이 부술 수 있겠군요!"

"그렇지? 내 자네가 좋아할 줄 알았어. 자네를 보는 순간 딱 감이 왔지."

"……?"

"자네도 나만큼 오크 머리통을 부수길 좋아하는 사람이라는 걸 말이야. 흠흠. 이렇게 말하니 좀 부끄럽군."

쑥스러운 듯 얼굴을 붉히는 겔렌델! 태현은 미친놈 보듯이 보려다가 재빨리 표정 관리를 했다.

'참자. 참아.'

저런 놈한테 같은 사람 취급을 받으니 기분이 묘했다.

[카르바노그가 아무리 엘프 공작이라도 당신을 따라오지는 못할 거라고 말합니다.]

'고맙…… 잠깐. 말이 이상한데?'

그러거나 말거나 겔렌델은 계속해서 태현을 좋게 말했다.

누가 보면 고백하는 줄 알겠다!

"오해하지 말고 듣게. 내가 이런 소리를 자주 하는 엘프는 아니야. 그렇지만…… 자네를 보니 이 말을 꼭 하고 싶어. 나와 같이 오크들의 머리통을 부수러 가지 않겠나?"

〈오크 머리통을 모아라-엘프 공작 겔렌델 퀘스트〉

오크를 향해 몇 대에 이어지는 원한을 갖고 있는 엘프 공작 겔렌델은 자다가도 오크 소리만 들으면 벌떡 일어서는 엘프입니다.

진정한 친구는 처음 만나서 눈빛만 마주쳐도 뜻이 통하는 법. 엘프 공작 겔렌델은 당신을 보고 둘도 없는 친구라고 여기고 있습니다. 그의 제안을 거절하지 마십시오…… 엘프 공작이 당신을 오크라고 생각하면 서로 좋지 않을 테니까요.

보상: ?, ??

'뭐 이리 불길한 퀘스트가 다 있어?'

설명부터 '거절하면 엘프 공작이 오크 머리통 대신 네 머리통을 깨부술 수도 있다'고 말하고 있지 않은가. 태현은 머리를 최대로 회전시켰다. 지금 이 상황. 이 요소들을 어떻게 써먹어야 하는가?

"공작님!"

"?"

"저도 오크 머리통을 부수러 가고 싶습니다. 하지만 여기 오크 놈들은 영 기개가 없습니다. 제가 알아보니 벌써 도망치려고 하고 있더군요."

[공작이 당신의 말을 철저히 믿습니다.]

"뭐? 안 돼!"

공작은 태현의 말에 펄쩍 뛰었다. 어딜 도망가!

"말도 안 돼, 말도 안 돼! 도망을 치다니. 끝까지 싸워야 해!"

"정말입니다. 여기 오크 놈들은 겁쟁이라 공작님의 명성만 듣고 벌써 도망치려고 하고 있습니다. 게다가 부족장까지 하나 죽지 않았습니까."

"아. 그놈."

"공작님. 오크들의 머리통을 부수고 싶으시다면 다른 곳도 있습니다."

"어딘데?"

"바로 여기입니다."

덩글랜드 왕국은 중앙 대륙의 북서쪽에 위치한 섬나라. 즉 에랑스 왕국을 지나 남쪽으로 쭉 내려오면 에스파 왕국이지만, 동쪽으로 가면…… 잘츠 왕국, 오스턴 왕국, 우르크 지역!

태현은 오스턴 왕국의 항구 도시를 가리켰다. 북쪽 바다와 맞닿아 있고, 동쪽으로 산맥 하나 넘으면 바로 우르크 지역이 나왔다.

"여기? 여기 오크가 있나?"

"있습니다! 게다가 여기 옆이 어디입니까? 우르크 지역입니다. 오크들이 득시글거리죠! 여기 오크 놈들이 아주 기가 강합니다. 절대 도망을 안 쳐요!"

태현의 목적은 하나였다. 길드 동맹이 점령한 오스턴 왕국에 폭탄 드랍!

"공작님. 잘츠 왕국이나 오스턴 왕국은 바로 북쪽 항구 도시들에 내리면 되지만, 우르크 지역은 툭 튀어나온 땅덩어리와 섬들로 막혀 있어 바로 가기 힘듭니다. 일단 가장 가까운 도시를 하나 점령하고 근처의 오크들을 싹 쓸어버리는 게 어떻습니까?"

"으음…… 우르크 지역의 오크들이 탐나긴 하는군. 그리고 또 오크들이 많다니…… 그렇지만 여긴 오스턴 왕국의 영역 아닌가?"

에스파 왕국은 말이 왕국이었지, 오크 부족들의 연합국가였다. 오크 싫어하는 공작이 그런 걸 신경 쓸 리 없었다.

그에 비해 잘츠 왕국이나 오스턴 왕국은 나름 멀쩡한 왕국. 그런 왕국을 맘대로 건드릴 수는 없었다.

"오스턴 왕가는 반역자들 때문에 쫓겨났잖습니까? 반역자들이 뭐 그리 두렵습니까? 명예롭지 않은 인간 놈들입니다!"

"으음. 그건 확실히…… 근데 자네도 인간이잖……."

"공작님. 혹시 두려우십니까?"

"뭐라?!"

공작이 분노했다. 이런 사람에게 가장 효과적인 건 이런 도발이었다.

"내가 두려움을 느낀다고? 절대 그럴 일은 없다!"

"맞는 말씀이십니다. 공작님께서 오스턴 왕국의 반역자들을 두려워하실 리 없지요."

"하지만 여러 문제가 많은데…… 일단 내 병사들과 여기 온 모험가들을 다시 실어서 저기까지 날라야 해. 먼 거리가 되니 배가 많이 필요할 거다."

"제가 마련해 드리겠습니다."

"?!"

"오크 머리통을 부술 수 있다면 제가 못할 게 뭐가 있겠습니까!"

"자네…… 내가 왜 자네를 이제까지 만나지 못했을까!"

겔렌델은 태현을 그윽한 눈길로 보며 외쳤다.

"그렇지만 잠깐 기다려 보지."

"예?"

"저기 오크들이 도망 안 칠 수도 있잖나. 먼 오크들 때문에 눈앞의 오크들을 소홀히 하는 그런 엘프는 되고 싶지 않네."

'뭔 개소리야……'

태현은 그렇게 생각했지만 고개를 끄덕였다.

어차피 오크들은 후퇴시킬 생각이었다.

"내게 비책이 있다!"

"취익! 인간 모험가! 대단하다! 어떤 비책이냐!"

"후퇴하는 거다!"

싸아악-

[황야 독뱀 부족 부족장이 별로 좋아하지 않습니다.]
[황야 불꽃 부족 부족장이……]

후퇴의 '후' 자만 들어도 싫어하는 오크들!

태현은 끈기 있게 설득에 나섰다.

"자. 잘 생각해 봐라. 지금……."

"칙. 인간 모험가 말을 들어보니 그럴듯한 거 같기도 하다."

"……난 아직 설명 시작도 안 했는데?"

"취익. 미안하다. 인간 모험가를 보니 믿음직스러워서 먼저
말했다."

"칙. 나도 그렇다."

부족장 회의에서도 발산되는 매력!

태현은 일단 설명을 계속했다.

"지금 물러서면 엘프 놈들은 기세등등해져서 따라올 거다.
지금 엘프 놈들이 잘나가고 있는 이유는 비겁하게 요새 벽을
의지하고 있어서잖아?"

"칙! 맞다!"

"요새 벽만 없으면?"

"취익! 엘프는 우리 먹이다!"

"바로 그거야!"

얼마 걸리지도 않았다. 태현은 부족장들을 설득 끝내고 일

행이 있는 곳으로 돌아왔다. 그사이 케인은 진이 잔뜩 빠진 얼굴이었다.

"이…… 이 자식들 좀 관리해 줘! 내 말은 하나도 안 들어!"

평판도, 친밀도도 부족한 상황에서 오크 부족을 다스리는 건 불가능에 가까웠다. 뭐만 말하면 화내고 툴툴거리고 반대하는 오크들!

"걱정 마라. 케인. 일이 잘 끝났으니까."

"가서 폭탄 설치하고 온 거야? 역시……."

케인은 '역시 김태현이야' 하는 표정으로 태현을 쳐다보았다. 태현이라면 그 정도는 기본이지!

"아니. 원래 그러려다가 생각을 바꿨어. 쟤네들 데리고 오스턴 왕국 갈 거야."

케인은 달라진 상황을 바로 받아들이지 못했다.

"내가 잘못 들은 거냐?"

"아니요. 저도 제대로 들었습니다."

"제대로 들은 거 맞는데요."

"지금 배를 구해야 하는데, 일단 영지에 있는 함선부터 시작해서 다 동원하자고."

다행히 태현에게는 쓸 수 있는 배들이 많았다. 아탈리 왕국의 함대를 이끄는 브랑송 제독은 태현에게 충성하는 NPC였고. 맥크레니 상단의 배나 〈붉은 바다 무법자〉 해적들을 받아들이고 생긴 해적선들도 있었다.

오히려 육지에 있는 병사들보다 훨씬 더 풍족한 전력!

"맞다. 어르신한테도 부탁드려야겠어."

요즘 뭐 하시려나?

그렇게 생각하며 태현은 유 회장에게 연락했다.

유 회장은 요즘 신나는 익스트림 스포츠를 즐기고 있었다. 물론 낚시였다. 상대가 엄청나게 위험하고 거대한 몬스터일 뿐!

'역시 권력이 답이다!'

왕국 국왕의 자리는 대단했다. 유명한 랭커 낚시꾼들이 찾아와서 유 회장과 같이 플레이하자고 말을 걸어오는 것이다.

돈을 쓰지 않아도 먼저 찾아오다니!

밖으로는 유성 게임단이 잘나가고 있었고, 안으로는 낚시꾼들의 왕국이 잘나가고 있었으니…….

그 평온을 깨뜨린 건 태현의 귓속말이었다.

-뭐냐?

-어르신. 배 좀 빌려주십시오!

-잘못 연락한 것 같은…….

-어르신. 그거 제가 잘 써먹는 방법인데 제가 속겠습니까?

-내가 왜 빌려줘야 하나? 나한테 좋을 게 뭐가 있다고. 그리고 난 지금 행복하다.

-사람이 위를 보며 살아야 하지 않겠습니까. 더 좋은 낚시터, 더 좋

은 낚싯감, 더 좋은 낚싯대가 있어야 하지 않습니까?

　-배 빌려주면 뭐 해줄 건데? 그보다 뭘 하려고 그러는 거냐?

　유 회장도 이제 판온에서 나름 잔뼈가 굵어진 상태였다. 예전처럼 그냥 홀랑 넘어가진 않았다.

　-도와주시면 제가 사제들과 같이 특수 제작 낚싯대를 만들어서 드리겠습니다. 어르신 건 특별히 더 신경 써서 만들어 드립니다.

　두근!
　유 회장은 나잇값도 못 하고 가슴이 두근거리는 걸 느꼈다. 특제 낚싯대라니. 이 무슨 가슴 설레는 단어!

　-허…… 허…… 허튼소리 하지 마라.

　'좋으신가 보군.'
　태현은 유 회장의 목소리가 가늘게 떨리는 걸 듣고 바로 알아차렸다.

　-어르신. 제 능력 아시잖습니까. 아키서스가 무슨 신입니까?
　-폭탄의 신?
　-행운의 신이죠. 무슨 농담도. 그런 힘이 담겨 있는 낚싯대입니다. 물고기 한 마리 낚으면 세 마리가 나올지도 몰라요.

-에라이. 그걸 말이라고 하냐? 좀 심했다.

유회장은 태현의 전적을 몰랐기에 핀잔을 주었다. 아무리 광고를 해도 그렇지!

-아니, 진짠데요.
-너 이놈. 우리 회사 광고도 그렇게 광고하진 않아. 허위광고도 정도가 있지!

그렇게 말은 해도 유 회장의 마음은 벌써 반쯤 기울어진 상태였다.
특수 제작 낚싯대라니! 과연 그 효과가 어떨까?

-그래서 정말 뭐 하려고 빌리는 건데?
-아. 엘프들하고 플레이어들을 옮겨야 하거든요.
-흠……

별로 어려워 보이지는 않는데?
왕국 플레이어들이 기본적으로 다 낚시꾼이다 보니, 갖고 있는 크고 작은 배들을 합치면 수천 척이 넘어갔다.

-좋아. 퀘스트를 내려서 도와주마!
-감사합니다!

-근데 어디서 어디로 가는 배냐?

〈새로운 땅을 찾아서-엘프 공작 겔렌델 퀘스트〉

공정하고 명예로운 공작, 겔렌델은 부하들과 모험가들을 이끌고 새로운 땅을 찾아 점령하려고 한다.

그 과정에서 싸움이 있을 수는 있겠지만 그건 어쩔 수 없는 희생일 뿐. 겔렌델은 가슴 아프지만 그걸 감수하려고 한다. 이 원정에 참가해라! 겔렌델은 충분한 보상을 해줄 것이다.

보상: ?, ??

"어? 왜 또 새 퀘스트야? 여기서 더 싸우는 게 아닌가?"

"기껏 요새 짓고 다 했는데 왜……?"

엘프 플레이어들은 혼란스러워했다. 이 요새를 거점으로 쭉쭉 점령할 줄 알았는데 갑자기 다른 곳으로 간다니?

"뭐 이유가 있겠지. 엘프 공작 정도 되는데……."

"그거야 그렇지만."

귀족과 왕족들을 밥 먹듯이 만나고 다니는 태현이 이상한 거였지, 원래 귀족 NPC들은 잘 알려지지 않은 경우가 대부분이었다. 겔렌델도 그중 하나!

만약 겔렌델이 어떤 엘프인지 알았다면 플레이어들의 절반은 참가하지 않았을 것이다.

좌아악-

"저, 저게 다 배야?"

수평선을 까마득하게 메울 정도로 많은 배가 몰려오고 있었다. 에스파 왕국뿐만이 아니라 덩글랜드 왕국의 항구로도!

"〈새로운 땅을 찾아서〉 퀘스트에 참가할 파티 모집합니다! 같이 가서 모험해 봐요!"

"무려 엘프 공작 겔렌델이 지원해 주는 퀘스트에요! 보상도 받고, 공적치 포인트도 쌓고! 기대되지 않으시나요!"

미리 참가한 플레이어들은 파티를 만들기 위해 또 인원을 모으고, 모으고……. 에스파 왕국으로 간 원정대뿐만 아니라 추가로 더욱더 플레이어들이 모였다.

겔렌델은 감동받은 얼굴로 고개를 끄덕였다.

"내가…… 자네에게 첫 오크 머리통을 양보하지."

"……."

"너무 과했나? 그렇지만 자네한테 이 정도는 해줘야 할 것 같아서……."

"아, 예. 감사합니다."

태현은 일을 다 해치우고서 일행들을 데리고 겔렌델의 기함에 올라탄 상태였다. 오크 부족들과의 이별은 힘들었다.

-봐라. 엘프들이 우리의 계략에 겁을 먹고 도망치고 있다. 후, 내 일도 대충 다 끝났다고 봐야겠군. 난 이만 가보겠다.

-취익. 가지 마라! 모험가! 너만 한 인재가 없다!

-칙, 내 오른팔을 맡아다오!

황야 무쇠 부족을 포함해 온갖 오크들의 제안이 쏟아져 들어왔다. 태현은 그들을 간신히 뿌리치고 나올 수 있었다.

-칙! 널 잊지 않겠다. 인간 모험가!
-취익! 나중에 무슨 일이 생기면 널 찾아가겠다!

마지막에 뭔가 섬뜩한 소리를 들은 것 같았지만 태현은 애써 넘어갔다.

고르수크가 수척해진 얼굴로 물었다.

"그런데…… 우리 교단은 안 세우나?"

"하하. 이 일 먼저 하고 가자."

"아니…… 대체…….."

고르수크는 복잡한 얼굴이었다. 이방인인 태현이 자기 부족 사이에서 부족장이 된 것도 기분이 복잡했는데, 갑자기 엘프 배까지 타야 한다니.

"아 참. 이거 좀 덮고 있어."

태현은 몸을 덮는 로브를 고르수크 위에 씌웠다. 겔렌델 눈에 보여서 좋을 게 없었으니까.

"왜 이런 걸?"

"그거 벗고 다니면 엘프들이 너 죽일걸."

"나…… 나는 부족에서 나왔는데…….."

"엘프들이 그걸 신경 쓸 거 같냐?"

"……안 쓸 거 같군."

고르수크는 포기하고 로브를 덮어썼다.

태현은 만족스러운 얼굴로 바다를 쳐다보았다. 수많은 배가 기함을 따라 우르르 따라오고 있었다.

이 병력이 다 길드 동맹 영토로 간다!

'생각만 해도 뿌듯하군……'

따라오는 배들 중 유난히 덩치가 크고 화려한 함선들이 몇개 있었다. 깃발을 보니 플레이어가 세운 길드가 분명했다. 덩글랜드 왕국 쪽 대형 길드가 분명했다.

'쟤네들이 잘 싸워줬으면 좋겠는데.'

To Be Continued

Wish Books
흙수저 판타지 장편소설
회귀자 사용설명서
어느 날, 이세계로 소환되었다.
짐승들이 쏟아지고, 믿을 수 없는 위기가 닥쳐오나.
가지고있는 재능은 밑바닥.
[플레이어의 재능수치는 최하입니다.]
[거의 모든 수치가 절망적입니다.]
선택받은 용사든, 재능 있는 마법사든,
시간을 역행한 회귀자든.
모든 것을 이용해야 한다.
살아남기 위해.
“쓰레기면 뭐 어떻습니까. 살아남기 위해서
뭔 짓인들 못 하겠어요?”